物語の近代

物語の近代

王朝から帝国へ

兵藤裕己
Hiromi Hyodo

岩波書店

表紙・本扉
オディロン・ルドン
『悪の華』挿絵、一八九〇年

はじめに——ものがたりとは何か

語られる対象を明示しない語りが、ものがたりである。

語られるのは、語り手の意識あるいは無意識裡にある記憶だが、「もの」と名づけられた記憶は、ふとしたはずみで意識の表層にあらわれる。

記憶の語りは、記憶じたいが引きおこす語りでもある。ものがたりの「もの」は、「かたり」の対象物であると同時に、「かたり」を引きおこす主体でもあった。

前近代的な感覚でいうなら、ものがたりは想起されるよりも、向こうからやってくる。語り手が、記憶を呼びおこすいっぽうで、記憶された「もの」が語り手をとらえるのだが、そのような記憶の場所《トポス》が「むかし」である。

「むかし」は、語源的にいえば、ムカ(向か)とシ(方向を示す接辞)の複合した語(『岩波古語辞典』)。意識の向かう過去、意識と想像力のなかでよみがえる過去の時間をさしている。それはなにかのきっかけで意識の表層にあらわれ、わたしたちの「いま」と向きあう過去である。おなじく過去を意味する語でも、「むかし」は、物理的に過ぎ去った過去の時間を意味する「往《い》にし辺《へ》」

とは異なるのだ。

ものがたりは、「むかし」の時空からこちら側(いま)へ呼びだされる。たとえば、歌物語の古典である『伊勢物語』は、多くの章段が「昔、男ありけり」ではじまる。また「物語の出来《いでき》はじめの祖《おや》」(『源氏物語』絵合巻)といわれる『竹取物語』の語りだしは、「今は昔、竹取の翁といふものありけり」である。

ものがたり(物語)の語りだしの「むかし」は、しかし国文学者のあいだで、少なからぬ誤解を生じている語である。

たとえば、古代文学研究者の西郷信綱は、物語の「昔」を神話の時制と対置させて、神話の関心は「今ある諸関係に向けられ」るのにたいして、「昔」で語りだされる物語は、「今とは直接的にはかかわらぬ向う側の過去」「今から切れた向う側の世界」を語るものだとしている。神話が「信じられることを要求した」のにたいして、「昔」ではじまる物語文学は、「興味本位の虚構の文芸」だったという(『神話と国家』)。

神話と物語とを対蹠的にとらえる西郷は、物語の時制表現の「昔」を、「今とは直接的にはかかわらぬ」過去とし、したがって「物語」も「興味本位の虚構」の語りだとする。

西郷のこうしたものがたり(物語)理解には、文学ジャンルとしての物語文学を、想像力による虚構の作品とみなそうとする近代的な文学観念が透かしみえる。だが、西郷だけでなく、神話と物語とを対立的にとらえるのは、多くの国文学者がおちいっている誤解である。誤解の出発点にあるのは、柳田國男の「昔話」論である。

　グリムの民話研究に示唆をえた柳田は、よく知られるように、日本の村々に伝承された「昔話」を、かつての日本人がもち伝えた固有信仰、固有神話の残片とみなした。神話が、時代とともにその信仰をうしない、興味本位のお話、昔話になったというのだが、そこから「昔」「昔々」などの昔話の語りだしは、「昔」の話だから、「真偽のほどは定めがたい」「おもしろければそれでよろしいという心持」で、神話すなわち「厳粛に、古く伝わった信ずべき物語」から区別しようとしたのだという(『口承文芸史考』)。

　柳田によれば、『伊勢物語』や『竹取物語』の冒頭句、「昔」「今は昔」も、昔話の冒頭句、「とんと昔、あったとさ」などと基本的に共通するという。こうした柳田の昔話論は、西郷信綱以下の多くの国文学者の物語論に影響をあたえている。たとえば、神話から昔話へという柳田の図式は、三谷栄一によって、上代の神話(語りごと)から平安朝の物語へという文学史の図式に置き換えられている(『物語文学史論』)。

　だが、はたして、「昔」で語りだされる物語や昔話は、「話だから信じてはいけない、もしくはおもしろければそれでよろしい」(柳田)、あるいは「今から切れた向う側の世界」を語る「興味本位の虚構の文芸」(西郷)なのだろうか。

　西郷信綱は、「今ある諸関係」を語る神話の時制は現在形だとしている。だが、「昔……けり」で語りだされる物語も、『竹取』や『源氏』のような長いものになると、作中世界は現在形で語られる。語り手の現在から、語られる世界の現在へという時制の移行は、人称の移行とともに、語る行為の本質にかかわる問題である。

昔話と神話を対立的にとらえる柳田は、昔話の文末表現にも注目している。「……タゲナ」「……タソウナ」「……デアッタト」などだが、柳田は、これらのいいまわしを、伝聞ゆえに真偽のほどは不明だとする語り手の「責任のがれの口上」とみている。

だが、「……タゲナ」「……タソウナ」などの文末表現は、平安時代語の「けり」に相当する語である。「けり」は、語られる内容を伝承されたことがらとして伝える、いわば集合的な記憶の時制である。

たとえば、国語学者の阪倉篤義は、『竹取物語』の文章の特徴として、各段の発端と結末部に「けり」止めの文が集中し、中間に「けり」をともなわない現在形の文章がはめこまれる構造を指摘している(『文章と表現』)。「今は昔、竹取の翁といふものありけり」の発話によって、かぐや姫や竹取翁たちの時空が、こちら側(今)へ呼びだされる。そして語られる世界が前景化すると、語り手は登場人物になりかわってかれらのことばを話し、その行動を語る。

「けり」止めの文章にはじまり、やがて現在形の文章に移行するのだが、語りの時制が、語り手の現在から、語られる世界の現在へ移行するのは、『源氏物語』などでもふつうにみられる時制の移行である。

「昔……けり」の語法は、そこで語られることがらが、伝承として集合化された記憶であることを示している。村々の炉端で語られた「昔話」も、たんなる興味本位のお話ではなかったことは、語る日時や場所にさまざまな禁忌をともなっていたことをみればわかる。昔話の口演にまつわる禁忌が、平安朝の物語のそれと共通するらしいことは、野村純一によって言われているが(『昔話伝承の研究』)、昔話を興味本位のお話とした柳田國男も、じつはその「昔話」観と矛盾するような語りだしの事例を紹介していた。たとえば、つぎのような語りだしである。

とんとある話。あったか無かったは知らねども、昔のことなれば無かった事もあったにして聴かねばならぬ。よいか。
(大隅肝属郡の昔話)

「昔のことなれば無かった事もあったにして聴かねばならぬ」について、柳田は、「この様な信じて聴くべしと言わぬばかりの、改まった誓約をさせることは、明かに一方のゲナ・ソウナ・デアッタトという類の語り方と撞着する」と述べている(『昔話覚書』)。しかし「撞着」しているのは、柳田國男の「昔話」論なのだ。伝承の時制の「……タゲナ」「……タソウナ」で語られる昔話は、ほんらい「昔のことなれば無かった事もあったにして聴かねばならぬ」ものだった。

「むかし」は、語り手の意識の向きあう過去であり、それは、ものがたりのやってくる記憶の場所《トポス》である。そして注意したいのは、ものがたり(物語)のトポスとしての「むかし」は、こちら側の「いま」と背中合わせのかたちで空間を接して存在したということだ。

向こう側の世界(むかし)と、日常生活がいとなまれるこちら側(いま)とのあいだには、明確な境界が設定されていた。だが、その境界というのがたぶんにこわれやすい、不安定なものだったことは、しばしば昔の霊物《モノ》がこちら側にはみ出してくるのをみてもよい。現代にあってさえ、交通事故の横死者や水子《みずこ》の霊は、ときとして、こちら側の現実の精神や肉体をむしばむのである。

平安朝の貴族たちが、衣食をあからさまにいうのを避けて「もの」といい、また動作を明示的にいうのをさけて「ものす」といったのも、たんなる上品ないいまわしというのではないだろう。衣食住にまつわる動作を婉曲にいうことには、こんにちからはわからなくなっている、ある禁忌の感覚が存在したはずだ。

『源氏物語』に頻出する「もの」を冠した形容詞、「ものかなし」「ものさわかし」「ものふかし」なども、なんとなく……、そぞろ……、といった語では訳しきれないニュアンスをもつときがある。ある様態を引き起こしている原因について言挙《ことあ》げできず、そこになにか言いあらわしがたい「もの」のはたらきを感じたときに、「もの+形容詞」という語を使う。そうした「もの」を冠した語が頻用された社会で、「ものがたり」という語は語彙として定着した。

平安時代語の「ものがたり」は、「もののかたり」ともいわれたように、「もの」はたんなる接頭語という以上の意味をになっていた。「ものがたり」の語源を「霊語《モノ》り」としたのは折口信夫だが、語られる対象を明示しないものがたりは、まさに「ものがたり」と称されることで、ある負荷を帯びてしまうような「かたり」だった。

「ものがたり」「もののかたり」に関連して注意されるのは、やはり平安時代の文献に頻出する「もののけ」という語である。対象を明示的に言挙げできない「もの」、その見えないはたらき(気《け》)が「もののけ」である。

そんな見えない「もの」のざわめきに声(ことば)をあたえる発話行為が、ものがたり(物語)であると、とりあえずは定義できようか。

そして声によって現前する世界のなかで、語り手がさまざまなペルソナ(役割としての人格・霊格)に転移してゆくのであれば、ものがたり(物語)を語るという行為は、近代的な意味での表現(express = 搾り出す)などではありえない。

むしろ「表現」の前提にある主体が拡散し、さまざまなペルソナに転移してゆく過程として、物語を語るという行為はある。物語りする行為が不可避的に要求する主体の転移と複数化は、ある種の憑依体験でもあるだろう。

平安朝の貴族社会の「作り物語」(虚構《フィクション》の物語)は、「ものがたり」のむしろ二次的な事例である。『竹取物語』が、伝承された物語のパロディだったことはいうまでもないと思うが(『万葉集』巻十六に、すでに竹取伝承の翻案のような長歌がある)、しかし王朝社会の周縁、ないしは外側で語られていた物語は、『今昔物語集』などにその一端がうかがえるように、けっしてフィクション(作り物語)などではなかった。

たとえば、『今昔物語集』には平将門の物語が語られる(巻二十五)。一〇世紀の延喜《えんぎ》・天暦《てんりゃく》年間

(醍醐・村上朝)のはざまに起きた将門の乱は、『源氏物語』世界の陰画《ネガ》のような位置にある。その顚末を記した『将門記』の背景に、将門のものがたり(物語)があったことは、同書末尾の「中有《ちゅうう》〔冥途〕の使ひ」に言寄《ことよ》せた将門の「亡魂《ぼうこん》の消息《しょうそく》」から知られるのだ。

あるいは、平家一門の滅亡の物語が、盲目の宗教芸能民である琵琶法師によって語られたことはよく知られている。また、平家とおなじく死霊のたたりが畏怖された曾我兄弟や源義経の物語も、中世には盲人芸能者によってになわれた。

曾我ものとして江戸歌舞伎の一大ジャンルとなった『曾我物語』のばあい、十郎・五郎兄弟の敵討《かたき》ちへの執心は、もの心もつかないうちに母親からすりこまれた仇敵への怨念である。兄弟の敵討ちは、優柔な兄の十郎よりも、気性のはげしい弟の五郎によって主導される。非業の死をとげ、死後もそのたたりが怖れられた五郎(御霊である)は、この物語の真の主人公ともいえる母親の分身である。

『曾我物語』末尾に語られる母親による五郎の鎮魂は、この物語を形成したアルカイックな基層の物語(神話)だろう。『平家物語』末尾(灌頂巻)の安徳帝と建礼門院の物語もふくめて、御霊若宮の荒霊《あらみたま》が母神によって鎮められる物語には、盲人芸能者たちのものがたりの母型《マトリクス》がうかがえるのだ。

母と子の神という対は、ものがたりを語る主体のありようとも相似形をなしている。母と子の神をまつり、父なるもの(規範、掟)を他者としてもたないかれらは、「我」という主体を規定する根拠の不在につきまとわれるだろう。

たとえば、琵琶法師の伝えた由緒書は、盲目の始祖皇子が母后から「検校《けんぎょう》」の官職を授かったことを述べ、母后から授かった官職ゆえに、「座頭の官は女官《にょかん》たるゆゑ、穢れ不浄を選ばず」とする(『妙音講縁起』)。座頭(男性盲人)の官職は「女官」ゆえに死(死霊)の穢れに触れても差し支えないというのだが、たしかに、かれらが私称した官職(いわゆる盲官)には、「勾当《こうとう》」「中﨟《ちゅうろう》」「打掛《うちかけ》」など、女官をおもわせるものが少なくない。

琵琶法師の官職が「女官」といわれたことに関連して、かれらが名のった○一《いち》という法号の異様さも注意されてよい。琵琶法師が畿内を中心とした広汎な座組織、当道座を形成した一四世紀は、時衆(時宗)教団が最盛期をむかえた時代である。当道座は時衆との親密な関係のもとに成立したのだが、そんな一四世紀に琵琶法師が名のった○一という法号は異様なのだ。時衆教団の法則《ほっそく》によれば、男の法号である○阿・○阿弥の阿号にたいして、一号は女の法号である(拙著『琵琶法師』岩波新書)。

女の法号を名のり、女官をおもわせる官職を私称したものがたりの語り手は、同時に、法師形でありつつ袴《はかま》をはいた俗体である。まさに「異形《いぎょう》」の者たちだが(『師守記』暦応三年〈一三四〇〉二月条の覚一《かくいち》検校への評)、母なる神とその御子《みこ》神を始祖として奉斎するかれらにあっては、要するに自己同一的な主体形成の契機となる父なる神(他者)が不在だということだ。

そこに形成されるのは、自己同一性の不在において、あらゆる述語的な規定を受け入れつつ変身する主体である。みずからの帰属すべき中心をもたない主体は、ことば以前の「もの」、この世ならざる「もの」を受け入れる容器ともなるだろう。

異界の「もの」のざわめきに声をあたえる主体は、ことばが分離・発生するそのはざまを生きる者として本質的に両性具有的である。そんな両性具有的な主体こそが、非ロゴスの狂気のざわめきに声をあたえ、言語化・分節化されない「もの」から語りのことばが出現する現場(いわば「変成男子《へんじょうなんし》」である)を、その発生のはざまにおいて生きるものがたりの語り手である。それは前近代から近代にいたる物語の語り手たちの原像・元型といってよい。

およそ以上のような見通しのもとに、本書は、日本の中世(中古)から近世・近代にいたるものがたりの系譜と、その語り手(作者)たちについて述べた。以下、Ⅰ—Ⅳの各章の構成を述べておく。

Ⅰ　主体/自我という病

ラフカディオ・ハーンの『こころ(Kokoro)』(一八九六年)所収の、声の記憶にまつわるエッセイの思想史的な位置について述べ、ハーンの著述を読みなおすことから、その「耳なし芳一の話」をリメイクしたアントナン・アルトーの小説が、アルトー最晩年のゴッホ論と相似形をなすこと、また夏目漱石の『こころ』(一九一四年)が、ハーンの『Kokoro』の影響下に書かれただろうことを述べた。前近代の「こころ」について考えることは、前近代の物語の語りの主体について考えることでもある。たとえば、語りの視点(point-of-view)という概念を提示したのは、漱石の『文学論』でも言及されるヘンリー・ジェイムズである。語りの視点と、その座標軸となる主体／自我を意識化・方法化する過程として日本の近代小説史はある。そんな明治三〇年代以後の小説史と対比するかたちで、前近代の物語の「視点のない語り」のあり方を述べ、またそのような物語の語りが、近世の出版メディアとともに出現した「作者」概念とどう切り結んだかも、本書Ⅰで考えた問題である。

Ⅱ　近代小説と物語

泉鏡花の初期小説の現実(現世)認識のあり方が、同時期の近代小説のそれといかに距離があるかを、物語の文体の問題として述べた。鏡花の小説文体をささえるのは、その口語体の背後にある謡曲や和歌・和文のレトリックである。そんな雅俗折衷でつづられる鏡花の小説(物語)文体が、かれの幼少期の主体形成の物語と相似形をなすこと、それら鏡花の半自伝的な物語が、近代のエディプス的な主体形成の物語を反転させてしまうことを述べた。さらに鏡花作品で語られる蝶の隠喩《メタファー》が民間の伝承世界と関わり、北村透谷が明治二六年(一八九三)に発表した蝶三部作の詩の世界と相互引用的《インターテクスチュアル》な関係にあること、また、透谷の『蓬萊曲』のテーマである他界と「音楽」の関わりを考えることから、近代の「日本」という主体が確立してゆく過程でノイズとして排除された透谷のスピリチュアルな他界が、やがて鏡花という才能と出会うことで、「われわれ」日本人の平穏な共同性をおびやかす異界、さらには魔界の相貌をみせはじめることを述べた。

Ⅲ　物語の声と身体

物語を読む(音読する)声は、日常的・自己同一的な主体を超え出る契機である。音声言語が、意識主体としての〈自己〉の現前性を保証するというのは、たしかに西欧形而上学の〈世界史的にみればローカルな〉思考の伝統でしかないのだろう。たとえば、『平家物語』を朗読する声が現前させるのは、「平家」と名づけられた歴史(記憶)を伝承してきた匿名的で集合的な主体である。そのような声のユニゾン(唱和)に関連して、中世の念仏合唱の声が、やがて憑依と変身のパフォーマンスとなり、中世的な祭祀劇である能を生みだしたこと、派手な仮装や異性装をともなう念仏合唱と群舞の熱狂《オルギー》が、近世の歌舞伎劇を発生させたこと、さらに合唱と群舞の非日常的な声と身体を介して、近代日本の新たな社会編制が創出された仕組みについて述べた。そして近代の国民大衆が創出される過程で発生した口承文学《オーラル・リテラチュア》の浪花節(とその周辺芸能)が、柳田民俗学の考察対象から除外された意味について考え、幕末から明治以後の声の物語《オーラル・ナラティブ》の世界が、日本の「近代」を捉えかえす一つの起点となりうることを述べた。

Ⅳ　物語／テクスト／歴史

中世以前の物語テクストは読まれ、書き写される過程で、読み手(書き手)の声の介入を許容してしまう。そんな不定形なテクストから『源氏物語』の証本(拠り所となる正本)はつくられる。そしていったんつくられた証本は、つぎつぎの読み手(女性読者)のテクストへの介入を抑制する。その背景には、王朝末期の貴族社会が、しだいに男性中心の「家」社会となり、また承久の乱

(一二二一年)後の危機的な政治状況にあって、かれらがみずからの文化的過去を単一のものとして同定しようとしたアイデンティティ形成の力学が作用していた。物語証本の成立をめぐる政治学《ポリティクス》は、一四世紀の『平家物語』正本《しょうほん》(証本に同じ)の成立についてもいえる。とくに『平家』のばあい、テクストの生成は、制度的な言表《ディスクール》としての「歴史」の生成問題と密接に関わっている。近世・近代の「日本人」の自己認識(歴史認識)の基盤ともなった『平家物語』は、制度化される物語テクストの問題を典型的なかたちでみせており、『平家』の語る物語/歴史が、戦後(第二次大戦後)の歴史学のストーリーをも規定していることを述べた。

ものがたり(物語)という日本語の最低限の定義をいえば、始めと終わりのあるひとまとまりの言述である。「ひとまとまり」とは、一つのストーリーだが、思想や文学の批評の世界では、「物語」は、制度化されたストーリー(ミシェル・フーコーのいう言説《ディスクール》)の意味で使われる。

わたしも、ときにそんな意味合いで「物語」の語を使用している。だが、本書は、中世から近世・近代にいたるものがたり(物語)の後景にある「もの」を前景化することにつとめた。前近代のものがたりと、近代を形成した「物語」、また近代の「物語」にあらがう「もの」のゆくえについて述べる本書の標題を、『物語の近代　王朝から帝国へ』とした理由である。

目 次

I

主体／自我という病

ラフカディオ・ハーンと近代の「自我」

一　声の記憶

ラフカディオ・ハーン(小泉八雲)が、神戸に住んでいたころのできごとを書いた文章に、「門つけ(A Street Singer)」という小篇がある。一八九六(明治二九)年にロンドンとボストンで出版された『こころ(Kokoro)』に収められた文章である。

ある日、ハーンの家に、小さな男の子を連れた女の三味線弾きがやってきた。不器量なうえに疱瘡のあばたの跡のある女は、ふた目と見られぬような容貌である。女は盲人だった。だが、やおら三味線を弾いてうたいだすと、女の「引きつったような醜いくちびるから、まるで思いもかけない奇蹟のような声」が流れでる。それを聞いたときのハーンの感懐は、つぎのように記される。[1]

それは、目に見えないものを切ないほど追い求める気持、とでもいったらよかろうか。まるでなにか目には見えない物柔らかなものが、自分の身のまわりにひたひたと押し寄せてきて、おののき慄えているかのようであった。そして、とうに忘れ去ってしまった時と場所との感覚が、あやしい物の怪《け》のような感じと打ちまじって、そこはかとなく、心に蘇ってくるのだった。その感じは、ただの生きている記憶のなかの時と場所との感じとは、ぜんぜん別種のものであった。

平井呈一のみごとな訳文にもよるだろうが、「目には見えない物柔らかなものが、自分の身のまわりにひたひたと押し寄せて」くるような文章である。

三味線弾きの女が連れていた子どもから唄本を買ったハーンは、その歌詞の一節を紹介している。大阪で起きた心中事件をうたったその歌詞は、いわゆるクドキ(口説)である。

クドキは、七七調ないしは七五調の歌詞を、単調な朗誦的旋律のくりかえしで歌い語るストロフィック(strophic)な歌謡形式の総称。[2] とくに盲目の女三味線弾き(瞽女《ごぜ》)が伝えたクドキは、瞽女唄ともいわれ、越後の瞽女がうたうクドキは、今日でも市販のCDなどで容易に聞くことができる。この種の三味線俗謡にハーンが少なからぬ関心を寄せていたことは、『こころ』の付録として、「三つの俗謡」が翻訳されていることからもわかるのだ。

門つけの女三味線弾きの声の秘密について考えるハーンは、かつてロンドンに住んでいたころの記憶を喚びおこす。二五年ほどまえのある夏の宵、ロンドンの公園で、ひとりの少女が、だれかに「こんばんは(Good night)」というのを聞いた、その声の記憶である。

その後、百の季節が移り去ったのちになっても、いまだにその少女の「こんばんは」を思い出すと、わたくしは、なにか心の浮きたつような、同時に、なにか胸を緊めつけられるような、このふたつの気もちがふしぎに交錯した、あるあやしい心もちを唆られるのである。——この快感と哀感とは、これは疑いもなく、わたくしのものではない。げんに、ここにいまこうして生きているわたくしのものではない。おそらく、わたくしがこの世に生を享けるまえの、つまり、前世からのものであるにちがいない。

女三味線弾きのうた声によって喚びおこされた「とうに忘れ去ってしまった時と場所との感覚」は、ここでは、「わたくしがこの世に生を享けるまえの、つまり、前世からのもの」といいかえられている。

あるなつかしい声が、個人的な経験を超えた遠い「時と場所との感覚」を喚びおこす。それはハーンによれば、人として「この世に生を享けるまえの、つまり、前世」からの「快感と哀感」の記憶である。

「私」という存在は、未生以前の世界とのつながりとしてある。ハーンの文学がいまもよく読まれるのは(ハーンの文章は、日本人の読者を想定して書かれていないのだが)、かれの文章にただようこうした惻々とした哀感が、現代のわたしたちにも、あるなつかしい「時と場所」の記憶を喚びおこすからだろう。

二「自我」の観念

ハーンの『こころ』には、この「時と場所」の分析をこころみた文章が収められている。「前世の観念(The Idea of Pre-existence)」という文章である。

ハーンが観察したところでは、日本人は、「因果だから仕方がない……」「おまえは因果なやつだ……」「なんの因果でおまえのようなやつと……」というぐあいに、「因果」ということばをよく口にする。日本人の心意に、前世からの因果という観念が浸透しており、日本の庶民は、自分という存在が前世とひとつづきのものであることを日常的に感じているのだという。

ハーンによれば、日本人にとっての「我《エゴ》」は、インディヴィジュアル(分割不可能)な「個」としてあるのではない。現世の自分は、前世の行為と思念の寄りあつまりである。

それはカルマ(業《ごう》)という「仏教流の解釈」によるだけでなく、「神道流の解釈(一種奇怪な霊魂の分裂繁殖説)」によるにしても、「自分というものは、いろいろなものから集まり成った合成体」であり、「日本では、この信念が一般に行き渡っていることを、わたくしは充分に見とどけてきている」という。

たとえば、わたしたちが雪をいただいた高山を遠くながめたとき、あるいは海辺にたたずんで永遠にとどろく潮騒のざわめきを耳にしたときの、あの言いしれぬ畏怖の念をともなう崇高な感情も、個人的な知覚や感情ということでは、とうてい説明することはできないという。つまり、「どんなばあいにも、感情のごく深い波は、けっして個人的なものではない。かならず、それは、人間が生きてきた祖先の生の海から、ほうはいとして打ち寄せてくるもの」である。

ハーンはまた、自分という存在を「無量無数の前世の行為と思念の集合体」とみる「我《エゴ》」の観念は、じつは科学によってあきらかにされつつある知見とも合致するのだと述べている。

当時最新の科学知識だった進化論や遺伝学、またショーペンハウエルの哲学などを引用しながら、前世というものが、けっして妖怪話のような荒唐無稽なものではないことを論じるのだが、一九世紀のスペンサーの心理学を引用していわれるつぎのようなことばも、ハーンの文脈のなかに置かれると、たんなる近代主義といってはすまされない特別なニュアンスをもってひびいてくる。

人間の脳髄とは、生命の進化のうちに、というよりも、人間という有機体に達するまでの、幾つもの有機体の進化のうちに受けた、限りない無数の経験の組織化された記録である。

（ハーバート・スペンサー『心理学原理』）

肉体はもちろん、霊魂《ソウル》もまた、キリスト教で説かれるような不滅なものではない。それは未生以前の無量劫の経験と記憶からなる複合体であり、その一つの組み合わせが解消し、肉体や霊魂はほろんでも、またつぎの組み合わせになってゆく。それが転生《てんしょう》ということである。そのような自我のありようは、いずれは、西欧の「個性」や「人格」といった「ケチ臭い(crude)」観念を駆逐するだろうとも述べている。

科学の知見にてらして日本人(庶民)の心意の正当化をこころみるハーンの企ての当否は、わたしにはわからない。あるいは、こんにちの大脳生理学などは、ハーンにちかい立場をとっているのだろうか。いずれにせよ、理性主体の意識存在としてモデル化される近代の「自我」の観念を、庶民の心意伝承を起点にして相対化しようとする試みは、その企ての先駆性において注目されるのだ。

日本人の霊魂《ソウル》や自我《エゴ》のありようにかんして、いまも支配的な言説となっているのは、その対抗的な言説もふくめて、柳田國男の民俗学である。「新国学」を提唱し、常民の心意伝承から仏教的要素を除外した柳田の霊魂研究の帰結は、『先祖の話』(一九四六年)である。

だが、祖霊信仰に一元的に集約されてゆく柳田の霊魂観は、ハーンが報告したような明治二〇年代(近代日本の国民国家が確立される以前)の庶民の心意とは、かなり隔たりがあるのではないだろうか。

東京帝国大学法科大学で農政学を修め、やがて農商務省の官吏となる柳田は、明治二〇年代は、詩や短歌を『文学界』『しがらみ草紙』などに投稿するロマン主義詩人だった。ほぼそのころ、松江から熊本、神戸、東京と移り住み、日本人の心意に未生以前の「時と場所」の感覚をみいだしたハーンが、やがて柳田が学ぶことになる一九世紀西欧のナショナルな民俗学にも精通していたことはいうまでもない。

三 アルトーの「耳なし芳一」

日本の庶民の生活感覚から、ハーンが「前世」の観念について考えるきっかけになったのは、声にたいするかれの独特な感受性である。たとえば、盲目の女三味線弾きのうた声であり、ロンドンの公園で聞いた少女の「こんばんは(Good night)」という声の記憶である。片目に障害のあったハーンが、スピリチュアルな世界に関心を寄せる「耳の人」だったことは、平川祐弘が述べている。[3]

ハーンの『怪談』や『骨董』などに収められた怪異談の脚色に、ハーンの妻、小泉節子の声が大きな役割を果たしたことは、よく知られている。[4] 書物に書かれた話も、節子の声におきかえてくりかえし話させ、それをハーンは英文に写していった。有名な「耳なし芳一の話」や「雪女」は、ハーン夫妻の合作ともいえるたくみな脚色によって生まれたのだ。

ところで、ハーンの『怪談(Kwaidan)』がボストンとニューヨークで刊行されたのは、一九〇四(明治三七)年である。その六年後に、パリでフランス語版が出版された。そのフランス語版の「耳なし芳一の話」を読み、リメイク版の短篇小説「哀れな楽師の驚異の冒険(L'étonnante Aventure du Pauvre Musicien)」を書いたのは、現代の演劇と思想界に多大な影響をあたえつづけているアントナン・アルトーである。

このアルトー版の耳なし芳一では、芳一のもとへ最初に死霊の使いがおとずれる場面は、つぎのように描かれている。[5]

芳一は空のまばたきも見ず、古い寺がそそり立つすぐわきの海も見えなかったが、やって来つつあった夜の動きある魔法は、大気に戦慄と見えない存在の物音のようなものを伝えていた。そして盲目の楽師は、かくれた魔物や伝説的な平家の者どもの飛び交うのを感じていた。それらが通りすぎると芳一の肌に不思議な衝撃が伝わるのだった。

芳一は、怖くなった。人気《ひとけ》のない寺は眠り込んでいた。海面はときに死者たちのもののような溜め息を洩らすのだった。うずくまり、愛用の琵琶を抱きしめ、顔をのけぞらせ、貧弱な壁にもたれて、芳一は待っていた。サムライの横柄な声が芳一の名を呼んだのはこの瞬間だった。あたかも事物の本質から立ちのぼって来た声のように。声は一度芳一の名を呼び、次いでもう一度呼んだ。

目の見えない芳一は、大気の「戦慄」や、海面が洩らす「死者たちのもののような溜め息」に耳をこらしている。そして「魔物や伝説的な平家の者ども」が飛び交うときの「不思議な衝撃」を肌に感じていた芳一の耳に、とつじょ自分の名を呼ぶ声が聞こえる。

芳一を呼ぶ声は、「あたかも事物の本質から立ちのぼって来た声のように」とある。それは、常人の耳には聞こえない死霊の声である。

死霊の声が常人には聞きわけられないように、しかしこちら側の生者の声も、ことばとして聞きわけられなければ、それは「事物の本質から立ちのぼって来」るような、切れ目のない音のつらなりでしかない。

声を発する肉体は、それじたい分節化されないモノとしてある。わたしたちの生は、ことばによる分節化を拒絶するなにかだが、にもかかわらず、ことばによって生に切れ目を入れ、世界を分節化・言語化して生きざるをえないところに、ホモ・ロクエンス(ことばをもつヒト)としての人間の生がかかえる根源的な矛盾もある。

それは「器官なき身体《コール・サン・ソルガーヌ》」、すなわち分節化されない生そのものを表象＝上演しようとして、舞台のうえで、ことばにならないうめき声やさけび声を発しつづけたアルトーがかかえたアポリアでもある。

そのようなアルトー版の芳一にあって、たとえば、海面が洩らす「死者たちのもののような溜め息」というエロティックな死のイメージは、未生以前の世界への誘惑である。

母胎という原初の無垢・無差別からの分離に、ことば(logos)の世界への組み入れの体験の原型があるとすれば、わたしたちは、遠い海鳴りのざわめきにさえ、死への誘惑を感じることはあるだろう。それはハーンのことばでいえば、「わたくしがこの世に生を享けるまえの」「とうに忘れ去ってしまった時と場所」の記憶である。芳一を呼ぶ声に、未生以前の世界のざわめきをききとったアルトーは、ハーンのもっともすぐれた読者のひとりだった。

四 アルトー／芳一／ゴッホ

アルトー版の「耳なし芳一の話」では、芳一の耳は、「夕陽のように赤い美しい両耳」と形容される。その聞こえすぎる耳を平家の死霊にうばわれた芳一の物語に関心を寄せたアルトーは、のちに『ヴァン・ゴッホ——社会が自殺させた者(Van Gogh le suicide de la société)』(一九四七年)という長文のエッセイを書いている。アルトーが多大な同情と共感を寄せたゴッホもまた、聞こえすぎる耳を持っていたために、みずからの手で耳を切り落としたのだ。

ゴッホが左耳を剃刀で切り落としたのは、かれがパリからアルルに居を移した一八八八年の一二月、ゴーギャンとの二カ月間の「芸術家の共同生活」が破局にいたった日の夜である。以後のゴッホは、晩年の二年間の大半を精神病院で過ごすことになるが、病院に収監されたゴッホが、弟テオドールにあてて書いた手紙には、かれを悩ませた幻聴や幻覚の恐怖がなまなましく記されている。[6]

ゴッホが耳を切り落としたのは、幻聴や幻覚に襲われたときの「途方もない恐怖」である。だが、耳を削ぎ落としても、ゴッホの病んだ聴神経そのものが失われることはない。耳殻を失ったことで、方向づけを失った聴覚のざわめきは、かえって容赦なくゴッホの自意識を脅やかしたはずなのだ。

ゴッホのとりうる最後の手だては、かれをとりまく幻聴とも幻覚ともつかない風景のざわめきのなかに、みずからを解きはなつことだったろう。糸杉、麦畑、オリーブの林など、ゴッホの最晩年の絵を特徴づける独特の筆づかいは、ゴッホの全神経が共振していた存在のざわめきである。

ゴッホの天才がその真骨頂を発揮したのは、耳を削ぎ落としてから自殺(一八九〇年)にいたる二年間に描かれた作品群である。ことばにならない非ロゴスのざわめきへ自我を開放したような作品群だが、そのようなゴッホの絵に、アルトーは無類の「健康」な「自我」をみた。

肉体はどのようにして精神でありうるか、精神はどのようにして肉体であるのか、という不可能な問いを発しつづけ、精神と肉体という二項対立的な図式の破壊をくわだてたアルトーは、晩年の九年間のほとんどを精神病院で過ごした。[7] そして死の前年の一九四七年に、病院内でわずか数日で書きあげたのが、『ヴァン・ゴッホ——社会が自殺させた者』である。

アルトーによれば、「全生涯を通じて、異様な力と決意とをもって、彼の自我を求め」たゴッホは、その「自我」を手にいれたとたんに病人のレッテルを貼られ、社会によって自殺させられたのだ。そのようなゴッホになぞらえられる自分の「健康」状態について、アルトーはつぎのように述べている。[8]

私もまた、このあわれなヴァン・ゴッホと同様であって、もはや考えたりしない。そればかりか、毎日毎日、さらに間近で、おそるべき内的な沸騰状態を導いているのだ。何か或る医学が、私にたいして、君は自分を疲れさせているなどと言って非難するのなら、それならそれで結構だ。〔中略〕
私が病気である場合、私は呪われているというわけだ。そして私は、一方で、誰かが私から健康を奪い去ることに関心をもち、私の健康を利用していると考えなければ、自分を病気と思うことができないのだ。

「おそるべき内的な沸騰状態」を生きることで、生の根源的な矛盾をのりこえたゴッホもまた、その「健康」な「自我」ゆえに病人のレッテルを貼られた。そして「自分がいかなる存在であり、何者であるかを見出した」ゴッホは、まさにそれゆえに、「社会から離れ去ったことの罰として自殺」させられたのだ。
そのようなゴッホを自殺させた西欧の近代社会と、その手先である精神科医を、アルトーは告発する。最晩年のゴッホの主治医となったガシェ医師は、アルトーによれば、ゴッホの天才に嫉妬していたのだ。そしてみずからを正当化するために精神病という病を捏造した「一群のいやしい連中」の代表者として、ガシェはゴッホのまえに立ちふさがり、その天才を「お払い箱」にしてしまった。

アルトーが直感していたように、たしかに精神病という病は、西欧近代がつくりだした制度である。フーコーが述べるように[9]、理性と非理性、ロゴスと非ロゴスという二項対立的な枠組みがつくられる以前(つまりデカルト以前)には、西欧社会にあっても、狂気は、世界を形成するある悲劇的で根源的な力と交流するなにかだった。

五　精神科医と狂気

『ヴァン・ゴッホ――社会が自殺させた者』を書く二〇年以上まえに、すでにアルトーは、「哀れな楽師」芳一の物語に、晩年のゴッホの生涯と相似形をなすような「天才」の物語を読みとっていた。

芳一の庇護者(支配者)である僧が、墓場で恍惚として琵琶を演奏していた芳一を寺へ連れもどす場面を、アルトーはつぎのように書いている。

彼らは朝になる少し前、引きこもった寺へと行く道に戻った。疲れ切って酔いがさめたような楽師は、片足を引きずってい、僧がそれを助け導いた。「あなたは魔物にみいられているのですぞ、芳一」と僧はくりかえし言うのだった。「魔物にみいられているのです。死霊の呼びかけに応じたのですぞ、芳一、あなたは……あなたは生命の外に出たのだ。すっかりそちらへ行ってしまわないように気をつけなければいけない。死霊はあなたをさいなむのですぞ。あなたは苦しみのうちに命を失ってしまいますぞ。」そしてふたりは道を歩き続けた。楽師は足を引きずり、小柄な僧は小きざみに歩いて楽師を導いた。

「けれど心配しなくてもよろしい。今夜はあなたに守護衣を着せてあげよう。死霊の目をくらます秘法の衣です。」

このようにふたりは話し、そして夕刻が迫ると、僧は小僧に手伝わせて、楽師の着衣を脱がせ、死霊を遠ざける魔除けの文句を肌の上に書いた。

僧が芳一を寺へ連れもどすときの右のことばは、相当する箇所がハーン版にはない。僧のことばは、ゴッホの「病」を治療する善意の精神科医、ガシェのことばとして読むこともできる。死霊の声にさそわれて「そちらへ行ってしま」う芳一にたいして、僧は、「あなたは生命の外に出たのだ」と警告する。「生命の外」は、原文でも大文字(SORTI DE LA VIE)で書かれているが、ここでいうVIE(英語のlife)は、ESPRITS(死霊)の対義語としていわれており、それは日々の社会生活がいとなまれるこちら側の世界である(「LA VIE」が「生命」と訳されているのは、おそらく再考の余地があろう)。

そして芳一をこちら側へ引きとどめる僧は、「死霊を遠ざける魔除けの文句」を芳一のからだに書きつける。それは芳一のからだに刻みつけられることば(ロゴス)であり、かれをこの社会につなぎとめる「人間《ユマニテ》」の刻印にほかならない。

ハーンの「耳なし芳一の話」は、琵琶法師芳一をめぐる死霊と僧との三角関係の物語として、西成彦が読みといている。[10] だが、一九二〇年代のアルトーにおいて、この物語はすでに、芳一をめぐる死霊と僧、異界とこちら側の世界との三角関係の物語として読みとかれていた。耳なし芳一の話にアルトーが読みとった寓意は、おなじテーマの反復ともいえるかれのゴッホ論をみれば、あきらかである。

六　漱石の『こころ』へ

芳一が、その「夕陽のように赤い美しい両耳」を平家の死霊によってうばわれたのは、異界とこちら側の世界との媒介者でありながら、こちら側——僧の世界——に加担しすぎたための懲罰だったろう。そして耳を失った琵琶法師は、もはや詩人であることができなくなり、あたかも廃疾者のごとく、寺で養われることになる。アルトー版の芳一が、「哀れな楽師」といわれる理由である。

芳一をこちら側にとどめおくことで社会の廃疾者としたのは、かれの味方をよそおう僧である。アルトーによれば、ゴッホの生涯においてこの僧侶の役割を演じたのが、最晩年の主治医ガシェだった。

かりに精神科医という近代が介入しなければどうなのか。ことばとことば以前の非ロゴスとがゆるやかに連続していた前近代の社会にあって、狂気はむしろ、世界を形成するある根源的な力と交流しうるなにかである。

アルトーやゴッホがかぎりない憧憬を寄せ、ハーンがついのすみかとした東洋の島国「日本」には、ハーンの「門つけ」の体験に語られるように、未生以前の「時と場所」の記憶を喚びおこすことをなりわいとした人びとが近代にいたるまで存在した。

「門つけ」の文章から、さきに引いた少女の声の記憶につづく一節を引いてみる。声とはなにか、伝承とはなにか、という問いにかんして、問題の根源にふれたような詩的な文章である。

おもうに、ただのいちど聞いただけにすぎない人間の声が、このような魅力を人に起こさせるということは、これはこの世のものではけっしてありえない。それは、無量百千万の忘れられた世のものである。なるほど、この世には、まったく同じ性質をもったふたつの声というものは、古往今来、存在したためしはない。ただ、しかし、やむにやまれぬ愛情がほとばしり出て、それが凝って玉となったことば、そういうことばのうちには、全人類の百千億の声に共通したあるやさしい音色が、かならず含まれている。人間がうけつたえうけついできた伝承の記憶は、生まれたばかりの赤児にさえ、愛撫の声調を了解させる。それとおなじように、われわれの同情、悲歎、憐憫の声音についての知覚も、やはりそうした伝承であるにちがいない。そういうわけで、極東のこの一都会で聞いた一盲女の俗謡が、一西欧人のこころに、ある個人的なものを超えた深い感情を——忘れられた悲哀の、そこはかとない無言の哀感を、——記憶を消失した時代のおぼろげな愛情の衝動を、もういちどよみがえらせたのであろう。

死者はけっして亡びることがない。死者は、疲れおとろえた心臓と、いそがわしい脳髄の無明の部屋のなかとに、こんこんと熟睡《うまい》しつつ、まれにかれらの過去を呼びおこす、なにものかの声が木魂《こだま》するたびに、目をひらきさますのである。

ハーンによれば、「個人的なものを超えた深い感情」や、「記憶を消失した時代のおぼろげな愛情の衝動」こそが、「人間がうけつたえうけついで」きた伝承なのだという。そのような伝承を、記憶の底から喚びおこすのが、声である。

明治二〇年代(一九世紀末)のハーンにおける声や伝承をめぐるこの一連の問題系は、柳田國男以後の日本民俗学において、あるいは日本近代の文学史のなかに、どのように位置づけられるだろうか。

柳田によって、「口承文芸」[11]の研究が日本民俗学の一領域として立ちあげられるのは、ハーンの右の文章が書かれた三十数年後の昭和七年(一九三二)である。だが、ハーンにおけるような声にたいする感受性と、その感受性と不可分に行なわれる伝承や記憶への根源的な問いかけは、柳田以後の日本民俗学においてとり落とされたものだったろう。[12]

「門つけ」や「前世の観念」をおさめる『こころ(Kokoro)』がロンドンで出版されたのは、一八九六年である。その四年後にロンドンに留学し、帰国後の明治三六年(一九〇三)に、ハーンの後任として東京帝国大学英文科の講師になった夏目漱石は、やがて『こころ』という小説を書くことになる。

漱石の『こころ』という小説のタイトルが、ハーンの『Kokoro』と無関係に思いつかれたとは考えにくい。

ハーンが東京帝国大学を離職するさいに学生の留任運動が起こったことは、運動の当事者だった小山内薫の短篇小説「留任運動」(『小山内薫全集』第一巻、所収)などにくわしい。後任として英文科講師になった漱石が、前任者のハーンの存在を意識せざるをえない立場にあったことはよく知られている。

漱石の『こころ』は、大正三年(一九一四)四月から八月に東京・大阪の『朝日新聞』に連載され(新聞掲載時の標題は『心——先生の遺書』)、九月に岩波書店から刊行された。前年に古書店として出発した岩波書店にとって、出版社として記念碑的な刊行物となった『こころ』は、やがて大正教養主義のバイブルのようにして読まれてゆく。

西欧の霊魂《ソウル》(精神、心)という観念を、おそらくまともにうけとめた漱石にあって、たしかにその『こころ』という小説は、かれの一連の後期作品とともに、日本近代の知性の一つの極北を示している。だが、いっぽうで、明治期日本のナショナリズムと不可分に発想された漱石の「自己本位」や、その「我《エゴ》」ないしは「個人」の問題を、ハーンの『Kokoro』における「自我」の複数性・複層性と対比して読むとき、文学史における日本の「近代」のタイムラグを感じるのは、わたしだけだろうか。[13]

王朝の物語から近代小説へ
――語りの主体から「自我」へ

一 「情」とものあはれ

大坂の儒者穂積以貫《ほづみいかん》(一六九二―一七六九)による浄瑠璃評釈の書『難波土産《なにわみやげ》』は、巻一に、近松門左衛門の芸談を収めている。晩年の近松に接した以貫が、その芸談を書きとめた聞き書きであり、有名な「虚実皮膜」の論も、同書によって伝わる近松の作劇法である。

『難波土産』所載の近松の芸談は、浄瑠璃を「作文《さくもん》」する心得について述べている。それによれば、近松が「作文」の秘訣を悟ったきっかけは、若い頃に読んだ「大内の草紙」にあったという。

「大内の草紙」すなわち『源氏物語』に、光源氏が橘の木に積もった雪を従者に命じて払わせると、かたわらの松がみずからはね返って、枝の雪を払ったとある。末摘花巻の一節だが、松の枝が「うらめしげにはね返りて」とある書きぶりを、近松は「心なき草木を開眼《かいげん》したる筆勢也」

と評し、「これを手本として、我が浄るりの精神《しょうね》を入《い》るる事を悟」ったのだという。

近松によれば、浄瑠璃は、「外《ほか》の草紙と違ひて」「正根《しょうね》なき木偶《にんぎょう》にさまざまの情《じょう》をもたせて見物の感をとらんとする」ものである。よって、「地《じ》文句、せりふ事はいふに及ばず、道行きなんどの風景をのぶる文句も、情をこむるを肝要とせざれば、かならず感心のうすきもの也」という。

ここでいう「情をこむる」の「情」は、浄瑠璃作者や語り手(太夫)の思い入れの「情」なのではない。松の枝が「うらめしげにはね返りて」という松の「情」であり、また「正根なき木偶」の「情」である。

それらの「情」にうながされて、浄瑠璃作者は筆をふるう。そのような「作文」の秘訣を悟ったきっかけが「大内の草紙」すなわち『源氏物語』にあったというのだが、近松のいう「情をもたせ」「情をこむる」は、かれの浄瑠璃の「作文」のみならず、『源氏物語』の「作文」のあり方を考えるうえでも示唆的である。

近松のいう「情」は、本居宣長の『源氏物語』論の用語でいえば、「もののあはれ」といえようか(『源氏物語玉の小櫛』)。

宣長のいう「もののあはれ」も、語り手の「情」である以前に、語られる物語世界の「情」である。たとえば、近松が「我が浄るりの精神《しょうね》を入るる事を悟」ったという『源氏物語』末摘花巻の原文は、つぎのようにある(わたくしに現代語訳を付した)。

橘の木の埋もれたる、御随身《みずいじん》召して、払はせたまふ。うらやみ顔に、松の木のおのれ起きかへりて、さとこぼるる雪も、「名に立つ末の」と見ゆるなどを、いと深からずとも、なだらかなるほどに、あひしらはむ人もがな、と見たまふ。

橘の木が雪に埋もれているのを、御随身を召して払わせなさる。すると、かたわらの松の木がうらやましげにみずから起きかえって、枝からざっとこぼれる雪も、「名に立つ末の……」という古歌の風情にみえるのを、(源氏の君は)さほど仰々しくなく穏やかにわかりあえる人がこの邸にいたら、とご覧になる。

末摘花邸で一夜を過ごした翌朝、源氏は、橘の木に積もった雪を随身に命じて払わせた。すると、松の木が「うらやみ顔に」「おのれ」と起きかえる。そして松の枝からこぼれ落ちる雪に、源氏は末の松山をこえる波の白さをおもい、「名に立つ末の」という古歌を連想する。『後撰和歌集』巻十(恋二)の、「わが袖は名に立つ末の松山か空より波の越えぬ日はなし」(土佐)の二句目だが、こうした和歌の情趣を「いと深からずとも、なだらかなるほどに」共有できる者が末摘花邸にいないのを、源氏はものたりなくおもう。

松の枝からこぼれ落ちる雪に、末の松山をこす波をおもい、「名に立つ末の」という古歌を連想するのは、『源氏物語』の読者たちの必要条件である。物語の語り手は、物語中の人物や読者たちと和歌の「情」を共有している。そのかぎりで、物語の語り手は、ある種の共主観的で集合的な主体である。

二　和歌の「こころ」

和歌の情趣が宮廷生活の全局面をおおうかたちで規範として提示されたのは、いうまでもなく一〇世紀初めの醍醐朝《だいごちょう》で成立した『古今和歌集』(九〇五年)である。『古今和歌集』について、たとえば蓮田善明は、素質的なものよりも「詩歌世界的なもの」、それを「しる」という点に、「集」としての本質があったとしている[1]。「詩歌世界的なもの」は、紀貫之の仮名序にいう「歌のこころ」だが、それを「しる」(共有する)ことが、『古今和歌集』では、「歌を生成する方法そのもの」であり、また、そのような『古今集』歌で確立した和歌のあり方が、「その後の日本詩歌の伝統を築いた」とする蓮田の指摘は、『古今和歌集』を「社交の文学」「後宮サロンの文学」などといって済ませていた当時(戦前)の国文学界にあって、ほとんど類をみない卓見といってよい。

末摘花という女性は、『源氏物語』の世界で「歌のこころ」を共有しないために、笑いの対象になる。和歌の情趣、もののあはれを共有することが、語り手と読者、および物語中の人物たちの共同性のあかしである(注釈書なしには、こうした「歌のこころ」を共有できない現代の読者も、さしずめ末摘花である)。

もちろんこうした「歌のこころ」をめぐる強迫的な選択と拒絶の構造は、王朝社会の閉鎖的なあり方と相似形をなしている。[2]

たとえば、『源氏物語』常夏巻で、近江の君の詠歌、「草わかみひたちの浦のいかが崎いかであひ見むたごの浦波」は、和歌の約束事《コード》を共有しないために、手ひどく嘲弄されている。共有されるべき「歌のこころ」は、王朝社会を生きる彼女あるいは彼らの社会的アイデンティティの根拠である。

そのような「歌のこころ」、宣長のいう「もののあはれ」を共有する共主観的な主体が、『源氏物語』の語り手であり、また作中人物たちであってみれば、語り手の声は容易に作中人物の声と響きあい、たとえば、かつて三谷邦明によって「自由間接言説[3]」と認定されたような物語の話法も生まれる。だれが語っているのか、一人称か三人称かといった分析的な問いの立て方そのものを無効にしてしまう『源氏物語』の話法である。

語り手の個的・経験的な「情」が問題なのではない。語り手と語られる世界との共主観的な「情」が問題である。たとえば、近松の芸談にいう「道行きなんどの風景をのぶる文句」だが、「風景」は土地の記憶として共有され、それを呼びおこすことば(地名、歌枕)を語りつらねることが道行きの「風景」となる。

近代の小説であれば、風景は、記述・描写される対象物であり、風景を語る時間は、作中世界の時間的な進行を止めてしまう。[4]だが、浄瑠璃のばあい、風景は道行きの行為として語られ、継起する地名が呼びおこす隠喩的イメージのつらなりが、そのまま人物のたどる「風景」である。それは人形芝居である浄瑠璃の方法である以前に、ものがたり(物語)の語りの方法だった。たとえば、「道行きなんどの風景をのぶる文句」の母型ともいえる文章を、近松のいう「大内の草紙」、『源氏物語』からあげてみる。『源氏物語』賢木巻で、光源氏が六条御息所をたずねて、嵯峨野へ「分け入」るくだりである。

はるけき野辺を分け入りたまふより、いともののあはれなり。秋の花みなおとろへつつ、浅茅《あさじ》が原もかれがれなる虫の音《ね》に、松風すごく吹きあはせて、そのこととも聞きわかれぬほどに、物の音《ね》(琴)ども絶え絶え聞こえたる、いと艶《えん》なり。

はるかな野原に分け入りなさるとすぐに、秋の終わりのしみじみとした情趣に心打たれる。秋の草花がすっかり色あせ衰えて萱原も枯れ果てて、とだえがちな虫の声に松風の音だけが物寂しく響き合い、だれの爪音ともわからない琴の音がとだえがちに聞こえてくるのも、たいへん趣深い。

能「野宮《ののみや》」で、前シテ(里の女)のクセの謡に、ほぼそのまま使われる有名な一節である。この「はるけき野辺を分け入りたまふより」は、「たまふ」という敬語が使われるから、光源氏を三人称的に語る語り手の発話(地の文)のようだ。しかしつづく「いとものあはれなり」は、晩秋の嵯峨野に「分け入」る光源氏の声が響いている。

「いとものあはれなり」という詠嘆をうけて、「秋の花みなおとろへつつ、浅茅が原もかれがれなる虫の音に」という秋の終わりの情景が語られる。「浅茅が原もかれがれなる虫の音」の「かれがれ」は、草が「枯《か》れ枯《が》れ」と、虫の声が「嗄《か》れ嗄《が》れ」、また源氏と御息所の「離《か》れ離《が》れ」の関係が喩《たと》えられている。

つづく「松風すごく吹きあはせて、そのこと(琴)とも聞きわかれぬほどに、物の音ども絶え絶え聞こえたる」は、『和漢朗詠集』所載の斎宮女御徽子《きし》の和歌、「琴の音《ね》に峰の松風かよふらしいづれの緒(尾)より調べそめけむ」(『拾遺和歌集』巻八・雑上)をふまえている。

嘱目の景物は歌ことばの隠喩的イメージと重なりあい、そのイメージのつらなりが、そのまま光源氏の道行きの「風景」になる。

晩秋の嵯峨野に「分け入」る源氏の道行きが、共有される和歌の情趣《こころ》の連鎖として語られるのは、のちの道行き文の先蹤だが、じっさいこの一節は、『平家物語』巻六「小督《こごう》」で、源仲国が小督をたずねて嵯峨野へ分け入る道行きに引かれている。

三　道行きのパフォーマンス

『平家物語』の「小督」では、高倉天皇の命をうけた源仲国が、小督の弾く箏《そう》の琴の音をたよりに嵯峨野へ向かう。探しあぐねたすえに、ようやく琴の音を聞きつけた仲国が耳を澄ます一節をあげる。

亀山のあたりちかく松の一群《ひとむら》あるかたに、かすかに琴ぞ聞こえける。峰の嵐か松風か、たづぬる人の琴の音《ね》か、おぼつかなくは思へども、駒をはやめてゆくほどに、片折戸《かたおりど》したる内に琴をぞ弾きすまされたる。〔駒の手綱を〕ひかへてこれを聞きければ、すこしも紛《まが》ふべうもなき小督殿の爪音《つまおと》なり。

「峰の嵐か松風か、たづぬる人の琴の音《ね》か」の七五調は、能の「小督」をはじめ、地唄・箏曲の「小督」の歌詞などに転用されて、古来有名である。この一節は、『和漢朗詠集』所載の斎宮女御の和歌のほかに、話の舞台が嵯峨野であるという点で、『源氏物語』賢木巻の、「松風すごく吹きあはせて、そのこと(琴)とも聞きわかれぬほどに、物の音ども絶え絶え聞こえたる……」をふまえている。

『平家物語』の道行きは、断片的なものも含めれば、物語の随所に見いだせる。和歌や朗詠をふまえた七五調は、「風景」を語るさいの基本的な方法だが、とりわけ後代の文芸に多大な影響をあたえた道行きは、巻十の「海道下り」である。

一ノ谷合戦で生け捕りになった平重衡が、東海道を京から鎌倉へ下る道行きだが、逢坂山から三河国八橋《やつはし》へいたる箇所をあげる。

逢坂山を打ち越えて、勢田《せた》の唐橋《からはし》駒もとどろに踏みならし、雲雀《ひばり》あがれる野路《のじ》の里、志賀の浦浪《うらなみ》春かけて、霞にくもる鏡山《かがみやま》、比良《ひら》の高根を北にして、伊吹《いぶき》の嵩《だけ》も近づきぬ。心をとむとしなけれども、あれてなかなかやさしきは、不破《ふわ》の関屋の板びさし、いかに鳴海《なるみ》の塩干潟《しおひがた》、涙に袖はしをれつつ、かの在原のなにがしの、唐衣《からころも》きつつなれにしとながめけん、三河の国八橋《やつはし》にもなりぬれば、蛛手《くもで》に物をとあはれなり。

掛詞や縁語などの和歌の修辞《レトリック》をふまえて、地名歌枕が列挙される。歌枕が呼びおこす土地の記憶がそのまま道行きの風景であり、それを語りつらねる時間が、重衡が東海道を下ってゆく時間となる。重衡の「海道下り」は、鎌倉時代の流行歌謡、宴曲の「海道」へ引き継がれるが、語り物や謡い物の道行きを作劇にもちいたのは、いうまでもなく能である。

能では、冒頭のワキ(旅の僧など)の名のりにつづけて、名所・古跡へ向かうワキの道行きが謡われる。一例をあげれば、謡曲の「敦盛」の冒頭に、つぎのようなワキの道行きがある。

九重《ここのえ》の、雲居《くもい》を出でて行く月の、雲居を出でて行く月の、南に巡る小車《おぐるま》の、淀《よど》、山崎をうち過ぎて、昆陽《こや》の池水、生田《いくた》川、波こともとや須磨《すま》の浦、一の谷にも着きにけり。

「敦盛」のワキの熊谷蓮生《くまがえれんしょう》が、都から一ノ谷の古戦場へ向かう道行きである。淀、山崎、昆陽の池、生田川、須磨の浦という歌枕が列挙され、歌枕が呼びおこす和歌や物語の情趣が、そのまま熊谷のたどる道行きの「風景」となる。

能舞台を進行させるこうした道行きの影響下に、幸若舞や古浄瑠璃の道行きはつくられ、また道行きを一曲の山場とした近松の浄瑠璃も書かれることになる。

近松が書いた道行きとしては、『曾根崎心中』のそれが天下の名文として知られている。お初・徳兵衛の心中の道行きが、観客の共有する商都大坂の土地の記憶を呼びおこす。風景は道行きとして語られ、死にいそぐ二人の運命的な時間の進行を止めることがない。

『曾根崎心中』の道行きは、荻生徂徠が「近松が妙処、この中にあり。外《ほか》はこれにて推しはかるべし」と評したといわれる(大田南畝『俗耳鼓吹』)。物語のパフォーマティブな語りは、近松の浄瑠璃芝居においてみごとに舞台化されたのだ。

四　行為遂行的《パフォーマティブ》な語り

くりかえしいえば、物語の語り手と語られる作中人物は、固定的な主客の関係にはない。語られる「風景」も、記述・描写される対象物としてあるのではない。「風景」は共有される土地の記憶としてあり、それを呼びおこすことばの連鎖が、人物の道行きとなる。

『難波土産』にいう「道行きなんどの風景をのぶる」語りだが、物語の行為遂行的《パフォーマティブ》な語りの例としては、ほかに服装・装束の語りがある。

さきに引いた『源氏物語』末摘花巻では、引用した箇所のすぐまえに、末摘花の装束が語られる。光源氏のまなざしがとらえた末摘花の出で立ちである。

聴色《ゆるしいろ》のわりなう上白《うわじら》みたる一《ひと》かさね、なごりなう黒き袿《うちき》かさねて、表着《うわぎ》には黒貂《ふるき》の皮衣《かわぎぬ》、いときよらにかうばしきを着たまへり。古代のゆゑづきたる御装束なれど、なほ、若やかなる女の御よそひには似げなう、おどろおどろしきこと、いともてはやされたり。

薄紅色のひどく色あせている単衣《ひとえ》を一重ね、その上に、もとの色目もわからぬほど黒ずみ汚れた袿をかさねて着て、表着には黒貂《くろてん》の皮衣の、たいそう立派で香を焚きしめたのをお召しになっている。古めかしく由緒ありげな御装束ではあるが、やはり若い女性の装いとしてはひどく不似合いで、おおげさで異様なさまがきわだっている。

引用した末尾の「おどろおどろしきこと、いともてはやされたり」では、若い女に似つかわしくない姫君の古めかしく仰々しい装いが、笑いの対象になっている。そんな姫君の装束は、しかしそれをながめる光源氏の視線からは語られない。

「聴色のわりなう上白みたる一《ひと》かさね」(薄紅色のひどく白茶けている単衣を一重ね)ではじまる

装束の語りは、単衣《ひとえ》(一かさね)↓袿《うちき》↓表着《うわぎ》という順で語られる。装束は見られる対象物としては描写されず、着衣の行為を再現するかたちで語られる。そのような装束の語りは、物語にしばしば設定されるかいま見の場面でも同様である。

たとえば、『源氏物語』宿木巻で、薫がはじめて浮舟のすがたをかいま見する場面で、「扇をつとさし隠したれば、顔は見えぬほど心もとなくて」とあるのは、女がすっと差しかざした扇が邪魔をして顔が見えず、薫は「心もとな」い、じれったいというのだ。

だが、そんな薫の視線から見られているはずの女の装束は、「濃き袿《うちき》に、撫子《なでしこ》と思《おぼ》しき細長《ほそなが》、若苗色の小袿《こうちき》着たり」とある。袿のうえに細長を着、小袿を羽織るのであり、浮舟の装束は、「障子の穴」からのぞき見する薫の視線からではなく、見られている浮舟の着衣の行為を再現するかたちで語られる。

こうした『源氏物語』の装束語りは、若紫巻の有名なかいま見場面でも同様である。また、『源氏物語』に先行する長篇物語の『うつほ物語』でも、後半部に比較的多くみられる装束語りは、やはり着衣の順に語られる。

あるいは、平安後期の『堤中納言物語』は、かいま見の物語といってよいほど、かいま見場面が設定されるが、かいま見られる女の装束は、やはり物語の装束語りである。なお、『枕草子』でも、女房の装束は物語とおなじ方法で語られるが、[5] それは物語草子の影響だったろう。

物語中の人物の装束が、それをながめる外がわの視点から語られないのは、語り手と語られる対象とが、固定的な主体／客体の関係にはないからだ。

対象化されない人物の声は、しばしば語り手の声と重なりあう。人物の一人称的な声が、いつのまにか語り手の声となり、風景や装束は見られる対象物《オブジェ》として記述・描写されずに、道行きや着衣の行為として語られるのは、王朝物語の語りの基本的な方法である。こうしたものがたり（物語）のパフォーマティブな語りが、中世の『平家物語』などの語られる物語（語り物）になると、フォーミュラ（定型句・決まり文句）を多用した語りとして様式化されてゆく。

五　フォーミュラ

たとえば、『平家物語』巻九「敦盛最期」で、一ノ谷の波打ちぎわで熊谷直実《くまがえなおざね》が平敦盛《たいらのあつもり》のすがたをみとめる場面は、つぎのように語られる。

> いくさ敗れにければ、熊谷次郎直実、「平家の公達《きんだち》、たすけ舟に乗らんと汀《みぎわ》の方《かた》へぞ落ちたまふらん。あつぱれよからう大将軍に組まばや」とて、磯の方へあゆまするところに、練貫《ねりぬき》に鶴縫うたる直垂《ひたたれ》に、萌黄匂《もえぎにおい》の鎧着て、鍬形《くわがた》打つたる甲《かぶと》の緒《お》しめ、金《こがね》作りの太刀をはき、切《きり》斑《ふ》の矢負ひ、滋籐《しげどう》の弓持つて、連銭葦毛《れんぜんあしげ》なる馬に黄覆輪《きんぷくりん》の鞍《くら》置いて乗つたる武者一騎、沖なる舟に目をかけて、海へざつと打ち入れ、五、六段《たん》ばかり泳がせたるを、熊谷、「あれは大将

軍とこそ見まゐらせ候へ。まさなうも敵にうしろを見せさせ給ふものかな。かへさせ給へ」と、扇をあげて招きければ、招かれてとつて返す。

この「敦盛最期」の物語は、敦盛を討ちとる熊谷直実のがわから語られる。しかし敦盛の装束は、「練貫に鶴縫うたる直垂に、萌黄匂の鎧着て……」とあり、直垂→鎧→甲→太刀→弓→乗馬という順に、敦盛の着衣・武装の所作を再現するように語られる。

装束が見られる対象物としてではなく、着衣の行為として語られるのは、「風景」が道行きとしてパフォーマティブに語られるのと同様である。こうした『平家物語』の装束語りで有名なのは、高校生の古典教科書でもとくに採用率の高い「木曾最期」の一節だろう。

木曾義仲が最期の合戦にのぞむ装束は、「木曾左馬頭《さまのかみ》その日の装束には、赤地《あかじ》の錦の直垂に、唐綾縅《からあやおどし》の鎧着て、鍬形《くわがた》打つたる甲《かぶと》の緒《お》しめ、いか物作りの大太刀《おおだち》はき……」とあり、直垂→鎧→甲→太刀→弓→乗馬という順に語られる。装束を語る時間は、そのまま義仲の行動する時間であり、それは破局へ向けて突きすすむ義仲の行動的な時間を立ち止まらせることがない。[6]

しかも、「朝日の将軍」義仲にいかにもふさわしい「赤地の錦の直垂に、唐綾縅の鎧着て……」という華やかな装束である。義仲の装束は、敦盛の「練貫に鶴縫うたる直垂に、萌黄匂の鎧着て……」という繊細・優美な装束と同様、それを語ることばが人物を表象する。語りのことばは対象を記述・描写するたんなる媒体(道具)ではなく、それじたいで隠喩的な意味性をになうのは、風景を語ることばのあり方と同様である。

『源氏物語』の「風景」を語ることばの隠喩的なあり方については、さきに述べた。『平家物語』の和漢混淆文では、和歌や朗詠のほかに、漢籍や仏典を典拠とする慣用句《フォーミュラ》が頻出する。往来物や幼学書、また寺院での説法や法会によって流布したそれらの(格言ふうの)ことばは、人の生き方を律する法であり、それを発話する語り手も、日常的な個人というより、ある公共性を帯びた(ときに超越的な)主体である。

たとえば「祇園精舎の鐘の声、諸行無常の響きあり」云々は、もちろん作者(語り手)個人の思想といったものではない。それは小林秀雄の平家物語論(『無常といふ事』所収)で述べられたように、当時の人びとに共有された「月並みな」ことばである。しかも「祇園精舎の鐘」「沙羅双樹の花」の常套句は、物語の読者(聴き手)たちに容易に人の死(無常)にまつわる一定のイメージを喚起する。そうした公共的なことばを発話する主体が、『平家物語』の語り手である。[7]

たとえば、『平家物語』にしばしばみられる慣用句「あはれなり」では、語り手の声が物語中の人物の声と響きあう。『源氏物語』の「ものあはれなり」とおなじく共主観的な「情」の表白だが、そのような物語の語り手は、冒頭の語りだしに、「……平朝臣清盛公と申しし人の有様、伝へ承るこそ心もことばも及ばれね」とあるように、「平家」と名づけられた歴史(記憶)を伝承する匿名的で集合的な主体である。

『平家物語』を伝承する主体の匿名性と集合性は、「いづれの御時にか、女御更衣あまたさぶらひ給ひける中に……」と語りだす『源氏物語』の語り手とも共通する。語り手の声はつぎつぎの読者の声となり、それらの声が物語中の人物の声と響きあう。くりかえしいえば、語り手と読者、物語世界とが、固定的な主客の関係で分割されないのが、物語の語り手の共主観的で集合的なあり方だった。[8]

六 「作者」の発生

近世に出版された御伽草子(室町時代物語)も含めて、中世以前につくられた物語草子には、基本的に作者名が伝わらない。物語の語り手が、匿名的で集合的な伝承の主体であるからだ。そんな語り手のあり方が、しかし近世になると変わってくる。その変化をもたらした最大の要因は、近世初期に急速に普及した出版メディアである。

たとえば、近松門左衛門が竹本義太夫のために書き下ろした『出世景清』は、貞享二年(一六八五)に初演された。近松の名を一躍高からしめた『出世景清』は、詞章の雄勁さというか豪華さという点で、それ以前の浄瑠璃とはおよそ次元を異にしている。近松以前の浄瑠璃が、古浄瑠璃としてひとくくりにされてしまう理由である。

「作者近松門左衛門」と明記された現存最古の浄瑠璃正本《しょうほん》は、貞享三年刊の『佐々木先陣』である(『出世景清』は元禄年間の再印本が現存し、内題下にやはり「作者近松門左衛門」とある)。[9]

正本として刊行された近松の浄瑠璃は、読み物としても広く流通したが、語り物の「正本」は、一四世紀につくられた『平家物語』正本(覚一《かくいち》本など)にはじまる。[10]『平家物語』正本は、近世初頭の元和《げんな》年間(一六一五―二四)に、「一方検校《いちかた》衆」「吟味」の奥付《おくづけ》を付して開版された。そして『平家物語』正本に倣うかたちで、浄瑠璃や説経節、幸若舞などの、各種の語り物正本は出版された。

それらの語り物正本の内題や奥付(ときに表紙題簽)には、正本の真正性《オーセンティシティ》を保証するために、人気の太夫の名が記され、その延長上で、近松を座付き作者にむかえた竹本座では、竹本義太夫に正本を提供した「作者」、まさにオリジナルの起源としての「作者近松門左衛門」の名を明記した正本が出版されることになる。

近世初頭以来、印刷という複製メディアは、コピーにたいするオリジナルという区分を生み、テクストの起源としての「作者」の観念を成立させていた。

物語草子のたぐいに作者名が刻印されるのは、近世初期に出版された仮名草子からである(『源氏物語』に作者名が伝わるのは、それがはやくから正典化されたからで、物語草子としてはきわめて例外的な事態である)。[11]そして「作者」の誕生は、ものがたり(物語)の語りのあり方を、根底から変えてゆくことになる。

たとえば、元和七年(一六二一)頃の刊行とされる仮名草子『竹斎《ちくさい》』は、作者の署名はないが、複数の資料から、富山道冶《とみやまどうや》(生年不詳―一六三四)という医師が作者に比定されている。作者名は割れているのだが、その『竹斎』では、前代までの物語草子の語りを異化・パロディ化するような語り手の作為が前面に出ている。

主人公のやぶ医者竹斎は、京で食いつめて東国遍歴の旅に出る。その海道下りの道行きは、中世の物語・語り物に慣用された道行きのパロディである。

名所案内と滑稽談からなる竹斎の道中記は、江戸後期のベストセラー小説『東海道中膝栗毛』の先蹤といってよいが、その東国遍歴の旅に出るまえ、竹斎は見おさめとして京の名所をたずねる。なかでも北野天神社では、境内で繰り広げられる世相のさまざまがおもしろおかしく活写される。その語りは、「北野の社《やしろ》に参りて見れば……」にはじまり、「又或方《あるかた》を見てあれば……」をくりかえすかたちで、竹斎の視線で語られる。

世相を「見」る竹斎のまなざしは、作者のまなざしでもある。物語世界に寄りそうのではなく、それを「見」る(対象化する)語りには、作者の批評的な立ち位置が刻印されるだろう。仮名草子の諸作品には、前代までの御伽草子にはみられなかった作者の個性がみとめられるが、その傾向は、西鶴の浮世草子により顕著なかたちで受け継がれてゆく。

天和二年(一六八二)に初版が刊行された西鶴の『好色一代男』で、主人公世之介の女性遍歴の一代記は、『源氏物語』や『伊勢物語』のパロディである。また、作中人物の声と地の文が重なりあい、そこを起点に文脈がねじれてゆく「曲流文」「尻取り文」ともいわれる独特の文体[12]も、前述したような『源氏物語』の語りの文体を俳諧式に摂取した結果だったろう。

浮世草子の作者西鶴の前身は、いうまでもなく俳諧師だが、「浮世」の諸相を鋭角的に切り取り、活写するその批評的なまなざしと文体は、好色物や町人物、武家物などのジャンルに応じて意識的・方法的に選びとられている。そのような西鶴の浮世草子がつくりだした笑いと批評の方法は、やがて江戸後期の洒落《しゃれ》本や滑稽本、人情本の世界へ引き継がれてゆく。

七　語りの視点、「無人称の語り手」

たとえば、明和七年（一七七〇）頃に江戸で刊行された『遊子方言《ゆうしほうげん》』は、「田舎老人多田爺《ただのじじい》」を作者とする洒落本である。洒落本は、遊里への手引きを兼ねた江戸の戯作小説の一類。刊行後まもなく多くの類似作を生んだ『遊子方言』は、洒落本の範型をつくったといわれる。

会話を軸にして構成される洒落本にあって、会話に挟まれたト書きふうの地の文は、その多くが登場人物の服装・装束の語りである。たとえば、『遊子方言』の冒頭はつぎのように始まる。

> 小春のころ、柳ばしで三十四五の男、すこし頭のはげた、大本多《おおほんだ》大《おお》びたい、八端《はったん》掛けと見へる羽織に、幅の細き嶋の帯胸高《むなだか》に、細身のわきざし柄前《つかまえ》少しよごれ、黒羽二重《くろはぶたえ》の紋際《もんぎわ》もちとよごれし小袖、間着《あいぎ》は小紋無垢《こもんむく》の、片袖ちがひのやうに見へ、色のさめた緋縮緬《ひぢりめん》の襦袢《じゅばん》、はきにくそふな、幅広《はばびろ》の低《ひく》下駄、山岡頭巾《やまおかずきん》片手に持ち、鼻紙袋《はながみぶくろ》はなしと見へ、小菊《こぎく》の四ツ折す

こし出しかけ、我より外に色男はなしと、高慢にあたりをきろきろと見まはして、あてどなしにぶらぶらと行く。

最初に「大本多大びたい」という粋人の髷《まげ》のかたちが語られ(「大本多」は、粋人のあいだで流行した月代《さかやき》と額を広くとった髷の結い方)、つぎに、上着の「八端掛けと見へ」る羽織、そして羽織の下の「嶋の帯」と、帯に差した「細身のわきざし」、また「黒羽二重」で「紋際もちとよごれし小袖」が語られたあと、小袖の下に着た「間着《あいぎ》」が「片袖ちがひのやうに見へ」と推測をまじえて語られ、そして「間着」の下にのぞく「緋縮緬の襦袢」が語られる。

登場人物の服装は、着衣の行為の再現ではなく、語り手のまなざしから「見へ」る順序で語られる。人物を批評的・揶揄的に「見」ている語り手が設定されるのだが、その語り手が作中にすがたを現さないのは、二葉亭四迷の『浮雲』第一篇について、亀井秀雄が指摘した「無人称の語り手[13]」の先行例である。

物語の行為遂行的《パフォーマティブ》な語りが、作中世界をメタレベルで「見」るまなざしをあわせもつ。それは近世の出版文化の成立にともなう「作者」の出現という事態がもたらした語りの方法である。

そのまなざしの主体が、たとえば、「田舎老人多田爺《ただのじじい》」などの戯名を名のっていても、そんなふざけた名前が、かえって作者の屈折した韜晦の意識を浮かびあがらせる。げんに「多田爺」は、江戸の書肆で俳諧もよくした丹波屋利兵衛(姓は人見、号は南美)と正体が割れているのだが、作中世界をメタレベルで捉えかえす作者のまなざしは、洒落本の後継ジャンルである滑稽本や人情本の世界へ受け継がれてゆく。

洒落本が語る遊里の男女関係を「反転」[14]させたとされるのは、為永春水の人情本『春色梅児誉美《しゅんしょくうめごよみ》』である。

一人の男をめぐって複数の女が恋のたて引きをする『春色梅児誉美』の男女関係は、『源氏物語』の光源氏をめぐるヒロインたちの関係のパロディである。また、その続篇である『春色辰巳園《しゅんしょくたつみのその》』で、犬猿の仲だった恋敵の女たちが、結局は男主人公を中心に仲よく暮らすという大団円も、あきらかに光源氏の六条院世界のパロディである。

花柳界をめぐる市井の男女関係を「物の哀れ」(『梅児誉美』巻之一末尾)の世界に見立てる、作者の笑みを含んだまなざしは、その装束語りにもみてとれる。たとえば、『春色梅児誉美』巻之六・第十二齣《せき》には、つぎのような装束語りがみられる。

くま「お蝶、気をつけねへョ。長「アイと出で立つ風俗は、梅我《くめさ》にまさる愛敬貌《あいきょうがお》、上着ははでな嶋七子《しまななこ》、上羽《あげは》の蝶の菅縫紋《すがぬいもん》、下着は鼠地紫《ねずみじむらさき》に、大きく染めし丁子菱《ちょうじびし》、襦袢の衿《えり》は白綾《しらあや》に、朱紅《しゅべに》で書画の印づくし、袖は緋鹿子《ひがのこ》、帯はまた黒びろうどに紅《ひ》の山まゆのくじら仕立《じたて》、しかも目にたつ三升格子《さんしょうごうし》、しくはんつなぎ(芝翫)の腰帯は、おなんど白茶《しらちゃ》の金まうる、勿論巾《はば》は一寸三分、五分でも透《す》かぬ流行《りゅうこう》に、野郎びんなる若衆髷《わかしゅまげ》、げに羨ましき姿なれども、お蝶が身にはつづれにも、劣る心で楽しまぬ、是も浮世かままならぬ、座敷へこそは出でにけれ。

主人公の丹次郎の許嫁《いいなずけ》で、かれにみつぐために娘浄瑠璃語りになったお蝶(お長)が、女のいくさ場であるお座敷へ向かう装束である。あきらかに『平家物語』の、「木曾殿その日の装束には、赤地の錦の直垂に、唐綾縅の鎧着て……」(流布本)をふまえたパロディである。

しかもその装束は、着衣の行為の再現ではなく、まず「上着ははでな嶋七子……」と上着から語られ、つぎに「下着は鼠地紫に……」とあり、そして「襦袢の衿」が語られる。「襦袢」がその「衿」しか語られないのは、語り手(作者)のまなざしからは「衿」だけしか見えないからだ。

『春色梅児誉美』の地の文には、和歌的な修辞(掛詞・縁語・引き歌など)を多用した七五調の美文が随所にみえる。美文調で進行する物語は、いっぽうで、その語りをメタレベルで捉えかえす作者のまなざしによって相対化されている。

本作ではしばしば「作者」為永春水が顔をだし、自作にかんするコメント、弁明につとめている。物語の語りの方法を駆使し、同時にみずからの語りを相対化するまなざしをあわせもつ「作者」たちによって、江戸後期の戯作の文体はつくられてゆく。

たとえば、『春色梅児誉美』(および続篇の『春色辰巳園』)は、各巻の内題下に「狂訓亭主人著」と記される。滑稽やパロディはもちろん、教訓(狂訓)や勧善懲悪も、江戸後期の戯作者たちの屈折した自己韜晦の所産である。

みずからを韜晦する作者は、しかしいったん事が起こると、容易に法的な責任を問われてしまう責任主体でもある。げんに為永春水は、天保の改革で手鎖五十日の刑をうけ、その心労がもとで窮死している。

かつて「作者近松門左衛門」と堂々と(ある意味では屈託なく)署名しえた江戸前期の「作者」たちにくらべて、メタ水準で自己言及的な「作者」という主体を生きなければならなかったのが、江戸後期の戯作者たちである。そんなかれらのあいだで、たとえば前述の「無人称の語り手」といわれるような語りの方法もつくられる。江戸の戯作小説の語りの方法から、明治期の小説への距離は、あんがい、一般に思われている以上に近いものだった。

八　小説作法の「近代」

明治期の小説で、服装・装束の語りにとくに意をもちいた小説といえば、尾崎紅葉の『金色夜叉』(明治三〇―三五年)である。『金色夜叉』には、しばしば為永春水の人情本(とくに『春告鳥』など)をおもわせるような精細な衣裳描写がみられる。それは前述した洒落本以後の江戸後期の戯作に共通する装束語りである。

また、『金色夜叉』の終盤近くでは、主人公の貫一が東京から塩原の湯泉宿へ向かう行程が道行きふうに語られる(『続続金色夜叉』第一章(一)の二)。発表当初から名文の誉れの高い一節だが、この塩原への道行きにかんして、三島由紀夫は、「道行きという伝統的技法に寄せた日本文学の心象表現の微妙さ・時間性・流動性が活きている」と評している。[15]

江戸戯作の文体を意識的に取り入れた『金色夜叉』は、随所に雅文調や雅俗折衷の美文調をもちいている。だが、それよりも以前に発表された『多情多恨』(明治二九年)で、紅葉は、筋立てを『源氏物語』に学びながら(桐壺巻、夕霧巻など)、それを明治の世に置き換えた巧みな口語体小説を書いていた。

戯作調の俗文体や雅文体、また口語体を自在に書き分ける紅葉の文章上の工夫は、国木田独歩から「洋装せる元禄文学」などと評され、[16]文章のたくみさに引きかえ、その人間観察の「皮相」さがいわれて以来、「近代文学」としてネガティブな評価が通説になっているだろうか。

だが、ポスト二〇世紀のこんにちからみると、およそエリート主義的としか思われない独歩の「文学」観よりも、「何ぞ其れ凄艶の致を極むるや」と独歩から揶揄されたような紅葉の文章に、むしろ江戸のプレモダンから引き継がれた物語の語りの豊かさが読みとれる。三島由紀夫も述べるように、実験小説である『金色夜叉』は、「その実験の部分よりも、伝統的な部分で今日なお新鮮なのである」。

近代文学の傍流に位置づけられた尾崎紅葉と、紅葉を終生の師と仰いだ泉鏡花、あるいは幸田露伴や樋口一葉などの作品に、明治文学のこんにち的な可能性は見いだされるのだろう。[17]たとえば、自然主義が文壇を席巻していた明治四一年(一九〇八)、泉鏡花は、「ロマンチックと自然主義」というエッセイを書いている(『新潮』同年四月)。

当時、田山花袋らが主張していた「無技巧」の描写論[18]を、「小説と云ふものの解らない門外漢の説」と評したこのエッセイで、鏡花は、花袋や独歩らの「自然主義者流」の小説言語の欠陥を、かなり正確に言いあてている。

鏡花にいわせれば、「小説と云ふもの」にあっては「文字其物が已《すで》に或意味に於て一種の技巧」である。たとえば、「墨田川」とか「忍ケ岡」といった「文字其物」から、人は「墨田川なり、忍ケ岡なりの歴史や伝説を連想して、墨田川、忍ケ岡をさながらに髣髴《ほうふつ》する」。

鏡花のいう「文字其物の有する技巧」は、たとえば、和歌・和文の地名歌枕であり、また近松の道行きを成り立たせた(共有された)土地の記憶と想像力である。歴史的に培われたことばがもつ意味の隠喩的な広がりと多義性が、鏡花のいう「技巧」である。そのように理解するなら、鏡花がここで批判しようとしていたものの正体もみえてくる。

鏡花が述べているのは、自然主義かロマンチックかといった文壇の流行や派閥次元の問題をこえて、かれが敬愛してやまなかった紅葉の文章上の苦心を、「皮相」と評し去ったような近代小説の言語そのものにたいする根本的な懐疑なのだ。

鏡花のいう「技巧」には、和歌・俳諧や漢詩文のレトリックはもちろん、能狂言から、江戸の戯作、浄瑠璃、歌舞伎、俗謡、はやり歌のたぐいまで含まれる。また、現代の読者には少なからぬ注解を必要とする風俗語彙や隠語のたぐいも、鏡花にとっては「技巧」である。

ことばは対象を記述するための、たんなる媒体(道具)ではない。ことばはそれじたいで隠喩的な意味性をになうのであり、そのイメージの連鎖が文章をつむいでいる。小説を書く「作者」がいるいっぽうで、「文字其物の有する技巧」が小説をつむいでいる。[19]

「ありのまま」の現実世界とみえるものも、じつは、ことばによって共有された一つの象徴世界でしかないのだろう。この世は、人の心とことばがつくりだす「夢」でしかないとは、鏡花が親炙した謡曲でくりかえされる「夢の世」の常套句だが、そのような夢のうつつは、その薄い皮膜を一枚めくれば、容易に向こう側の異界が立ちあらわれるのだ。

たとえば、近松門左衛門の浄瑠璃芝居で演じられるのは、時代物と世話物を問わず、いまは幽界にいるものたちのすがたである。こちら側の日常世界(いま)と、語られる幽界(むかし)とは、どちらが虚であり実であるのか。それは荘子の「胡蝶の夢」のように、薄い皮膜一枚をへだてて反転可能な位置に置かれている。いわゆる「虚実皮膜」の世界だが、そのような虚と実、あるいは夢とうつつのあやうい関係が、近代の鏡花作品に受け継がれたものがたりの語りの方法だった。

ことばによって構成されるこの世界は、遠近法的に整序される均質な時空間などではありえない。いわゆる「おばけずき」[20]を自認するような鏡花の小説世界にあって、時間と空間はいたるところでひずみ、ゆがんでいる。

遠近法の座標軸に「自分」を位置づけるような主体は、世界のあらゆる存在を「自分」への再現前=表象へと解消してしまう主体である。いわゆる近代的自我であるが、しかしそんな「自我」を表現の固定項として位置づけるような小説作法の「近代」は、文学としての耐用年数をとっくに過ぎているはずなのだ。

たとえば、泉鏡花の作品群は、明治期の自然主義作家のどの作品よりも現時点的に読み返されている。鏡花の戯曲や小説は多くの演出家によってくりかえし舞台化され、鏡花作品に材をとった一人芝居や朗読会もさかんである。また、この二〇年ほどの現代作家の小説を読んでいると、語りと語られる対象とが主客の関係で分割されずに、近代の記述主義的な言語使用そのものを脱構築してしまうような語りに出会うことがある。

かつて「洋装せる元禄文学」などと揶揄された尾崎紅葉の文章、あるいはその紅葉を敬愛してやまなかった泉鏡花の作品群が示唆している言語論的な諸問題は、あらためて再考される必要がある。近代文学の傍流に位置づけられたものがたり(物語)のパフォーマティブな語りは、そのパロディも含めて、おそらくポスト近代の二一世紀の文学状況にこそ復権しつつあるのだから。

注

ラフカディオ・ハーンと近代の「自我」

1　平井呈一訳『全訳小泉八雲作品集』第七巻、恒文社、一九六四年。

2　兵藤裕己「口承文学総論」『岩波講座　日本文学史』第一六巻、一九九七年。

3　平川祐弘『小泉八雲　西洋脱出の夢』新潮社、一九八一年。

4　小泉節子『思い出の記』一九二七年。

5　篠沢秀夫訳『アントナン・アルトー全集』第一巻、現代思潮社、一九七七年。

6　式場隆三郎訳『ゴッホの手紙(四)』創芸社、一九五二年。

7　スーザン・ソンタグ、冨山太佳夫訳『土星の徴しの下に』晶文社、一九八三年、宇野邦一『アルトー——思考と身体』白水社、一九九七年。

8　アントナン・アルトー、粟津則雄訳『ヴァン・ゴッホ——社会が自殺させた者』筑摩書房、一九九六年。

9　ミシェル・フーコー、田村俶訳『狂気の歴史』新潮社、一九七五年。

10　西成彦『ラフカディオ・ハーンの耳』岩波書店、一九九三年。

11　フランスの民俗学者ポール・セビオ(一八四六—一九一九)が提唱したlittérature orale(英語でoral literature)の、柳田國男による翻訳造語。——柳田「口承文芸大意」『岩波講座　日本文学』第一一回、一九三二年。

12　注2前掲、兵藤「口承文学総論」、および本書Ⅲ「オーラル・ナラティブの近代」、参照。

13　この問題については、本書「おわりに——ものがたり(物語)論のゆくえ」で、あらためて述べる。

王朝の物語から近代小説へ

1　蓮田善明「詩と批評——古今和歌集について」『文芸文化』一九三九年一一月—一九四〇年一月。

2　兵藤裕己「和歌と天皇」『王権と物語』岩波現

代文庫、二〇一〇年、参照。

3 三谷邦明『源氏物語の言説』翰林書房、二〇〇二年、ほか。ただし、フロベール『マダム・ボヴァリー』等の一九世紀ヨーロッパ小説でいわれる自由間接話法 free indirect speech が、人称も時制概念もまったく異なる平安朝の和文にあったとする三谷説には従えない。三谷の言説分類への似たような疑問は、高木信がかろうじて述べている（高木「〈カタリ〉の亡霊論的転回」『物語研究』二〇二〇年三月）。なお、『源氏物語』の「自由間接叙法に似た」文体については、清水好子にすぐれた指摘がある（清水『源氏物語の文体と方法』東京大学出版会、一九八〇年）。

4 ジャン・リカルドゥー、野村英夫訳『言葉と小説――ヌーヴォー・ロマンの諸問題』紀伊國屋書店、一九六九年。

5 三田村雅子「若紫垣間見再読」『源氏研究』第八号、二〇〇三年。

6 夏目漱石『文学論』の描写論（第三篇）でも言及されるレッシング『ラオコオン』（一七六六年）に、ホメロスの叙事詩にかんして『平家物語』とも類似する装束描写の古典的な分析がある（第十六章）。

7 本書Ⅲ「声と知の往還――フォーミュラ」、参照。

8 このような『平家物語』の語りのあり方にたいして、その文学史的な異物ともいえる『太平記』が、その異物性ゆえに、後代の文学や思想に甚大な影響を及ぼしたことは、『太平記(二)』解説「太平記の言葉」岩波文庫、二〇一四年、参照。

9 『近松全集』第一巻、岩波書店、一九八五年。

10 本書Ⅳ「物語テクストの政治学」、参照。

11 本書Ⅳ「ものがたりの書誌学／文献学」、参照。

12 板坂元「西鶴の文体」『文学』一九五三年二月、森修「西鶴の文体の時代的意義」『国語国文』一九五五年三月、中村幸彦「好色一代男の文章」『国語学』一九五七年三月、ほか。

13 亀井秀雄『感性の変革』講談社、一九八三年。

14 井上泰至『恋愛小説の誕生――ロマンス・消費・いき』笠間書院、二〇〇九年。

15 三島由紀夫『日本の文学4　尾崎紅葉・泉鏡

花』解説、中央公論社、一九六九年。

16 国木田独歩「紅葉山人」『現代百人豪 第一』所収、新聲社、一九〇二年四月。

17 松浦寿輝『明治の表象空間』(新潮社、二〇一四年、初出二〇〇六―一〇年)は、文学的近代の生成を、逍遥や二葉亭にではなく、透谷・露伴・一葉に見ている。また、松浦のいう「従来の文学史の因習的な視覚」を問いなおす試みとしては、出口智之『幸田露伴の文学空間――近代小説を超えて』(二〇一二年、青簡舎)などの研究があげられるだろう。

18 田山花袋「露骨なる描写」『太陽』一九〇四年二月、など。なお、国木田独歩「自然を写す文章」(『新聲』一九〇六年一一月)にも「あまりに文章に上手な人、つまり多くの紀行文を読み、大く《ママ》の漢字を使用し得る人の弊として、文章に役せられて、却て自然を傷けて了ふやうな事があるかも知れぬ」とある。

19 本書Ⅱ「泉鏡花の「近代」」、参照。

20 泉鏡花「おばけずきのいはれ少々と処女作」『新潮』一九〇七年五月。

II

近代小説と物語

泉鏡花の「近代」

一　ものがたりの文体

泉鏡花の小説は、読みにくいとよくいわれる。文字づらを追ううちに、文意を見失うともいわれる。いわゆる「おばけずき」を自任するような鏡花の文章は、近代の文章作法で不要とされたものをたくさん抱えこんでいたのだが、それは見方をかえていえば、近代小説の書き手として必要ななにかを、鏡花は欠落させていたということでもある。

鏡花における欠落とはなにか。また、その欠落と逆比例するかたちで、鏡花の過剰な文体が抱えこんだものとは、なんなのか。

江戸の草双紙のたぐいならともかく、明治以後の小説としてはかなり異色の文章を書いた鏡花については、芥川龍之介が、「謡曲を独造した室町時代の天才」に比している。[1] 近代小説の語りの主体にみずからを自己同一化《アイデンティファイ》させていったような晩年の芥川にとって、鏡花の文章を世阿弥の謡曲になぞらえた賛辞は、率直な羨望のことばでもあったろう。

鏡花を掛け値なしの「天才」と評した三島由紀夫は、その天才たるゆえんを、「日本語としてもっとも危きに遊ぶ」文体にもとめ、鏡花は「日本近代文学が置き忘れた連歌風の飛躍とイメージに充ちた日本語の光彩を復興させ」たのだと述べている。[2] 犀利な筆致でしばしば書き込みすぎともみえる文体の持ち主だった三島にとって、「連歌風の飛躍とイメージに充ちた日本語の光彩」という賛辞は、みずからの小説文体に欠けたものを自覚した発言だったろうか。

謡曲風、あるいは連歌風とも評される鏡花の文章について考えることは、たしかに「日本近代文学が置き忘れた」なにかについて問うことである。そのばあい、一つの手がかりとなるのは、鏡花が親炙していた謡曲である。鏡花が母方から能楽師の血を受けついでいたことはよく知られているが、すでに明治二九年(一八九六、鏡花二十三歳)の『照葉狂言《てりは》』の最終場面に、「松風」の謡の声が峰をわたるさまが印象ぶかく描かれている。謡曲の「松風」には、つぎのような一節がある。

げにや憂き世のわざながら、ことにつたなき海人小舟《あまおぶね》の、渡りかねたる夢の世に、住むとやいはん泡沫《うたかた》の、潮汲み車寄るべなき、身は海人《あま》びとの袖ともに、思ひを干《ほ》さぬ心かな。

「松風」のこの謡は、明治三六―三七年(一九〇三―〇四)に新聞連載された鏡花の最初の長篇小説『風流線』で、ヒロイン(の一人)の美樹子によって謡われ、鏡花にとっては思い入れのある謡だったようだ。「寄るべなき」「憂き世」を、川竹の流れのわざで「渡りかね」る女たちの生きざまと死にざまは、やがて鏡花作品の主要なテーマともなってゆく。

そしてそんな「憂き世」も、しょせんは「泡沫《うたかた》」の「夢の世」でしかない。この世――鏡花にとっては「うつつ」「うつし世」という古語がふさわしい――は、世界のすべてではありえない。「うつつ」の世の薄い皮膜を一枚めくれば、そこには容易に非日常の異界が立ち現れるのだ。

小説を書きはじめると、「日常生活とは、余程《よほど》感情の調子……生活の情調が異《ちが》つて来」るとは、みずからの小説作法について述べた鏡花の談話の一節である(「むかうまかせ」『文章世界』明治四一年〈一九〇八〉一二月)。小説を書いているときの鏡花は、「書かない時、醒めてゐる時」とはよほど気分の調子がちがってくるというのだが、日常の「醒めてゐる時」の鏡花にたいして、書いているときの鏡花は、醒めていない、文字どおり夢うつつの状態にあるということだろうか。

小説を書くときのある種の憑依体験は、小説作者のだれもが多かれ少なかれ経験することなのだろう。だが、鏡花にあっては、書く(語る)主体の輪郭があいまいになる度合いは、たとえば芥川や三島にくらべるなら、よほどはなはだしかったようなのだ。

そのような鏡花という作家主体のありようを考えるために、ここでは、明治三〇年前後に成立した鏡花の小説文体について考えてみたい。それは鏡花の小説文体に媒介されて、この日常的な時空間のあやうい構造をかいま見ることでもあるだろう。

二　語り手とはだれか

三島由紀夫は、澁澤龍彥との対談のなかで、中学生のころに初めて鏡花を読んだときの体験について述べている。鏡花の『日本橋』（大正三年〈一九一四〉）のはじめの数頁を読みだしたところ、「人間がどこへ行ったのかさっぱりわからな」かったという。その発言をうけて、澁澤が、わからなくても「かまわずどんどん読んでいくと、しまいにわかりますね」と述べているのは、たしかに鏡花作品を読むときの一つのコツなのだろう。[3]

初期の習作のような小説は措くとして、鏡花の実質的な文壇デビュー作となったのは、『夜行巡査』（明治二八年〈一八九五〉四月）と『外科室』（同年六月）である。両作ともに、いかにも鏡花の初期作品らしい激越なストーリーが展開する。だが、文章は、当時の小説文体の主流だった文語体であり、その措辞には、後年の鏡花の小説ほどには、現代の読者を困惑させるようなところはない。

山田有策によれば、いかにも鏡花らしい文体は、明治二九年（一八九六）に書かれた『照葉狂言』を一つの画期として、明治三三年の『高野聖』で確立したという。[4]すでに明治三一年に書かれた口語体小説の『辰巳巷談』や翌年の『通夜物語』も含めて、鏡花の文章スタイルの確立期を、明治三〇年代初頭にみることに異論はないと思うが、明治三〇年代といえば、近代の言文一致の小説文体が成立する時期でもあった。

明治二〇年代の小説文体の模索期をへて、明治三〇年代に成立する近代小説の文体を特徴づけるのは、語りの視点(point-of-view)の固定性である。それは、世界を意味づける固定項として、「私」(自分)という意識主体が発見されたことを意味している。そのような小説文体の成立に決定的な影響をおよぼしたのは、西洋小説の翻訳文体である。

とりわけ二葉亭四迷が翻訳したツルゲーネフの小説、『あひびき』(明治二一年〈一八八八〉)と『めぐりあひ』(明治二一―二二年)であり、二葉亭の翻訳文体は、明治二〇年代から三〇年代の若い文学者たちに多大な影響をあたえた。

鏡花の『高野聖』が書かれる二年まえの明治三一年、国木田独歩の『武蔵野』(初出原題は『今の武蔵野』)と『忘れ得ぬ人々』が発表された。日常の風景を口語体で描いたこの二作は、のちの自然主義文学の先駆けとされるが、とくに『武蔵野』には、二葉亭訳の『あひびき』の冒頭部分が、自然描写の手本として引用されている。

独歩の『武蔵野』に引用された二葉亭の翻訳文、「秋九月中旬といふころ、一日自分がさる樺の林の中に座してゐたことが有ツた。……」ではじまる文章には、「自分」の目と耳で捉えられた自然が鮮やかに描写されている。

外界の事象を意味づけるのは、「四顧して、そして耳を傾けてゐ」る「自分」である。和歌・俳諧や漢詩文の世界ではぐくまれたレトリックに回収されることのない「自然」が描写されるのだが、それは要するに、世界を認識・表象する座標軸として、「自分」という意識主体が位置づけられたことを意味している(なお、右に引いた『あひびき』冒頭の文の主語「自分が」は、通常の日本語文としては不自然であり、不要である)。

二葉亭の翻訳文体から多くを学んだという独歩の『武蔵野』には、その執筆動機を述べた箇所に、武蔵野の「詩趣」について書くことで「自分を満足させたい」、「自分の見て感じた処《ところ》を書いて自分の望《のぞみ》の一少部分を果《はた》したい」とある。「自分の見て感じた処」を「自分」のことばで書きつづるのだが、「自分」という主語を明示し、主体と客体(外界)の位置関係がまぎれないことに意を用いたこのような文章が書かれることを一つの階梯として、近代の言文一致体の小説は成立した。

かつての往来物や幼学書のたぐいが提供した作文上の定型句《フォーミュラ》、また和歌・俳諧や漢詩文で使われるレトリックを切りはなすことで、自分の見たこと、自分の感じたこと、自分の考えたことを、自分のことばで話すように書く日常的な主体が前景化する。そこに「自分」によるなにかの「表現」(express = 搾り出す)という文章観も成立する。

そのような「表現」としての文章が、表現されるべき「自分」の実質をつくりだす。フーコーのいう言説の実定性《ポジティヴィテ》の問題だが、そうした言語論的な転倒[5]を前提にして、やがて自己表現ないしは自己告白そのものをテーマとした小説も書かれることになる。

ところで、国木田独歩の『武蔵野』が発表されたのは、明治三一年(一八九八)一月である。その半年まえの明治三〇年七月、鏡花は『清心庵』という短篇を発表していた。山中の尼寺で、年上の人妻と同棲する少年の物語だが、鏡花という作家主体について考えるうえで、この小説は少なからず示唆的である。

少年(十八歳である)の「われ」と、摩耶という人妻(いうまでもなく釈迦の母と同名)との奇妙な同棲生活が語られるこの小説で、主人公の「われ」は、なぜ摩耶夫人に惹かれるのか。その理由は、この世ひとつのこととしては説明されない。この小説の末尾は、つぎのような場面で終わっている。

> 衣《きぬ》の気勢《けはい》して、白き手をつき、肩のあたり、衣紋《えもん》のあたり、乳《ち》のあたり、衝立《ついたて》の蔭に、つと立ちて、烏羽玉《うばたま》の髪のひまに、微笑みむかへし摩耶が顔。筧《かけひ》の音して、叢《くさむら》に、虫鳴く一ツ聞えしが、われは思はず身の毛よだちぬ。
> この虫の声、筧の音、框《かまち》に片足かけたる、爾時《そのとき》、衝立の蔭に人見えたる、われは嘗《かつ》て恁《かか》る時、かゝることに出会《いであ》ひぬ。母上か、摩耶なりしか、われ覚えて居《お》らず。夢なりしか、知らず、前《さき》の世のことなりけむ。

摩耶の立ちすがたを見た「われ」は、ふと既視感におそわれる。摩耶のすがたに母の遠い記憶が重なるのだが、その既視感の異様なリアルさゆえに、「われは思はず身の毛よだちぬ」となる。

なぜ「われ」は摩耶を求めるのか。自分でも不可解なみずからの行動の原因が、この世に生をうけるまえの「前《さき》の世」にもとめられる。「われ」という存在は、未生以前の世界とのつながりとしてある。そんな「前の世のことなりけむ」として得心されてしまうような心性を、鏡花じしん持っていたということだろう。それは現代の読者にとって、鏡花のわかりにくさの一因でもある。

三　前世の観念

「前の世」とのつながりで現世の自分を理解しようとする心性は、鏡花の『清心庵』が書かれた明治三〇年当時、かならずしも珍しいものではなかった。

たとえば、明治二三年(一八九〇)に来日したラフカディオ・ハーンが観察したところでは、日本人は「因果」ということばをよく口にする。日本人の心意に、前世の因果、因縁という観念が浸透しており、日本の庶民は、自分という存在が前世とひとつづきであることを日常的に感じているのだという。[6]

ハーンはまた、べつのエッセイのなかで、「袖すりあふのも他生の縁よ　まして二人が深い仲」という都々逸《どどいつ》に注目している。[7]「袖すりあふのも他生の縁」は、ことわざとして現在もかろうじて生きているが、「他生」ということばが実感をともなって受容されることはまずない。だが、明治二〇年代の日本人(庶民)にとって、「他生」や「前世」ということばは、それなりのリアリティをもって受容されていただろう。

俗謡にうたわれる前世の観念に注目したハーンは、前世とのつながりで現世の自分を位置づけることばが、仏典にしばしば説かれる巨大な時間なのだとする。たとえば、「無量百千万億載阿《むりょうひゃくせんまんおくさいあ》僧祇《そうぎ》」という仏典の慣用句だが、[8] 鏡花の小説でそのような時間が言及されるのは、たとえば『葛《かっ》飾砂子《しかすなご》』(明治三三年)である。

東京の下町深川を舞台として、肺病で死んだ役者のあとを追って川に身を投げた娘が、深川の川筋を漕ぎわたる老船頭に助けられる。それを話の本筋として、その合間に、苦界に身を沈めた娘とその父親との哀れな人間模様が語られる。それらの哀話が語られるなか、物語の通奏低音のようにひびくのは、老船頭が口癖のように唱える『法華経』如来寿量品《にょらいじゅりょうほん》の偈《げ》である。

「あゝ、良《い》い月だ、妙法蓮華経《みょうほうれんげきょう》如来寿量品第十六、自我得仏来《じがとくぶつらい》、所経諸劫数《しょきょうしょごうすう》、無量百千万億《むりょうひゃくせんまんおく》載阿《さいあ》僧祇《そうぎ》、」と誦《じゅ》しはじめた。風も静《しずか》に川波の声も聞えず、更《ふ》け行くにつれて、三押《みおし》に一度、七押《ななおし》に一度、兎《と》もすれば響く艪《ろ》の音かな。

「常説法教化《じょうせっぽうきょうげ》、無数億衆生爾来無量劫《むすうおくしゅじょうじらいむりょうごう》。」

法《のり》の声は、蘆《あし》を渡り、柳に音づれ、蟋蟀《きりぎりす》の鳴き細る人の枕に近づくのである。

ひと昔まえの法華信徒ならば、だれもが暗誦していた「自我得仏来」の偈である。右に引かれる偈の一節を訓読するなら、「われ仏《ほとけ》を得てよりこのかた、経《へ》たる所の諸《もろもろ》の劫数《ごうすう》は、無量百千万《むりょうひゃくせんまん》億載阿僧祇《おくさいあそうぎ》なり」であり、つづく一節は、「常に法《のり》を説きて、無数億の衆生《しゅじょう》を教化《きょうげ》してよりこのかた、無量劫《むりょうごう》なり」となる。

老船頭の誦《じゅ》する「無量百千万億載阿僧祇」という経文の声が、物語の通奏低音のように深川の川筋を流れてゆく。その悠久の時の流れのなかで、「子なき親、夫なき妻、乳のない嬰児《みどりご》、盲目の嫗《おうな》、継母、寄合身上《よりあいしんしょう》で女ばかりで暮《くら》すなど、哀《あわれ》に果敢《はか》ない老若男女《ろうにゃくなんにょ》」の生のいとなみが語られる。

「無量百千万億載阿僧祇」という時間は、日常の生活実感とはおよそかけ離れている。だが、そのはじめもおわりもないような巨大な時の流れを心のどこかに感じながら生きることは、そんな時空間と無縁に生きる生き方とは異なるだろう。

「無量百千万億載……」という時間が、人の生死をもつかのまのたわむれとして、つまり「泡沫《うたかた》」の「夢の世」として受けいれるような感受性をはぐくむのだ。そのような超越的な時空間にたいする感受性の有無が、ハーンが指摘したように、日本人の前近代と近代とを区別する一つの指標なのかもしれない。

みずからの外部に超越的な固定項(たとえば、「無量百千万億載阿僧祇」という時間)をもたない「自分」は、世界のあらゆる存在を「自分」への再現前＝表象へと還元してしまう主体である。

そんな主体の誕生を待って、世界ははじめて遠近法的に整序された均質な時空間として立ち現れる。客観的に観察され、記述・描写される近代の「現実」が出現するわけだ。

そんな「現実」をまえにした主体にあって、前世・前生などといった観念は、およそお化けや妖怪と同レベルの、荒唐無稽な迷信でしかない。明治二〇年代のハーンが、遺伝学や社会進化論など、当時最新の科学的知見をもとに正当化さえ試みた日本庶民の心性は、明治三〇年代(近代国民国家の確立期)以後の日本社会から急速に失われていったのだ。[9]

たとえば、明治三九年(一九〇六)に発表された島崎藤村の『破戒』は、自然主義を文壇の主流へ押し上げた小説である。『破戒』は、周知のように、被差別部落出身の主人公の自己告白をテーマとしている。

被差別部落の問題が、前世の「業」「因果」などの仏教的観念と不可分に生まれたことは知られている。[10]主人公の父親は、老練な牧夫にもかかわらず、種牛の角に突かれて不慮の死をとげる。老牧夫の死は、近隣の茶飲み話となり、「迷信の深い者」は、「前の世には恐ろしい罪を作ったとも有つたらう」とうわさしあったという。

明治二〇年代のハーンが注目したような日本庶民の「前世の観念」は、明治三〇年代の自然主義の文学者たちにとって、克服されるべき封建時代の「迷信」以外のなにものでもなかった。『破戒』の主人公は、告白すべき内部(本質、人間性《ユマニテ》)をかかえて懊悩する知識人である。

いわゆる近代的自我の持ち主だが、そのような自我主体は、世界のあらゆる存在を自分への表象として還元してしまう主体でもある。世界に先立って自分(の本質)があるのであり、それは要するに、明治三〇年代に成立する近代小説の文体によってつくられた「自分」だった。

四　ことばと「現実」

自然主義が隆盛に向かう時期に、鏡花は、自然主義的な「現実」とはおよそ趣きを異にした「現世」の物語を書いていた。

たとえば、島崎藤村の『破戒』が発表されたのと同年の明治三九年夏、鏡花は逗子に移り住んだ。以後三年におよんだ鏡花の逗子滞在は、自然主義が全盛に向かう時期の文壇の圧迫から逃れるためだったともいわれる。そんな時期に書かれた『春昼』(明治三九年一一月)とその続篇『春昼後刻』(同一二月)では、恋人に先立たれた女主人公が、来世での恋人との再会を信じて海に身を投じる。

みずからの恋の成就を来世に託すという小説の結末は、同時代の文壇の趨勢にたいする、鏡花なりのイロニーだったろうか。

自然主義が文壇を席巻していた明治四一年(一九〇八)、鏡花は、「ロマンチックと自然主義」というエッセイを書いている(『新潮』同年四月)。人を論理で説き伏せるような文章は、鏡花がもっとも苦手としたところだ。だがこの文章で、鏡花は、田山花袋らが主張した「無技巧」の小説理論の欠陥を、かなり正確に言いあてている。それはつぎのような一節である。

小説に全然技巧を不要などと云ふのは、小説と云ふものの解らない門外漢の説である。文字其物が已に或意味に於て一種の技巧である。例へば墨田川と云ひ、忍ケ岡と云ふ。人は此文字を見て、墨田川なり、忍ケ岡なりの歴史や伝説を連想して、墨田川、忍ケ岡をさながらに髣髴《ほうふつ》する。これ文字其物の有する技巧のお蔭である。之れを自然主義者流に全然無技巧として、只、其真を伝ふるを以て足れりとせば、墨田川と云ふ所を、川幅何間の川と云ひ、高さ何メートルの岡と言はねばならぬ。

ここでいわれる「文字其物の有する技巧」は、和歌における地名歌枕のような、歴史的・文化的に培われたことばがもつ意味の隠喩的な広がりである。そのように理解するなら、鏡花がここで批判しようとしていたものの正体もみえてくる。鏡花が述べているのは、自然主義かロマンチックかといった、文壇の流行や派閥次元の問題をこえて、近代小説の言語そのものにたいする根本的な懐疑なのだ。

たとえば、明治二〇年代後半から三〇年代前半に、俳句と短歌の近代化を企てた正岡子規のばあい、嘱目の景物は、伝統詩歌におけるような風雅の隠喩としてあるのではない。できあいの技巧(レトリック)によって月並みな風雅を再生産するのではなく、自分の見たこと、自分の感じたことを、自分のことばで「写生」するのが、子規が提唱した新時代の俳句と短歌である。

子規が批判の対象としたのは、鏡花のいう「文字其物の有する技巧」である。子規の言でいえば、「言葉の美を弄すれば写実の趣味を失」うのであって（「叙事文」『日本』明治三三年一—三月）、そんな「写実」の方法を散文にも用いたのが、子規とその一派の「写生文」である。そして明治三〇年代の「写生文」の運動は、同時期の自然主義文学とともに、近代の小説文体の成立に深く関与することになる。[11]

明治四〇年前後の自然主義文学の全盛期にあって、鏡花は、自然主義的な「無技巧」を批判し、ことばが歴史的・文化的に負わされた意味の隠喩的な広がりこそが、文章作法の要諦であると説いたのだ。鏡花のいう「文字其物の有する技巧」には、和歌・俳諧や漢詩文のレトリックはもちろん、能狂言から、江戸の戯作、浄瑠璃、歌舞伎、俗謡、はやり歌のたぐいまで含まれる。

歴史的・文化的にはぐくまれたことばがもつ隠喩的なイメージの広がりとその連鎖が文章をつむいでゆく。そのような文章作法の機微が、鏡花のいう「技巧」である。さきに引いた「ロマンチックと自然主義」のほぼ半年後に雑誌に掲載された「むかうまかせ」（『文章世界』明治四一年一二月）という談話筆記のなかで、鏡花はつぎのように述べている。

私は書く時にこれといふ用意は有りませんが、茲《ここ》に、一つ私の態度ともいふべきことは、筆を執つていよ〳〵と書き初めてからは、一切《いっさい》向うまかせにするといふことです。といふのは出来得る限り、作中に私といふものを出すまいとするのです。

たとえば、屋内で男女が話をしていて、外には雨が降っていたとするなら、まず雨という点景を出す。そして雨の「感情」が全体にゆきわたれば、あとの会話は、その男女にまかせてしまう。話の発展は「むかうまかせ」にして、あらかじめどういうふうに発展させようなどとは考えないのだという。

小説を書いている鏡花がいる一方で、「文字其物の有する技巧」が小説をつむいでいる。たとえば、鏡花の代表作の一つとして有名な『歌行燈』(明治四三年〈一九一〇〉)では、『東海道中膝栗毛』や、謡曲の「海人《あま》」、狂言の「月見座頭」、歌舞伎の『仮名手本忠臣蔵』や『河内山と直侍』など、多くの先行テクストがふまえられる。[12] それらの引用によって喚起される隠喩的(詩的)なイメージの広がりによって、この小説のストーリーはつむがれる。

おそらく鏡花は、近世の戯作者や俳人程度には、ことばというものが、人がこの世(現世)に住み込むための不可欠の図式《シェーマ》であることを知っていたのだ。ホモ・ロクエンス(ことばをもつヒト)としての人間は、動物とちがって、なまの現実そのものを手に入れたり、知覚したりすることはできない。現実の「ありのまま」の「写生」、あるいは「無技巧」の「平面描写」という主張も、その背景にあるのは、あまりにもナイーブで実在論的な世界観である。

人間の「現実」はことばによって構成されている。客観的な現実世界とみえるものも、ことばによって共有された一つの象徴世界以上のものではないのだろう。この世は人の心とことばがつむぎだす「夢」でしかないとは、鏡花にもなじみの深い「三界唯心」の仏説であり、前掲の「松風」の謡にもみえる「夢の世」の常套句である。そのような夢のうつつ(現世)は、その薄い皮膜を一枚めくれば、容易にその向こう側の異界が立ち現れるのだ。

たとえば、能の舞台で、死者たちの幽界とこの日常世界、すなわち夢とうつつは、あたかも荘子の「胡蝶の夢」のように、反転可能な位置に置かれている。それは鏡花の小説世界の構図でもあるが、そのような世界を可能にしているのが、同時代の言文一致体小説の蚊帳の外にいた鏡花の「雅俗折衷体」の文章だった。[13]

五　母と子の神話空間

鏡花作品が示唆している言語論的な諸問題を、かれが自称する「おばけずき」などの韜晦のことばに解消してしまうことはできないのだ。さきに述べたように、『清心庵』の末尾で、主人公の少年は、人妻の摩耶夫人の立ちすがたを見て、母の遠い記憶を呼びおこす。その既視感が「前《さき》の世のことなりけむ」と結ばれる。

人里はなれた尼寺で、母の形代《かたしろ》のような女性と同棲する主人公は、永遠に大人にはなれない十八歳の少年である。鏡花の分身ともいえる少年の物語は、その三ヵ月前に発表された『化鳥《けちょう》』(明治三〇年四月）の続篇のような作品だった。

『化鳥』は、鏡花が書いた最初の口語体小説とされる。少年の「私」の意識の流れを追うその内的独白体は、英文学者の由良君美によって、プルーストにも先行する世界文学的な先駆性がいわれている。[14] たしかに初期作品のなかでも傑作の一つといえる本作は、鏡花という作家主体のありようを考えるうえで示唆的である。

小学校の低学年とおぼしい「私」（七、八歳である）は、母と二人で橋のたもとの小さな番小屋に住み、通行人から橋銭をとって暮らしている。かつて世間から迫害され、世間を呪う母からは、常日頃、人間は禽獣のたぐいにひとしいと教えられている。

学校の先生よりも母のことばだけを信じる「私」は、ある日、川岸につながれた猿をかまっていて川に落ち、あやういところをだれかに救われた。救ってくれたのが、「翼《はね》の生えたうつくしい姉さん」だと母から聞かされた「私」は、その「美しい人」を捜し歩いて、梅林に踏み迷うち、自分が鳥に化す幻覚に襲われる。そのとき、ふとうしろから抱きとめてくれた母こそが、その「美しい人」ではないかと思い、「私」はふたたび猿をかまって川に落ちてみたいと思う。

九歳で母を亡くした鏡花にとって、母と二人だけで暮らす番小屋の濃密な空間は、幼少時の記憶の原風景でもあるのだろう。もちろん、幼少時の鏡花が、母と二人で橋のたもとで「乞食」同然の暮らしをしたなどという伝記的事実はない。だが、そんなつくられた記憶の原風景が、鏡花作品の母型《マトリクス》をうかがわせるのだ。

母と子の暮らす小さな閉ざされた空間は、民俗世界の神話や古典物語に語られる母と子の神話的な空間を思わせる。たとえば、うつほ舟で漂着した母と子が神として現れる母子神の神話伝承については、はやく柳田國男の考察があり、またその種の母子神信仰の世界的な広がりについては、石田英一郎の考察がある。[15]

古典物語でいえば、『うつほ物語』の発端の俊蔭巻では、清原俊蔭の娘が、俊蔭の没後に零落し、父親の知れない幼い息子と二人で木のうろ(うつほ)に住みつく。息子はやがて成長し、この物語の主人公である藤原仲忠になってゆく。母と子が住みついた「うつほ」の空間は、この長篇物語の神話的な起点に位置している。[16]

『うつほ物語』の「うつほ」が、母と子の充ち足りた神話空間だとすれば、『化鳥』で語られる橋のたもとの「うつほ」は、ある欠損をかかえた空間である。かつて世間から惨酷な仕打ちをうけ、いまも「番小屋の媽々《かか》」と蔑まれる母は、つねづね、人は禽獣にもひとしいと「私」に教えこむ。母の体験は、「私」の声とも母の声ともつかない、つぎのようなアナーキーな声となって噴出する。

人に踏まれたり、蹴られたり、後足《あとあし》で砂をかけられたり、苛《いじ》められて責《さいな》まれて、煮湯《にえゆ》を飲ませられて、砂を浴《あび》せられて、鞭うたれて、朝から晩まで泣通しで、咽喉《のど》がかれて、血を吐いて、消えてしまひさうになつてる処を、人に高見で見物されて、おもしろがられて、笑はれて、慰《なぐさみ》にされて、嬉しがられて、眼が血走つて、髪が動いて、唇が破れた処で、口惜《くや》しい、口惜しい、口惜しい、口惜しい、畜生め、獣《けだもの》めと始終さう思つて、五年も八年も経《た》たなければ、真個《ほんとう》に分ることではない、覚えられることではないんださうで、お亡《なくな》んなすつた、父様《おとっさん》とこの母様《おっかさん》とが聞いても身震《みぶるい》がするやうな、さういふ酷《ひど》いめに、苦しい、痛い、苦しい、辛《つら》い、惨酷《ざんこく》なめに逢つて、さうしてやう〳〵お分りになつたのを、すつかり私に教へて下すつたので。私はたゞ母《かあ》ちゃん〳〵てツて母様《おっかさん》の肩をつかまへたり、膝にのつかつたり、針箱の引出《ひきだし》を交ぜかへしたり、物さしをまはして見たり、裁縫《おしごと》の衣服《きもの》を天窓《あたま》から被《かぶ》つてみたり、叱られて遁《に》げ出したりして居《い》て、それでちやんと教へて頂《いただ》いて、其《それ》をば覚えて分つてから、何でも、鳥だの、獣だの、草だの、木だの、虫だの、蕈《きのこ》だのに人が見えるのだから、こんなおもしろい、結構なことはない。

「私」の声に、いつのまにか母の声が重ねあわされる。語りの視点や人称、話法が不安定に揺れうごく文章だが、こうした文章は、じつは日本語によるものがたり(物語)の伝統的なスタイルでもあった。

たとえば、語りの主体や視点の位置取りが、固定化されず、登場人物のあいだを自在に転移する『源氏物語』の文体については、平安文学研究者の高橋亨の指摘がある。[17]『平家物語』のような和漢混淆文の物語でも、語りの人称はしばしば多重化し、語り手の叙事的な語りの声に登場人物の一人称的な声が混入する。[18]

　そのようなものがたり(物語)の系譜上に、江戸の戯作小説の文体もあり、明治期の鏡花の、「日本語としてもっとも危きに遊ぶ文体」(三島)も生みだされる。そうしたものがたり(物語)の語り手としての鏡花について考えるうえで、『化鳥』に語られる母と子の濃密な「うつほ」の空間は象徴的なのだ。『化鳥』の物語世界は、つぎのような一節で閉じられている。

> 雨も晴れたり、ちやうど石原も辷《すべ》るだらう。母様《おっかさん》はあゝおつしやるけれど、故《わざ》とあの猿にぶつかつて、また川へ落ちて見ようか不知《しら》。さうすりやまた引上げて下さるだらう。見たいな！　羽の生えたうつくしい姉さん。だけれども、まあ、可《い》い。母様《おっかさん》が在《い》らつしやるから、母様が在《い》らつしやつたから。

末尾の「母様が在らつしやつたから」という一文によって、これまで語られてきた世界は一瞬にして「むかし」の時制へ送りこまれる。橋のたもとの「うつほ」の神話空間は、すでに失われた記憶の世界だったということになる。

　鏡花のいくつかの半自伝的な小説によれば、九歳(かぞえ十歳)で母を亡くした鏡花は、母代わりのような美しい年上の女性たちに囲まれて少年時代を過ごしたらしい。少年期の体験をもとに書かれた鏡花の初期作品は、『一之巻』(明治二九年)から『誓之巻』(明治三〇年)にいたる連作や、

『照葉狂言』(明治二九年)などである。

それらの小説で、主人公の少年をとりまく母性の化身のような美しい女たちは、例外なく不幸になってゆく。エディプス的な主体形成の物語を拒否する鏡花作品の男主人公(少年)たちは、女性との関わり方において、『うつほ物語』の主人公仲忠よりも、むしろ『源氏物語』の光源氏に近いといえようか。

『化鳥』で語られる母と子の神話空間は、たしかに鏡花の幼児体験のイマジナリーな原風景なのだろう。近代の教養小説《ビルドゥングスロマン》ふうの自己確立の物語を反転させてしまう鏡花の小説世界は、当然のことながら、近代の男性社会への情念《ルサンチマン》をしばしばむき出しにする。

鏡花が好んで描く母の代理表象のような女たちは、豊饒と破壊(死)、エロスとタナトスとを両義的につかさどる神話的な女性である。『化鳥』の母のアナーキーな反社会性は、そのまま以後の鏡花作品に描かれるヒロインたちの範型にもなっている。

六　エディプス的近代と鏡花

橋のたもとの番小屋に暮らす『化鳥』の母は、現世への怨念ゆえに鬼女と化した橋姫であり、また母の慈しみをあわせもつという点で、法華信徒の鏡花にはなつかしい鬼子母神でもある。そうした神話的な両義性をもつ母との二人だけの「うつほ」の空間は、フィクションというには、あまりにも鏡花作品の原風景としてふさわしい。それは鏡花にとって、ある既視感さえともなう「前《さき》の世」のできごとだったろうか。

母なるものとの濃密な関係を始原としてイメージする主体は、みずからの存立の基底をたえずおびやかされるだろう。鏡花の伝記的な事実関係が問題なのではない。回想された心象風景である『化鳥』の神話的な空間で、「私」の父親は、「私」がまだ母の胎内にいたときに死去したとされる。そして母との対《つい》の関係のなかで自足してしまう「私」は、みずからを規定する根拠の不在につきまとわれるだろう。

「私」(自分)という主体の存立に不可欠な役割を演じる父なるもの(規範、掟)が、鏡花という作家主体にあっては、当初から存在しないのだ。

そこに形成されるのは、あらゆる述語的な規定を受けいれつつ変身する主体である。みずからの帰属すべき中心をもたない主体は、ことば以前の非ロゴス、この世ならざるモノを容易に受けいれてしまう容器となるだろう。

鏡花がその小説スタイルを成立させる明治三〇年代は、口語体に翻訳文体を取り入れた近代小説の言文一致体が成立する時期である。小説以外でも、たとえば国語教科書や新聞記事、あるいは俳句雑誌の投稿欄などで、言文一致の運動がさかんに展開された。[19] そして明治三〇年代を画期として、主語の明示を必要とする西洋語の文法規範にも適合する文章作法が普及してゆく。[20]

そのような文章作法を要請したのは、なによりも、個々人が社会的・法的な責任主体(＝国民)

であることを求めた近代国家である。不可逆的に近代化されてゆく明治期の社会が、主語中心に編制される言文一致体の文章をつくりだしてゆく。

近代の小説文体の成立という事態をうけて、やがて明治末年(四〇年代)から大正期には、エディプス的な主体形成の物語が、小説の主要なテーマとなってゆく。たとえば、大正期の志賀直哉の小説は、近代の言文一致体小説の標本的な名文とされる。志賀の文章は、大正後期には国定国語教科書にも採用されたが、志賀作品で語られるのは、人間(man=男性)の自我確立の物語である。「自分が……自分が……」という小説文体が、「近代的自我」という文学のテーマそのものをつくりだしてゆく。

そのような近代小説のゆくえを予見するかのように、鏡花は、すでに明治三〇年という時点で、エディプス的な近代の「物語」を反転させてしまう『化鳥』『清心庵』という連作を書いていた(その前年に書かれた鏡花の神かくし願望の小説『龍潭譚』を加えてもよい)。とくに『化鳥』は、以後、半世紀近くにおよぶ鏡花の文業の始発期に位置して、鏡花という作家主体の神話的な原風景を語る作品になっている。

日本近代の国民国家の確立期である明治三〇年代の日本の「現実」から抜け出て、夢のうつつにうつろい、たわむれるのが鏡花の文章である。それはものがたり(物語)の系譜にある鏡花の小説スタイルでもあるのだが、そのような物語の文体を克服することが、明治二〇年代から三〇年代に行なわれた文学の改良・近代化のテーゼだった。[21]

正岡子規の「写生(写実)」も、田山花袋の「平面描写」も、明治期日本の近代化が不可逆的に進行してゆく過程でのエピソードである。

そのような近代文学史の周縁に位置して、「近代」という時空間そのものへの違和感をかかえつづけた鏡花は、半世紀近いその文業をつうじて、母親とも娼婦ともつかない美しい女たちをヒロインとしながら、エディプス的「近代」を反転させてしまう物語を書きつづけることになるのである。

泉鏡花、魂のゆくえの物語

一　明治三〇年代の「曲流文」

泉鏡花の『春昼』『春昼後刻』は、明治三九年（一九〇六）の『新小説』一一月号と一二月号に掲載された。

この鏡花作品について、比較文学者の島田謹二は、「日本の景物——特に昼さがりの気分を文字化した点で、空前の作品だ」と評している[1]。春の「昼下がりの気分」を背景に、恋人たちの前世から来世へいたる魂のゆくえを語るこの物語は、たしかに近代小説には類似作を考えがたい「空前の作品」といってよい。

『春昼』『春昼後刻』が書かれた年の三月に、島崎藤村の『破戒』が発表されていた。被差別部落出身の主人公がみずからの出自に苦しみ、父の戒めを破って告白にいたる過程を描いた『破戒』は、田山花袋の『蒲団』（明治四〇年）とともに、自然主義を文壇の主流に押し上げ、その後の日本の近代小説を方向づけた作品である。

また、自己告白に適したその言文一致体は、以後の小説文体のスタンダードとなってゆく。たとえば、明治三〇年代なかばに一世を風靡した尾崎紅葉の『金色夜叉』(明治三〇—三五年『読売新聞』連載)の華麗な雅俗折衷文体を、急速に過去のものにしてゆくのだが、いうまでもなく紅葉は、泉鏡花が生涯敬愛してやまなかった文学の師である。

そんな明治三〇年代の末に発表された鏡花の『春昼』『春昼後刻』は、内容はもちろん、その文章も、同時代の文壇の動きとはまったく逆行するような文章で書かれていた。

『春昼』の冒頭は、ある春の日なか、逗子の郊外を散策する「散策子」が、畑を耕していた「お爺さん」に声をかけるつぎのような一節ではじまる。

「お爺さん、お爺さん」
「はあ、私《わし》けえ」
と、一言で直《す》ぐ応じたのも、四辺《あたり》が静かで他には誰も居なかつた所為《せい》であらう。然《そ》うでないと、其の皺《しわ》だらけな額に、顱巻《はちまき》を緩くしたのに、ほか〳〵と春の日がさして、とろりと酔つたやうな顔色《がんしょく》で、長閑《のど》かに鍬を使ふ様子が——あの又其の下の柔《やわらか》な土に、しつとりと汗ばみさうな、散りこぼれたら紅《くれない》の夕陽の中に、ひら〳〵と入つて行きさうな——暖《あたたか》い桃の花を、燃え立つばかり揺《ゆす》ぶつて頻《しきり》に囀《さえず》つて居る鳥の音《ね》こそ、何か話をするやうに聞かうけれども、人の声を耳にして、それが自分を呼ぶのだとは、急に心付きさうもない、恍惚《うっとり》とした形であつた。

「はあ、私けえ」と応じた老人の「恍惚《うっとり》とした形」を述べる文は、「然うでないと……」から始まって末尾の「恍惚とした形であつた」まで、句点の切れ目がない。この長い文を構成するそれぞれの要素は、主語と述語、修飾語と被修飾語といった一義的な関係にはない。

たとえば、引用した箇所で、「しつとりと汗ばみさうな」とあるのは、だれが、あるいはなにが「汗ばみ」そうなのか。鍬をつかう「お爺さん」か、それとも声をかけた「散策子」か、あるいは「柔な土」が汗ばんでいるとも、また「暖い桃の花」が汗ばんでいるようにも読める。「ほか〳〵と春の日がさ」すなかで、いわば情景全体が「しつとりと汗ば」んでいるのであり、そんな外部世界としてのソリッドな輪郭を持たない情景は、「ほか〳〵と春の日がさして、とろりと酔つたやうな」、すべてがうとうとと夢を見ているような春の昼下がりの田園情緒のなかへ溶けこんでゆく。

この文章では、語り手の位置(視点)や、その認知・判断のゆくえもあいまいである。たとえば、「しつとりと汗ばみさうな」につづく「散りこぼれたら紅の夕陽の中に、ひら〳〵と入つて行きさうな――暖い桃の花を」は、末尾の「を」によって、これを目的格とする文が、「燃え立つばかり揺ぶつて頻に囀つて居る鳥の音こそ」とつづいてゆく。そしてこの「鳥の音こそ」も、つぎに「何かをするやうに聞かうけれども」とあることで、下接するつぎの文の要素へ組み入れられてしまう。

語り手の認知や判断のゆくえが、下接する文によってつぎつぎに先送りされてしまう。「暖い桃の花を」「鳥の音こそ」は、いずれも陳述を宙づりにしたまま文脈をずらしてゆく起点になっている。

この種の文章は、鏡花作品ではいくらでも類例を指摘できるが、前後の文脈を重層させながらずらすこうした語法は、和文や謡曲にみられる掛詞に似ている。また、西鶴の浮世草子で「曲流文」「尻取り文」ともいわれる語法とも類似している。[2]

たとえば、尾崎紅葉の初期の代表作である『伽羅枕《きゃらまくら》』(明治二三年〈一八九〇〉)には、冒頭から掛詞(だじゃれ)をもちいた「曲流文」が多用される。明治二七年に『校訂　西鶴全集』(同年中に発禁処分)を出版した紅葉は、近代の西鶴再評価の立て役者でもある。そんな紅葉のもとで内弟子として小説修行に励んだ鏡花が、西鶴を読んでいたことはまちがいないが、「曲流文」ふうの文章は、はやく坪内逍遥が『小説神髄』下巻(明治一九年)の「文体論」で指摘していたように、草双紙や稗史《よみほん》などの江戸戯作に一般的な文体でもあった。[3]

小説文体の改良を模索した逍遥が、とくに草双紙(合巻)の語り口に注目していたことはよく知られている。また、鏡花(明治六年〈一八七三〉生)が幼少期に草双紙に親炙していたことも、その回想文から知られるが、[4]しかし『春昼』『春昼後刻』が書かれた明治三〇年代末の文壇にあって、

「曲流文」ふうの文章は、いかにも時流に逆行した小説文体だったろう。

ややのちの話になるが、谷崎潤一郎は、昭和四年(一九二九)に発表した「現代口語文の欠点について」(『改造』同年一一月)というエッセイのなかで、明治四〇年前後の自然主義によって成立した言文一致体への再考をうながし、その対極として、一つのセンテンスに複数の文脈(主語)が輻輳するような和文や雅俗折衷文の「云ひ廻し」をあげている。

すなわち、「AはBである」式の翻訳口調を脱して、「鏡花氏などの作品」にみられる自在な「云ひ廻し」を見なおすことで、「細かい心の動きや物の動きを表現することが――或は気分に依つてゞも感じさせることが――出来る」というのだが、谷崎は、そうした「云ひ廻し」の延長上に、西洋で近ごろ流行《はや》る「ジェームス・ジョイスなどゝ云ふ奇抜な作家」の文体の可能性さえ見ているのだ。

明治三〇年代の鏡花の口語体小説については、前章で述べたように、英文学者の由良君美が、「プロット以前の、〈語り〉自体が自己増殖」してゆくようなその「内的独白」の語り口に、世界文学的な先駆性を指摘している。[5] たしかに鏡花の小説文体について考えることは、近代(谷崎のいう「現代」)の言文一致体の文章が取り落としたものを問うことである。この章では、明治三九年の『春昼』『春昼後刻』を手がかりとして、鏡花の特異な文体がつくりだした小説(物語)世界について述べてみたい。

二 魂逢《たまあ》いの恋歌

さきに引いた『春昼』の冒頭で、散策子が畑を耕す老人に声をかけたのは、ある二階家の羽目板のすき間から、蛇が中へ入ってゆくのを見て、それを老人に教えてやるためである。蛇が侵入したその二階家こそ、この小説の女主人公、玉脇夫人の住まいである。[6]

老農夫とのやりとりのあと、近くの古寺をたずねた散策子は、堂内に貼られた巡拝札を見るうちに、懐紙の切れはしにしたためられた女文字に目をとめる。

うたたねに恋しき人を見てしより夢てふものはたのみそめてき

恋人との夢の逢瀬をねがう小野小町の恋歌である。堂内に来た住職と語らううちに、話題はこの「うたたね」の歌におよび、住職は、昨年、寺に滞在した若い客人が、この和歌を書きつけた女に焦がれ死にをした次第を語りだす。

客人が恋いこがれた女は、近在の富豪玉脇の後妻となった夫人であり、散策子が先刻、羽目板のすき間から蛇が入ってゆくのを見た二階家に住んでいる。住職が客人から聞いたところでは、客人は玉脇の夫人と四度出会った。

一度目は、浜の散歩からの帰り道。二度目は、散歩の途中の橋の上で。三度目は、夫人が、夫や取り巻きの幇間《ほうかん》など、四人の男に囲まれて歩いてゆくのと出会ったが、そのときの夫人のようすは、客人の目には、地獄の獄卒どもに駆り立てられてゆくように見え、また玉脇の屋敷が、夫人のためには牢獄のように思えてくる。

四度目は、たまたま通りかかった郵便局のまえである。夫人が郵便局から出てきたのと出会ったのだが、おりしも、郵便局の電話のベルが鳴り、夫人は受話器をとった。

聞くともなしに聞いていると、夫人は、電話の相手に苦しい胸の内をうったえ、はやくたずねて来てほしい、「怨みますよ、夢にでもお目にかかりませうねえ」という。夫人が電話で、「夢にでもお目にかかりませうねえ」とうったえている相手が、客人には自分じしんのように思えてくる。

玉脇の夫人が受話器の向こう側へむかっていう「夢にでもお目にかかりませうねえ」は、はじめに引かれた「うたたねに恋しき人を見てしより夢てふものはたのみそめてき」という小野小町の恋歌と響きあっている。電話という近代のテクノロジーが、夢の逢瀬をかなえるシャーマニックなツールのような役割を負わされるのだ。

恋《こひ》(こふの名詞形)の語源が魂乞《たまご》いにあることは、民俗学者の学説を引くまでもないと思う。たとえば、『万葉集』三三九三番の東歌《あずまうた》、「筑波嶺《つくばね》のをてもこのもに守部《もりへ》据ゑ母い守《も》れども魂《たま》そ逢ひにける」[7]は、母によって恋人からへだてられた娘が、恋人との夢うつつの「魂逢ひ」をねがう恋歌である。

上代文学研究者の大谷雅夫は、「思うゆえに夢に見る」という近代人の常識に反して、『万葉集』には「思われるがゆえに夢に見る」という歌が多いと指摘している。そして前者を「思夢」、後者を「被思夢」とし、古代人の夢の本領は「被思夢」だったとしている。[8]

もの思う魂が肉体をはなれ、恋人のもとへかようから夢に見るという「思夢」と、恋人の魂が自分をしたうから夢に見えるという「被思夢」は、しかし恋する魂が肉体をはなれて相手に逢うという一つのことがらを、別の立場から歌ったものにすぎない。[9]

たとえば、『伊勢物語』六十九段で、伊勢の斎宮(皇祖神に仕える聖なる皇女)が狩の使いの男(業平)におくった恋の歌、「君や来しわれや行きけむ思ほえず夢かうつつか寝てか覚めてか」は、物語の文脈から切り離して解釈すれば、夢うつつの「魂逢ひ」の恋歌であり、古くから詠まれた恋歌のパターンである。

たがいに恋い慕う男女の魂逢いゆえに、「君や来し〔あなたの魂が来たのか〕」、「われや行きけむ〔わたしの魂が行ったのか〕」がわからないのであり、それは本来、物語の地の文が語るような現実の(犯罪的な)密通の歌などではなかった。

そんな夢うつつの「魂逢ひ」の恋歌を、あえて禁忌の恋歌として読み替えたところに『伊勢物語』の面目はあり、さらに恋の舞台である「伊勢」を標題とし、この禁忌の恋を物語全体をさしつらぬく縦糸としたことで、[10]「伊勢」の物語は後代の文芸に多大な影響をあたえることになる。

たとえば、『源氏物語』の光源氏と藤壺中宮との禁忌の恋の物語は、当時の読者たちに、容易に「伊勢」を連想させたろう。六十九段は、たしかに『伊勢物語』の代表章段として、その禁忌の恋の物語は、後代の文学・芸能にくりかえし引用・再生産されてゆく。その主題的な核となったのが、「夢かうつつか」という魂逢いの恋歌であり、またそんな夢うつつの逢瀬の歌として当時広く受容されていたのが、小野小町の「うたたね」の恋歌だった。

三 「うたたね」のシャーマニズム

『古今和歌集』巻十二(恋二)の巻頭には、「うたたね」の歌も含めて、小野小町の夢の恋歌が三首並んでいる。

その一首目は、「思ひつつ寝《ぬ》ればや人の見えつらむ夢と知りせば覚めざらましを」。上の句は、恋い慕いながら寝たために、あの人のすがたが夢に見えたのだろうという意味。この歌も恋する魂があくがれ出て、夢うつつに恋人のもとへかようという歌である。

二首目は、「うたたねに……」の歌。

三首目は、「いとせめて恋しきときはむばたまの夜の衣をかへしてぞきる」。すなわち「夜の衣」(衾《ふすま》、掛け布)を裏返して寝れば、恋しい人に逢えるという一種のまじない歌である。

三首ともに、小野小町の夢の恋歌として、広く人口に膾炙している。なかでも「うたたね」の歌は、『古今和歌集』以後、「うたたね」を詠みこんだ多くの恋歌の本歌となっている。なお、

「うたたね」という語は、『万葉集』にはなく、この小町の歌によって歌ことば(歌語)として定着した。[11]

ところで、「うたたね」の「うたた」は、現代語の「うとうと」「うつらうつら」などに系譜を引く語であり、入眠と覚醒のさかいめの状態を意味している。

柳田國男は、「うたたねの橋」「うたたねの森」などの地名を紹介し、「うたたね」を冠したそれらの地名が、かつては神霊を憑依させ、その託宣を聞いた故跡だったろうと述べている。[12] また、中山太郎の調査によれば、巫女になる儀礼(成巫儀礼《イニシエーション》)では、神前であくびをすると神が降《お》りたしるしとされ、また、梓巫女《あずさみこ》(梓弓をたたいて神霊を口寄せする巫女)が死者の霊を口寄せするときも、あくびをすることが口寄せが始まる合図とされたという。[13]

そうしたうたたね状態での神霊の来臨をねがう魂乞いの歌が、男の訪れを待つ女の恋歌に転用される。また、「うたたね」を冠した地名の広がりからうかがえるように、人口に膾炙した小町の「うたたね」の歌は、魂乞いのシャーマニズムの呪歌として広く行なわれた。

たとえば、能の「清経《きよつね》」では、「うたたねに……」の歌が、死者の霊魂の訪れとともに謡われる。平清経が平家一門の前途を悲観して入水《じゅすい》したあと、悲嘆に暮れる北の方は、亡き夫への怨みごとを言いつつ、「夢になりとも見え給へ」と床につく。

あたかも、『春昼』の玉脇夫人が、受話器の向こう側にいるもう一人の客人にむかって、「夢にでもお目にかかりませうねえ」と話しかけるすがたを思わせる。能の「清経」で、シテ清経の死が入水であることも、このあとの客人の末路を暗示している。
はたして北の方の夢枕に清経の霊が現れる。そのときの霊の謡は、「うたたねに恋しき人を見てしより夢てふものはたのみそめてき」である。「うたたね」の魂乞いの歌は、夫の霊の来臨をねがう北の方によって謡われるのがふさわしい。だが、「うたたね」の逢瀬では、まさに「君や来し／われや行きけむ」であり、彼我のさかいめが曖昧になるということなのだろう。

鏡花が母方から能楽師の血を受けついでいたことは、よく知られている。母方の祖父は、加賀藩お抱えの葛野《かどの》流大鼓方の中田万三郎であり、伯父(母方の次兄)は、宝生流シテ方の松本家に養子に入り、明治期に宝生流を復興させた松本金太郎である。

能楽から構成上のヒントを得たとみられる鏡花作品は少なくないが、『春昼』を書いた鏡花の脳裏に、小町の「うたたね」の歌を軸にして一曲が展開する「清経」の能があったことはたしかだろう。

鏡花にとって、謡曲の詞章は自家薬籠中のものだったのだが、イメージの連鎖によって陳述が先送りされてゆくような『春昼』冒頭の文章(前掲)は、たしかに謡曲との本質的な類縁性を思わせる。たとえば、鏡花の文章の「独特の措辞」について、芥川龍之介は、「謡曲を独造した室町時代の天才」世阿弥の文章に比している。[14]

ところで、世阿弥作の能「清経」の北の方は貞淑な妻である。『春昼』のヒロインの玉脇夫人は、「恋も無常も知り抜いた風」の女である。夫人の素性は、住職のことばでつぎのように説明される。

口許《くちもと》なども凜《りん》として、世辞を一つ言ふやうには思はれぬが、ただ何んとなく賢《かしこ》げに、恋も無常も知り抜いた風に見える。身体つきにも顔つきにも、情《なさけ》が滴《したた》るといつた状《さま》ぢや。恋ひ慕ふものならば、馬士《うまかた》でも船頭でも、われら坊主でも、むげに振切つて邪険《じゃけん》にはしさうもない、たとへ恋はかなへぬまでも、しかるべき返歌はありさうな。〔中略〕慕はせるより、懐しがらせるより、一目見た男を魅する、力広大。少からず、地獄、極楽、娑婆も身に附絡《つきまと》うてゐさうな婦人《おんな》、従うて、罪も報《むくい》も浅からぬげに見えるでございます。

「馬士《うまかた》でも船頭でも、われら坊主でも、むげに振切つて邪険にはしさうもない」。しかも「恋も無常も知り抜いた風」で、「一目見た男を魅する、力広大。少からず、地獄、極楽、娑婆も身に附絡うてゐさうな」といわれるのは、並みの遊女ではない、元祖「遊女」の小野小町そのものといってよい。

能の世界では、小野小町は遊行・漂泊する物狂いの老女である(「卒塔婆小町」「関寺小町」「鸚鵡小町」等)。その途方もない齢《よわい》と衰老のすがたは、かつての好色の罪ゆえに仏果が得られない業罰の表現である。

御伽草子(室町時代物語)の『小町草紙』は、冒頭に、「内裏に小町といふ色好みの遊女あり」

とある。「遊女」の小町伝説は、東日本を中心に全国に分布しているが、とくに多いのは「瘡《かさ》の歌」の伝説である。

瘡をわずらう小町が、薬師仏に参り、「南無《なむ》薬師《やくし》衆病《しょびょう》悉除《しつじょ》の願《がん》立てて身より仏《ほとけ》の名こそ惜しけれ」と詠むと、薬師如来の返歌に、「村雨《むらさめ》はただひとときのものぞかしおのが簑笠《みのかさ》そこに脱ぎおけ」とあり、身の瘡(簑笠)はたちどころに平癒した。遊女の「身の瘡」とは、梅毒あるいはハンセン病だろうか。そんな「業病」を負った「名媛」の話は、西日本では、しばしば和泉式部の伝説として伝えられる。

『春昼』の続篇『春昼後刻』では、和泉式部の和歌をめぐって物語が展開する。和泉式部と小野小町の伝説を、「遊女」すなわち遊行婦女《うかれめ》の問題として考察したのは、柳田國男の『女性と民間伝承』(昭和七年〈一九三二〉)である。しかし「恋も無常も知り抜いた風」「地獄、極楽、娑婆も身に附絡うてゐさうな婦人、従うて、罪も報も浅からぬげに見える」という特殊な女性イメージを小町や式部にかさね合わせたのは、柳田よりも早く泉鏡花だった。

四　じだらくな小町

ところで、郵便局で立ち聞いた電話の一件を住職に話した客人は、風呂に入って夕飯をすませると、外出した。向かった方角は、夫人の住む二階家のある浜のほうではなく、寺の本堂から裏山へつづく道だった。

裏山の石段をのぼった客人が、夕暮れの景色を眺めていると、どこからか笛太鼓の祭り囃子の音が聞こえてくる。その音をたよりに山道をつたってゆくと、坂の両端に無数の石仏が並んでおり、それらの石仏には、いずれも女の名前とその享年が彫りつけてある。

囃子の音がしだいにはっきりと聞こえ、高みへ出ると、薄赤いもやがかかったなかから、にぎやかな祭り囃子が聞こえる。近づくと、拍子木の音がして、幅一間ばかりの横穴の舞台の幕があき、さらに拍子木の音がして、こんどは舞台の左右にかかっていた白いもやの幕があいて、数十に仕切られた黒い横穴のなかには、女がずらりと並んでいた。

山中に並ぶ横穴とは矢倉である。矢倉は、この小説の舞台となる逗子や鎌倉に多い横穴式の中世の墓跡である。そんな墓穴のなかにずらりと並んだ女たちは、「片膝立てたじだらくな」女や、「緋の長襦袢《ながじゅばん》ばかり」の女、「頬のあたりに血のたれてゐる」女もいれば、「縛られ」た女もいる。かつて苦界に沈んで、悲惨な最期をとげた女たちである。

さらに拍子木の音がすると、横穴の一つから、寝間着すがたの美しい女が舞台へあがり、じっと客人のほうをみたその顔は、玉脇の夫人だった。

夫人の素性がここであかされるわけだが、やがて客人のうしろから黒い影が出て舞台にあがり、夫人と背中合わせに座ってこちらを見たその顔は、「自分」だった。夫人が郵便局の電話器で話しかけていたもう一人の「自分」が、すがたを現したのだ。

舞台にあがった「自分」は、夫人と背中合わせになり、指で夫人の背中に、「△、□、○」と書いた。[15] すると、地を払って空をえぐるような風が吹き、「舞台がぐんぐんずり下《さが》つて、はツと思ふと旧《もと》の土」。そこから夢中で寺へ駆けもどった客人は、からだじゅう傷だらけで、夜露でずぶ濡れだった。

ここまでが、住職が語った客人と玉脇夫人との「うたたね」の逢瀬の物語である。

翌日、夫人が寺へ参詣に来たが、住職は、庵室にこもる客人には知らせなかった。寺の柱に「うたたねに……」の和歌の懐紙が貼られたのは、その折だった。彼女もやはり、客人とおなじく夢うつつの魂逢いの逢瀬をとげたのだ。

それから二、三日、庵室にこもっていた客人は、住職が目を離した隙にいなくなった。山中の蛇《じゃ》の矢倉で客人のすがたを見たという木樵《きこり》がいた。水の溜まった矢倉は底が知れず、海中までつづくともいわれていたが、はたしてつぎの日、客人の死骸は岬の浜に上がった。

ここまで語った住職は、客人の死について、「その晩のやうな芝居が見たくなつたのでございませう」と述べて、長物語を終える。おりしも、夫人の家の方角から春の雨が降りかかる。

雨が二階家の方からかかつて来た。音ばかりして草も濡らさず、裾があつて、路を通ふやうである。美人《たおやめ》の霊が誘はれたらう。雲の黒髪、桃色衣《ぎぬ》、菜種の上を蝶を連れて、庭に来て、陽炎《かげろう》と並んで立つて、しめやかに窓を覗いた。

玉脇夫人の住む二階家のほうから伸びてくる雨脚は、しかし「草も濡らさず、裾があつて、路を通ふやう」であり、そして「雲の黒髪、桃色衣」、美人の霊が、二羽の蝶が舞うなか陽炎とともに庭に降りたち、散策子と住職のいる寺の窓を「しめやかに」覗いた。

ほとんど合理的な読解を拒否するような結末である。この一節によって『春昼』は終わる。そして続篇の『春昼後刻』では、恋人に先立たれた夫人の恋のゆくえの物語が、それまで聞き手でしかなかった散策子を巻き込むかたちで展開することになる。

五　蝶の隠喩《メタファー》

『春昼後刻』は、寺の住職から、夢の逢瀬の物語を聴かされて「胸が膨れるまでにな」った散策子が、なんとかそれを「消化《こな》して胃の腑に落ちつけ」ようと、寺を出たところから話ははじまる。寺の石段を下りて、前方に玉脇夫人の住む二階家を見ながら歩く散策子は、つぎのように独白する。

自分も何んだか夢を見てゐるやうだ。やがて目が覚めて、ああ、転寝《うたたね》だつたと思へば夢だが、此《この》まま、覚めなければ夢ではなからう。〔中略〕夢にならら恋人に逢へると極《きま》れば、こりやいつそ夢にしてしまつて、世間で、誰某《たれそれ》は?と尋ねた時、はい、とか何んとか言つて、蝶々二つで、ひらひらなんぞは悟つたものだ。

「こりやいつそ夢にしてしまつて……蝶々二つで、ひらひら」は、荘子の「胡蝶の夢」の故事をふまえたいい方である。おりしも、散策子の歩みにつれて、菜の花の咲く道ばたに蝶が舞い、その蝶の舞いに誘われるように、「玉の緒」がふわふわとあくがれ出る気分になる。

あくがれ出る魂を蝶に見立てるのは、民間の伝承世界ではなじみの発想である。たとえば、北陸地方の民話を採集した水沢謙一は、その種の民話を『蝶になったたましい』(一九七九年)として編集・刊行している。

蝶は和歌には詠まれない語だが、夜空を行く蛍を、魂の使い、ないしは魂そのものと見立てた和歌としては、『伊勢物語』四十五段の「行く蛍雲の上まで往《い》ぬべくは秋風吹くと雁に告げこせ」、また和泉式部の、「もの思へば沢の蛍もわが身よりあくがれ出づる魂かとぞみる」(『後拾遺和歌集』巻二十・雑六)が有名である。

『春昼後刻』では、このあと、和泉式部の和歌を軸に物語が展開する。蝶とともに魂があくがれ出るイメージは、これまでの物語を受けて、続篇の物語を導きだす伏線になっている。

ところで、『春昼』『春昼後刻』が書かれるよりも十三年ほど以前の明治二六年(一八九三)秋、『国民之友』や『文学界』に、蝶をモチーフとした北村透谷の一連の詩が掲載された。「蝶のゆくへ」(『三籟』明治二六年九月)、「眠れる蝶」(『文学界』明治二六年九月)、「双蝶のわかれ」(『国民之友』明治二六年一〇月)の三作である。

この蝶三部作でうたわれる病みつかれた蝶のすがたは、この時期の透谷の自己像でもあるだろう。たとえば、二作目の「眠れる蝶」の末尾の一節を引いてみる。

……

蝶よ、いましのみ、蝶よ、
　破れし花に眠るはいかに。
破れし花も宿仮《か》れば、
　運命《かみ》のそなへし床なるを。
春のはじめに迷ひ出で、
秋の今日まで酔ひ酔ひて、
あしたには、
　千《ち》よろづの花の露に厭き、
ゆふべには、
夢なき夢の数を経ぬ。
只《た》だ此まゝに『寂《じゃく》』として、

花もろともに滅《き》えばやな。

憔悴のきわみにあって、魂だけが蒼白く燃えているような詩である。病みおとろえた蝶に自分の似姿をみる透谷にとって、蝶はあくがれ出る魂そのものだったろう。

この蝶三部作が発表された明治二六年の秋は、鏡花はまだ尾崎紅葉宅で内弟子をしていた。鏡花にとって、北村透谷の名は、師の紅葉の思想的な古さを「元禄文学」と批判した人物として意識されていただろう(「伽羅枕及び新葉末集」『女学雑誌』明治二五年三月、ほか)。

そんな透谷の書いた詩が掲載された『国民之友』や『文学界』は、紅葉宅で書生住まいをしていた鏡花の目にもふれたはずだが、この蝶三部作が発表される以前、おなじ年の一月に、透谷は『宿魂鏡』という小説を『国民之友』に発表していた。

それまで詩や評論、戯曲などを手がけてきた透谷が、満を持して発表した最初の小説だが、簡単にそのあらすじを述べておく。

東京の大学で学ぶ主人公が、書生として寄宿していた男爵家の令嬢と恋仲になる。男爵の引き立てによる立身出世を夢見ていた男は、しかし女の母親に仲を裂かれ、その夢を絶たれる。郷里へ帰った男は、傷心ゆえに神経に変調をきたし、奇行もめだってくる。じつは女は、別れぎわに自分の血をつけた古い銅鏡を男に手渡しており、その鏡に込められた魔性の精魂が、男に恋の幻覚を見せるのだ。

そんな男のもとへ、ある夜、女がたずねてくる。女は嫌いな男にとつがされる苦衷をうったえ、「誓ひし事のいつはりならずばもろともに」という。翌朝、男は自室で死んでいた。おなじ時刻に、女も東京の屋敷で息絶えていた。

仲をへだてられた恋人どうしの魂があくがれ出て逢瀬をとげ、心中にいたるというのは、後年の鏡花作品を思わせるような筋立てである。だが、人物の肉付けにとぼしく、ストーリー展開も性急である。とくに小説の終わり近く、魔鏡のなかから出現したデーモンが恋人のまぼろしと「逃げつ追はれつ」するという展開は、たしかに拙劣なドタバタ劇としか言いようがない。

田山花袋が回想しているように、透谷の『宿魂鏡』の「技巧の拙なさ」は否定すべくもなく、「硯友社あたりでは殆どそれを問題にしてゐなかつた」というのは事実だったろう。[16]

だが、当時一万余の発行部数を誇った『国民之友』に掲載された『宿魂鏡』は、紅葉のもとで小説修行にはげんでいた鏡花の目にもふれたことだろう。修行時代の鏡花が『宿魂鏡』をどう読んだかは不明だが、現実に逢えない恋人どうしの「魂逢ひ」の逢瀬は、『春昼』のストーリーを先取りしているようにも読めるのだ。

たとえば、『宿魂鏡』で女の幻が現れたときの男の独白は、「夢か、夢なるにせよ、我れ覚めたりと思ふ間は夢ならず」というもの。さきにあげた『春昼後刻』における散策子の独白、「自分も何んだか夢を見てゐるやうだ。やがて目が覚めて、ああ、転寝《うたたね》だつたと思へば夢だが、此《この》まま、覚めなければ夢ではなからう」を思わせる。

目が覚めているのに見てしまう夢とは幻覚である。近代医学では統合失調《スキゾフレニア》の症状とされるが、それは『宿魂鏡』や蝶三部作の詩を書いたころの透谷の状態だったろうし、また、『春昼』『春昼後刻』を執筆していた当時の鏡花の精神状態でもあったろうか。鏡花の自筆年譜の明治三九年の条には、小町の「うたたね」の歌を引いた、つぎのような一節が記される。[17]

七月、ます〲健康を害《そこな》ひ、静養のため、逗子、田越に借家。一夏の仮すまひ、やがて四年越の長きに亘れり。殆ど、粥《かゆ》と、じやが薯《いも》を食するのみ。十一月、「春昼」新小説に出づ。うたゝねに恋しき人を見てしより夢てふものはたのみそめてき。雨は屋《おく》を漏り、梟《ふくろう》軒に鳴き、風は欅の枝を折りて、棟の柿葺《こけらぶき》を貫き、破衾《やれぶすま》の天井を刺さむとす。蘆の穂は霜寒き秋に散り、さゝ蟹《がに》〔蜘蛛〕は、むれつゝ畳を走りぬ。「春昼後刻」を草せり。蝶か、夢か、殆ど恍惚の間にあり。

夢うつつの魂が肉体をあくがれ出て相手のもとへかよう「うたたね」の歌は、逗子で静養しながら、『春昼』『春昼後刻』を執筆していた当時の鏡花にとって、おそらくリアルな実感とともにイメージされていたわけだ。

六　巫女と娼婦

『春昼後刻』で、下宿への帰途についた散策子は、寺をたずねるまえに出会った老農夫と行きあう。蛇が玉脇の家の羽目板から中へ入ったことを教えてやった農夫である。老農夫は、玉脇の家で蛇を取り除いた手柄話を語り、その一件によって、玉脇夫人が散策子に礼を言いたがっているという。

はたして散策子が歩いてゆくさきに、行く手をさえぎるようにして、夫人が大きな日傘をさし、道の傍らで休んでいた。

その横を通りかかると、夫人は蛇の一件について礼をいう。なぜ自分であるとわかったのかと問うと、夫人は、散策子のすがたを二階の窓から見ていたという。そして散策子を見て心持ちが悪くなったというので、そのわけを尋ねると、自分には、どうしても逢えない恋しい人がいて、その人に似たすがたを見たので臥せったのだという。

夫人と話しているあいだに、彼女の「ノオトブック」を手に取り、開いてみると、そこには大小さまざまな「○、□、△」が書かれていた。と、そのとき、二人の角兵衛獅子の子どもが現れた[18]。

夫人は二人の子を呼び止め、幼いほうを抱き寄せて、散策子に「私の児かも知れないんですよ」と謎めいたことをいう。そして、その幼い子に、「ただ持つて行つてくれれば可《い》いの、どこヘツて当《あて》はないの」といって紙片をことづけたが、その紙片には、つぎのような和歌が書かれていた。

君とまたみるめおひせば四方《よも》の海の水の底をもかづき見てまし

二人の角兵衛獅子の子は、ことづけの紙片を獅子頭のなかにしまうと、そのまま海のほうへ駆けていった。散策子は、ことづけの歌のゆくえをみとどけるべく、女と別れて浜辺へ向かった。「君とまたみるめおひせば四方の海の水の底をもかづき見てまし」は、和泉式部の歌である。ただし、さきの小野小町と同様、この和泉式部も、王朝時代の「名媛」というより、泉鏡花がイメージした伝承世界の式部だろう。すなわち、砂山へ出て寝転んだ散策子の独白の一節。

この歌は、平安朝に艶名一世を圧した、田かり(刈)ける童に襖《あを》をかり(借)て、あをかりしより思ひそめてき、とあこがれた情に感じて、奥へと言ひて呼び入れけるとなむ……名媛の作と思ふ。

「あをかりしより思ひそめてき」の歌で記憶される和泉式部とは、平安朝に実在した「名媛」というより、伝承世界の式部である。

和泉式部が伏見稲荷に詣でた帰り道で雨に降られ、田を刈っていた童に襖《あを》(裏地のある袷《あわせ》の衣)

を借りた。翌日、童がたずねてきて、「わが恋は稲荷《いなり》の山のうす紅葉《もみじ》あをかりしより思ひそめしか」という恋歌を詠む。その歌にめでて、式部は童と一夜の契りを結ぶことになる。

この話は、はやく平安末期の歌学書『袋草子』に見え、また鎌倉時代の説話集にしばしば収録された(『十訓抄』『古今著聞集』『沙石集』等)。御伽草子の『十本扇』では、童と契った式部は、童と寝物語をするうち、その子がかつて自分が捨てた子であったことを知るという展開になる。和泉式部の好色譚には、不思議に母子相姦の話がつきまとうのだ。

おなじく御伽草子の『和泉式部』では、道命《どうみょう》阿闍梨と恋仲になった和泉式部が、やはり寝物語をするうちに、道命がじつは、かつて自分の捨てた子であったことを知り、煩悩の闇に迷うみずからを悔悟して出家するという物語。

角兵衛獅子の子を抱き寄せて「私の児かも知れないんですよ」という玉脇夫人のイメージにかさね合わされる和泉式部は、さきの小野小町と同様、中世の伝承世界ではぐくまれた「名媛」のイメージである。

浄瑠璃姫と源義経との恋物語である『浄瑠璃物語』[19]にも、義経が姫を口説くときに語る恋の先例話の一つとして、和泉式部の物語が語られる。

それによれば、和泉式部が多くの求婚者を冷淡にあしらった罪の報いとして、式部の両親は地獄に落ちる。その両親を救うべく、京の五条に仮屋を立てた式部は、高札に「千人に契るべし」と記して、千人の男と契りを結ぶ「愛情願」を立てる。そして九百九十九人の男と契り、千人目にやってきたのは、清水坂に住む「いはす」(ハンセン病者)だった。式部は、意を決して「いはす」と契る。すると、その「いはす」は、はたして清水観音の化身だったという。

和泉式部が「いはす」と契る話が伝わる一方で、彼女じしんが「いはす」だったとする伝承もある。日向国の法華嶽寺《ほっけがくじ》(宮崎県国富町)に伝わる伝説では、「瘡」をわずらう式部が、当寺に参詣し、本尊の薬師如来に難病平癒を祈ったが、効験がない。そこで「南無薬師衆病悉除《なむやくししゅびょうしつじょ》の願立《がん》てて……」の歌を詠んだところ、「おのがみのかさそこに脱ぎおけ」の返歌があって難病は平癒した。東日本に多い小野小町の「身の瘡《かさ》(簑笠)」伝承が、西日本では和泉式部の物語として伝えられたわけだ。いずれにせよ、流浪・漂泊する式部や小町の素性をうかがわせる話である。

七 魂のゆくえ

御伽草子『和泉式部』の冒頭は、「中ごろ花の都にて、一条の院の御時、和泉式部と申して、やさしき遊女ありし」と語りだされる。おなじく御伽草子の『小町草紙』の冒頭も、さきに述べたように、「内裏に小町といふ色好みの遊女あり」である。

小野小町ないしは和泉式部の物語を語りあるく遊行の女たちが存在したのだが、「川竹の流れ」を生きる「色好み」の彼女たちは、和歌にたくみな女性でもある。そして民間の伝承世界で行なわれる和歌は、ふつう幽冥界との交信手段だった。

たとえば、謡曲「歌占《うたうら》」にあるように、中世の歌占は、短冊に書いた和歌を選ばせ、それを解読して吉凶を占った。神意をうかがう占いに和歌をもちいたのだが、巫女が依代《よりしろ》となる神仏の託宣も、ふつう和歌によって行なわれ、また和歌をもちいた託宣は、今日のおみくじの源流にもなっている。

謡曲「歌占」のシテは、男の神主である。だが、各地に残る小町や式部の古跡・伝説から想像すれば、歌占は巫女によって行なわれるのが一般的だったろう。和歌にたくみな遊行の巫女、すなわち「遊女」たちは、小野小町や和泉式部の物語を語り、ときには彼女らの名を騙《かた》ることもあったろう。

そしてこうした伝承世界の小町や式部のイメージで語られる『春昼』『春昼後刻』のヒロイン像は、鏡花を愛読し、みずからを「鏡花門徒[20]」と称した柳田國男の想像力をいたく刺激したようなのだ。

柳田は、大正初年に、小野小町や和泉式部などの王朝の名媛伝説に注目し、それらの伝説が、遊行する巫女の事跡を背景にして成立したことを論じた(『巫女考』大正二―三年〈一九一三―一四〉)。王朝の名媛伝説をめぐる柳田の考察は、やがて『女性と民間伝承』にまとめられる。『山海評判記』(昭和四年〈一九二九〉)など、鏡花作品の一部に、柳田民俗学の影響がみえることはよく知られている。だが、小町と式部の和歌伝説から示唆される彼女たちの「遊女」性については、明治三九年の鏡花作品に発想のイニシアティブがあったのだ。

ところで、夫人と別れて半時《はんとき》(約一時間)ばかりのち、浜辺の砂山に腰を下ろした散策子は、夫人が角兵衛獅子の子にことづけた「君とまたみるめおひせば……」の和歌に思いをめぐらす。「うたたね」の夢の契りをとげた客人は、夫人より一足さきに幽冥界へおもむいた。しかし魂のゆくえにまだ半信半疑の夫人は、客人の魂のゆくえさえわかれば、「水の底」なりともすぐに跡を追うのだろう……。

この「君とまた」の和歌は、『和泉式部続集』に、「君とまたみるめおひせば四方《よも》の海の底のかぎりはかづき見てまし」とある。下の句の「底のかぎりは……」が、『春昼後刻』では「水の底をも……」となっている。おそらく鏡花による改作だろうが、「四方の海の、水の底をも」は、ことばが重複している感がある(いわゆる歌病《かへい》)。だが、この重複によって、一首の調子はかえって強くなっている。

砂山に寝ころんで、「君とまたみるめおひせば……」の和歌を反芻しながら思いにふける散策子のまえに、やがて角兵衛獅子の二人の子が現れる。まず、小さいほうが水に入って波とたわむれだす。年長のほうは、砂浜に座って太鼓を打った。水に入った小獅子が逆立ちをする。とたんに、よみじへの「ことづけ」を入れた獅子頭とともに、小獅子のすがたは海に消えた。

つぎの日、一年まえに客人の遺体が上がったのと同じ岬の岩に、小獅子の子と夫人の遺体が上がった。夫人が、「私の児かも知れないんですよ」といったその子は、夫人の乳房のあいだに押し抱かれていた。

よみじへのことづけが、はたして「水の底」にとどいたのをみとどけた夫人は、恋人の魂のゆくえを悟って海に身を投じたのである。

北村透谷と他界、異界

一　他界と音楽

明治二七年（一八九四）六月の『文学界』に発表された北村透谷の詩に、「弾琴」がある。透谷が自死した翌月に発表された詩である。

悲しとも楽しとも
浮世を知らぬみとりこの、
いかなればこそ琵琶の手の、
うごくかたをば見凝《こ》るらむ。
何を笑むなる、みとりこは、
　琵琶弾く人をみまもりて。

何をか囁くみとりこは、
　琵琶の音色を聞き澄みて。
浮世を知らぬものさへも、
　浮世の外の声を聞く。
こゝに音づれ来《き》し声を、
　いづこよりとは問ひもせで。
破れし窓に月満ちて、
　埋火《うもれび》かすかになりゆけり、
こよひ一夜《ひとよ》はみどりごに、
　琵琶のまことを語りあかさむ。

無垢な子どもが、「琵琶弾く人をみまも」っている。琵琶のかなでる「浮世の外の声」のおとずれとともに、皎々たる月明かりが室内に満ちわたるというイメージである。

この詩は、前年の五月、透谷が主筆をつとめていた普連土派《フレンド》のキリスト教会の雑誌『平和』に、「弾琴と嬰児」[1]として発表された詩の改作である。「琵琶の音色」という聴覚的な印象をともなう崇高《サブライム》なイメージが、透谷が死のまぎわまであたためつづけた詩のイメージだった。

「弾琴」が掲載された当時の『文学界』の発行所は、島崎藤村宅である。この詩の原稿を、透谷は郵便で送ったのか。それとも、直接、藤村に手渡したのか。

明治二六年一月に創刊された『文学界』(月刊)の第一号から第五号に、藤村は、詩人の悲劇的な運命をえがいた劇詩、『悲曲・琵琶法師』を連載していた。藤村のこの劇詩は、透谷が琵琶法師をイメージして書いた劇詩、『蓬萊曲』(明治二四年五月)の影響下に書かれていた。この時期の透谷と藤村は、ともに、琵琶をたずさえる漂泊の詩人、琵琶法師にひとかたならぬ関心を寄せていたのだ。

明治二〇年代の北村透谷や島崎藤村が耳にした琵琶は、いわゆる平曲(平家琵琶)でも、雅楽の琵琶でもなく、薩摩琵琶である。

薩摩琵琶は、九州地方で行なわれていた琵琶法師(盲僧)系の琵琶を改良してつくられ、江戸後期には薩摩の士族によっても行なわれた。明治以降、薩摩出身の政治家や官僚が大挙上京したことで、東京でも行なわれ、明治一四年(一八八一)五月には、東京大崎の島津邸で、明治天皇の臨席のもと薩摩琵琶の演奏会が催された。

天皇のご愛好の音楽として広く世に知られるようになった薩摩琵琶は、明治二〇年代になると、一般の愛好者向けにさかんに琵琶歌本が刊行された。[2] 透谷の『蓬萊曲』、藤村の『悲曲・琵琶法師』が書かれたのは、ちょうどそんな時期だった。

二 『蓬萊曲』と琵琶歌

明治一九年（一八八六）五月、東京芝の薩摩堂という書店から、『壮士必読薩摩琵琶歌』という琵琶歌本が出版された（国立国会図書館所蔵）。編者は、「鹿児島県平民」川崎宗太郎という人物である。「端唄」三九篇と「段物」四篇を収録しているが、「端唄」は、小唄のこと、「段物」は、複数の段からなる語り物である。「端唄」と「段物」という演目呼称は、ふるくから九州地方で行なわれていた琵琶法師（盲僧）系の琵琶でもちいられたジャンル呼称である。

明治以降、薩摩士族のあいだで「士風琵琶」とも呼ばれ、悲壮かつ質実剛健を宗《むね》とした薩摩琵琶も、明治二〇年前後までは、たぶんに琵琶法師系の琵琶の痕跡を残していた。そんな薩摩琵琶歌を蒐集した『壮士必読薩摩琵琶歌』の編者は、みずからの編集意図に反して、「壮士必読」という角《つの》書《がき》にふさわしくない曲目が多くなったことを、凡例でつぎのようにことわっている。

> 之《これ》を編集するや、編者微意のあるを以て強《しい》て慷慨悲壮なるものを捜索せしも、其《その》手に入るものの僅かに二三に止まり、遺憾不尠《すくなからず》。依て不得止《やむをえず》、鄙俚《ひり》に属する者と雖とも、猶之《こ》れを採録す。

編者は「強て慷慨悲壮なるものを捜索」したが、その種の曲目はわずか二、三にとどまり、古来つたわる琵琶歌は、色恋のはかなさや、世の無常を詠嘆するような曲ばかりだった。そこでやむをえず、それらの「鄙俚に属する」曲目も採録せざるをえなかったという。

明治二〇年代前半の透谷や藤村が耳にした琵琶歌も、そのような「端唄」のたぐいだったろうが、そんな薩摩琵琶歌の「端唄」の古曲の一つに、「蓬萊山」がある。薩摩琵琶では古来有名な祝言曲であり、いまも演奏家によって上演される。つぎに、『壮士必読薩摩琵琶歌』から、その第二曲目として収録された「蓬萊山」の歌詞をあげる(わたくしに句読点を付した)。

目出度やな、君がめぐみは久方の、光り長閑《のど》けき春の日に、不老門を立出《いで》て、四方《よも》の気色を詠《なが》むれば、峯の小松に雛鶴《ひなづる》住みて、谷の小川に亀遊ぶ、千代に八千代にさゞれ石のいはほと成りて、苔のむすまで命ながらへ、雨土《つち》ぐれを破らじ、風枝《えだ》をならさじといへば、又尭舜《ぎょうしゅん》の御代《みよ》も斯《か》くあらん、かほど治まる御代なれば、千草万木五穀成就《せんそうばんぼくごこくじょうじゅ》して、上には金殿楼閣《きんでんろうかく》のいらかを並べ、下には民のかまどを厚くして、仁義正しき御代なれば、蓬萊山とも是とかや、君が代の千歳《ちとせ》の松も常磐《ときわ》色、替《かわ》らぬ御代の例しには、天長地久と国も豊かに治まりて、弓は袋に劒《つるぎ》は箱に納めおく、諫鼓《かんこ》苔深うして鳥も中々おどろく様《よう》ぞなし。

「君が代」を蓬萊山になぞらえ、その繁栄ぶりを、「上には金殿楼閣《きんでんろうかく》のいらかを並べ、下には民のかまどを厚くして、仁義正しき御代」とことほぐ祝言曲である。

蓬莱山は、古代中国の神仙思想で不老不死の仙人や仙女が住むとされた理想郷である。この世の繁栄を蓬莱山にたとえた祝言曲としては、たとえば、謡曲の「鶴亀」が有名である。また、中世以来、武家のあいだで親しまれた幸若舞の「浜出《はまいで》」(別名「蓬莱山」)も、源頼朝が開いた鎌倉の繁栄ぶりを蓬莱山の仙境にたとえた祝言曲である。

薩摩琵琶歌の「蓬莱山」も、それらの祝言曲の伝統を引いているのだが、神仙の住む仙境である蓬莱山は、漢詩文の世界では、ふるくから「神仙の遊び萃《あつ》まる所」(都良香「富士山記」)と詠まれた富士山に擬せられた。[3]

富士山を蓬莱山とした例は、世阿弥作といわれる謡曲「富士山」に、「これ蓬莱の仙郷なり」とあるが、こうした文芸世界の伝統をふまえて、透谷の『蓬莱曲』でも、主人公が登ってゆく蓬莱山は、富士山である。

『蓬莱曲』の序文で、透谷は、古来、蓬莱山の仙境にたとえられた富士山を、劇詩の舞台としたことについて、つぎのような友人とのやりとりを記している。

> 蓬莱曲将《まさ》に稿を脱せんとす、友人某来りて之を一読し詰《なじっ》て曰く、蓬莱山は古来瑞雲の靉靆《たなび》くところ、楽仙の盤桓《ばんかん》するところ、汝何すれぞ濫《みだり》に霊山を不祥なる舞台に仮り来《きた》つて狂想者を悲死せしむる。又《ま》た何すれぞわが邦《くに》固有の戯曲の躰《てい》を破つて擅《ほしいまま》に新奇を衒《てら》はんとはする。

この「友人某」の問いにこたえて、[4] 透谷は、『蓬萊曲』は「戯曲の躰」をなしていても、舞台で上演するつもりはなく、ただ、「余が胸中に蟠拠《ばんきょ》せる感慨」を「露洩《ろえい》」したに過ぎないといい、劇詩の舞台を、あえて蓬萊山すなわち富士山としたことについては、自分が十六歳のときに行なった富士登山の体験について述べている。

蓬萊山は大東に詩の精を迸発《ほうはつ》する、千古不変の泉源を置けり、〔中略〕余も亦た彼等と同じく蓬萊嶽に対する詩人となれること久し、回顧すれば十有六歳の夏なりし孤笻《こきょう》其絶巓《ぜってん》に登りたりし時に余は始めて世に鬼神なる者の存するを信ぜんとせし事ありし。崎嶇《きく》たる人生の行路遂に余をして彼《か》の瑞雲横《よこた》はり仙翁楽しく棲めると言ふ霊嶽《れいがく》を仮り来《きた》つて幽冥界に擬し半狂半真なる柳田素雄《やなぎだもとお》を悲死せしむるに至れるなり。

ここにいう十六歳のときの富士登山の体験は、明治一八年（一八八五）に書かれた草稿、「富士山遊びの記臆」にくわしい。そのとき作ったとされる漢詩には、「蓬萊の高嶽上」（具体的には八合目）の山小屋でやすんだときの夢に、神（仙女）と天空を舞い遊んだことが記される。

まさに「世に鬼神なる者の存するを信ぜんとせし事ありし」という体験だが、このときの体験が、『蓬萊曲』創作の一つの背景になっていることはたしかだろう。

蓬萊山という異郷が劇詩の舞台とされたことについては、ダンテの『神曲』や、ゲーテの『ファウスト』、バイロンの『マンフレッド』の影響が具体的に指摘されている。[5]

とくにアルプス山中を舞台とするバイロンの『マンフレッド』には、透谷がその詩行を翻訳して『蓬萊曲』にそのまま使用したような箇所も指摘されている。『マンフレッド』が『蓬萊曲』に少なからぬ影響をあたえていることはたしかだが、しかし詩人の北川透も述べるように、[6]引用・影響関係の総和をもって『蓬萊曲』を解釈しおおせたとするような比較研究は、透谷について考えるうえで有効な手がかりにはならない。

問題は、古今東西の先行テクストを縦横に引用(剽窃)しながら、なおかつ『蓬萊曲』が、それらの先行テクストとは異質な世界を構築していることだろう。その背景にあるのは、明治二〇年代の文学・思想状況における透谷の孤立である。そのような透谷の『蓬萊曲』を読みとくために、ここでは、同時代に流行した薩摩琵琶歌を一つの手がかりとしてみたいのだ。

三　琵琶、「他界」へのツール

『蓬萊曲』の第一齣《せき》(第一幕の意)は、琵琶を抱いて蓬萊山麓をさまよう主人公、柳田素雄(冒頭の人物一覧によれば「子爵」)のながい独白からはじまる。便宜のために、第一齣を要約する。

この世での栄達も恋も捨て、「牢獄《ひとや》ながらの世」をのがれ出た素雄は、琵琶をたずさえ、「行衛《ゆくえ》定めぬ」旅に出た。恋人の露姫《つゆひめ》はすでに他界し、浮世のしがらみも消えたはずだが、「わが精神《たま》の鏡のくもり」り、「真理《みち》の光」は見えない。

空中から「怪しの神」の声が聞こえ、「高き神気《かみけ》を受けなば誤まれる理の夢の覚めもやせん」と、素雄に蓬萊山に登ってくるようにうながす。従者の清兵衛が、夢のなかで、露姫が「素雄どのを何《な》どよこさぬ」といったと告げる。

素雄は、「人の世の塵《ちり》」の身である肉体を捨て、姫の清き魂とともに空高く舞いたいとねがう。そして今宵こそ「この囚牢《ひとや》」の世から去るべく、清兵衛に、「ひとやのうちの家」(俗界にある柳田子爵家)を「守れかし」といいおき、ひとりで山に登ってゆく。

主人公の独白ではじまる第一齣に、これを執筆するまでの透谷の伝記的事実の投影や、かれの批評文で展開された思想との照応関係をみることは容易だろう。

この世が「牢獄」であるという認識は、透谷が公にした最初の詩作品である明治二二年(一八八九)の『楚囚之詩』の主題の延長上にある。だが、『楚囚之詩』の「牢獄」が、「政治」という外在的な力でつくられたのにたいして、『蓬萊曲』では、「おのれてふ物思はするもの」「おのれてふあやしきもの」をかかえる主人公にとって、この世は先験的に「牢獄」として認識されるのだ。

なぜ、世の中は「牢獄」でしかないのか。おそらく透谷じしんにも不可解なこのはげしい「厭世」の思いについて、日記や書簡から知られるかれの伝記的事実は、後づけの説明にしかならない。

「牢獄ながらの世」を説明するのは、たとえば、「文章即ち事業なり」と述べた山路愛山との有名な論争(いわゆる人生相渉論争)において、透谷が主張した、「悲しきlimitは人間の四面に鉄《てっ》壁《ぺき》を設けて、人間をして、或る卑野なる生涯を脱すること能《あた》はざらしむ」ということばだろうか(「人生に相渉るとは何の謂ぞ」『文学界』明治二六年〈一八九三〉二月)。

自分でも御しがたい内的な沸騰状態を日々に生きている透谷にとって、肉体をもつ「人間」としてこの世に存在していることじたいが、「limit」であり、「牢獄」である。

そのような透谷の内部は、『蓬莱曲』の二年後に書かれた批評文では、「内部生命《インナー・ライフ》」とも、また「熱意」とも「情熱《インパッションド》」とも名づけられる(「内部生命論」『文学界』明治二六年五月、「熱意」『評論』同年六月、「情熱」『評論』同年九月)。「おのれてふあやしきもの」に、西洋の文学や思想からえた知識によって名辞をあたえるのだが、そんな「おのれ」を救う「活路」も、さしあたって西洋文学の思想のなかにさぐられる。

たとえば、ドイツ・ロマン派の文芸批評の英訳本から得たとされるanother worldの翻訳語[7]の「他界」であり(「他界に対する観念」『国民之友』明治二五年一〇月)、山路愛山との論争で使用したことばでいえば、「吾人は吾人の霊魂をして、肉として吾人の失ひたる自由を、他の大自在の霊世界に向つて縦《ほしいまま》に握らしむる事を得るなり」である。

内部の「生命」は、「宇宙の精神即ち神なるもの」と「感応」「冥契」することで「再造」される(「内部生命論」)。それが、透谷にとっての魂の救済のイメージだが、『蓬莱曲』では、主人公の柳田素雄が「牢獄ながらの世」を超出する活路が、「他界」としての蓬萊山である。

だが、それにしても、なぜ、主人公の柳田素雄は、琵琶をたずさえるのか。『蓬萊曲』第二齣第一場では、琵琶に寄せる素雄の思いが、長大な独白として語られるが、その語りだし（全体の三分の一弱）を引いておく。

これなるかな、これなるかな、この琵琶よ
　いつしも変らぬわが友は、
朽ち行き、廃れはつる味気《あじき》無き世に
　ほろびの身、塵《ちり》の身を、あはれと
　　音《ね》に慰むるもの、
弱きわが心、狭きわが胸の、たのみなき
　末来《すえ》をはかなみて消えまほしと
祈り願《ねぎ》しときよ、この琵琶が、
　わがむねの門叩《かどたた》きそめけり。
これよりは朝暮《あけくれ》の世浪《よのなみよ》寄する憂時《うきとき》も、
月に浮《うか》るゝ小夜中《さよなか》も、花《はな》の霞《かすみ》の其中《そのなか》も
ひと時離《ときはな》れぬ連《つれ》となりけり。

ひとり寐《ね》の、眠《ねむ》りの成《な》らぬ
暗《やみ》の夜《よ》に、覚《さ》めながら切歯《はぎし》る苦悩《なやみ》も
起《お》き出《い》でゝこの琵琶を取上《とりあ》げ、
切々《せつせつ》と揚《あ》げて弾《ひ》けば、陰《かく》るゝ悲《かなしみ》湧上《わきあが》り
嘈々《そうそう》と抑《おさ》へてひけば重《かさ》ね積《つもれ》る憂《うき》は消ゆ、

「朽ち行き、廃れはつる味気《あじき》無き世」にたいする厭世の思いが高じたときに、素雄は琵琶に出会い、それ以来、琵琶は「ひと時離れぬ連《つれ》となり」、素雄の「切歯《はぎし》る苦悩《なやみ》」もやわらげてくれたという。

明治二〇年代の透谷が耳にした琵琶は、さきに述べたように薩摩琵琶である。だが、透谷じしんが琵琶をたしなんだ形跡はない。

『蓬莱曲』を出版した一カ月後、明治二四年六月九日の日記に、「今夜《こよい》吾れつくづく音楽なきを悲めり」とある。ここにいう「音楽」は、具体的には琵琶をさすだろう。前掲の「弾琴」では、「琵琶の音色」とともに、皎々たる月明かりが室内に満ちわたるという崇高《サブライム》なイメージがうたわれていた。透谷の分身である柳田素雄にとって、「琵琶の音色」は、「朽ち行き、廃れはつる味気無き世」とは異次元の世界、すなわち「他界」へいざなうツールだった。

ところで、薩摩琵琶が、こんにち、一部の愛好者をこえて広く知られるようになったのは、武満徹の代表曲、「ノヴェンバー・ステップス」(一九六七年)によってである。この曲がニューヨーク・フィルハーモニーのレナード・バーンスタインの依頼で書かれた経緯は、武満のいくつかのエッセイや対談などから知られるが、薩摩琵琶と尺八を、オーケストラとコラボレートするうえで武満がもっとも意をくだいたのは、それらの和楽器がひびかせる独特な音色だった。

とくに、薩摩琵琶などの琵琶法師系の琵琶の音色を特徴づけるのは、サワリである。サワリは、弦を弾いたときに、ビーンという独特のノイズ(雑音)をひびかせるしかけだが、サワリの文明史的な意義について、武満は多くのエッセイで述べている。[8]

サワリがひびかせる複雑な倍音は、五線譜に記そうとすると、音符で示される楽音の余剰物、雑音《ノイズ》でしかない。だが、そのような余剰物ないしは残余としてのノイズについて、武満は、「雑音というものを媒体として自然世界に連なってゆく」ための積極的な方法と位置づけている。[9]

琵琶法師(盲僧)系の琵琶は、古くから物語や歌謡の伴奏楽器とされたが、むしろそれ以上に、民間の宗教祭祀において法具(巫具)として用いられた。[10] 琵琶の音色に神霊を呼びよせる霊力が期待されたのだが、そのような琵琶法師系の琵琶の音色をつくりだすサワリ(ちなみに、雅楽琵琶にサワリはない)は、まさに不可視の存在のざわめきにコンタクトし、共振《シンクロナイズ》してゆくためのしかけだった。

武満が「雑音というものを媒体として自然世界に連なってゆく」というときの「自然世界」は、『蓬萊曲』の透谷の難解な用語でいえば、「玄々無色《げんげんむしき》の自然」(第三齣第二場)だろうか。「玄々無色」

（奥深くかたちのない意）の「自然」は、視覚よりも聴覚によってとらえられるような「自然」である。

『蓬莱曲』第一齣では、「自然」の語に「かみ」というルビが振られている。透谷にとっての「自然」は、べつの語でいいかえれば、「他の大自在の霊世界」（「人生に相渉るとは何の謂ぞ」）、また「宇宙の精神即ち神なるもの」（「内部生命論」）と同義である。そのような透谷における「自然」は、たとえば、透谷の同時代人である正岡子規のそれと対比すると興味ぶかいのだ。

いわゆる月並み俳諧を批判する子規のばあい、俳句の近代化をはかることは、とりもなおさず視覚という理知の器官に特権的な位置づけをあたえることだった。そして「俗宗匠」連によって偶像化された芭蕉よりも、蕪村の「客観的」「絵画的」な作風を評価したのだが（「俳人蕪村」明治三二年、明治二九年草稿）、そのような子規にとっての自然は、日常世俗の人事とおなじく、「写生」される対象物として現前するものだ。

子規とほぼ同時期に、透谷もまた、俳諧の「宗匠」なるものの卑俗さを笑い、「今の世の俳諧士は憐れむべきものなるかな」と記している（「秋窓雑記」『女学雑誌』明治二五年一〇月）。だが、日本詩歌の伝統のなかに芭蕉を再発見した透谷は、たとえば、芭蕉の『笈の小文』の有名な一文、「造化に随ひ、造化に帰れとなり」を解釈して、つぎのように述べている（「松島に於て芭蕉翁を読む」『女学雑誌』明治二五年四月）。

絶大の景色《けいしょく》に対する時に詞句全く尽《つく》るは即ち「我」の全部既に没了し去《さら》れ、恍惚としてわが此にあるか、彼にあるかを知らずなり行くなり。彼は我を偸《ぬす》み去るなり、否、我は彼に随ひ行くなり。玄々不識《げんげんふしき》の中《うち》にわれは「我」を失ふなり。

右の「絶大の景色に対する時に詞句全く尽《つく》る」は、『奥の細道』松島の条で、芭蕉が曾良の発句のみを記し、「予は口を閉ぢ」て去ったことをいう。このときの芭蕉の境地を、透谷は、造化自然との「冥交」とも「契合」とも名づけている。

透谷一流の芭蕉解釈だが、透谷にとっての自然は、対象物《オブジェ》として外在するのではない。それは「玄々不識」の世界として、「他の大自在の霊世界」(「人生に相渉るとは何の謂ぞ」)とも、また「宇宙の精神即ち神なるもの」(「内部生命論」)とも同義であるような、人のつつまれてある世界である。

そのような造化自然と「冥交」するためのツールが、『蓬萊曲』では琵琶である。不可視の世界へあくがれ出る透谷の詩魂は、琵琶法師(盲僧)系の琵琶のかなでる独特のノイズをともなう音色と微妙に共振していた。

四　目と耳、視覚と聴覚

明治二三年(一八九〇)から二四年の透谷の日記からは、かれが、盲目の琵琶法師を主人公にしたとみられる「盲目旅人」「盲目旅」「盲者巡礼」などの作品を構想し、また、瞽女《ごぜ》を主人公にした「おその」などの創作を試みていたことが知られる(『透谷子漫録摘集』)。「盲目」「盲者」への関心は、視覚を超えた世界への透谷の関心を示すだろう。

たとえば、わたしたちの日常的な経験からいっても、人の話を聞くとき、その人の顔をみる。話し手の表情から言語外のメッセージを読みとるという以外に、あいての顔をみることで、声は聞きわけられ(分節化され)、周囲のざわめきはノイズ(雑音)としてのぞかれる。

本を読んだりテレビをみるのに熱中しているときも、まわりのもの音に気がつかないということはよくある。わたしたちの意識の焦点は、目が焦点を結ぶところに結ばれる。耳からの刺激は視覚によって選別され、不要なものはノイズ(雑音)として排除または抑制される。

目の焦点をうつろにしてぼんやりしているとき、またはその状態で目を閉じてみたとき、目をあけていたときには気づかなかったもの音が聞こえてくる。目による選別がなければ、私たちの周囲は、見えない存在のざわめきに満ちている。

耳からの刺激は、からだの内部の聴覚器官を振動させる空気の物理的な波動である。わたしたちの内部に直接侵入してくるノイズは、視覚の統御をはなれれば、意識主体としての「私」の輪郭さえあいまいにしかねない。

そんな不可視のざわめきのなかへみずからを開放し、共振させてゆくことが、前近代の社会にあっては、「他界」とコンタクトする方法でもあった。

わたしたちの平穏な日常をおびやかすアナザー・ワールド(他界)は、通常、視覚によって遮断されている。理性主体の意識存在としてモデル化される近代の「人間」のイメージは、視覚という理知の器官によってささえられているわけだ。

たとえば、さきに引用した「松島に於て芭蕉翁を読む」では、松島で眠られぬ一夜を過ごした透谷のまえに、無数の「小鬼大鬼共《ども》」があらわれる。そして布団から出て柱に寄りかかり、まっくらな室内に目をこらすと、ふいに「破笠弊衣《はりゅうへいい》」の老人があらわれ、透谷のまえを無言でとおりすぎる。

その老人が芭蕉だと直感した透谷は、『奥の細道』の松島の条で、芭蕉が「造化の天工」と評した景観をまえにして、発句を詠まずに去ったことを思いだす。そして「造化に随ひ、造化に帰れ」という芭蕉のことばに、前述のような解釈をほどこすのだが、透谷にとっての造化自然は、「他の大自在の霊世界」であり、「宇宙の精神即ち神なるもの」である。そんな「他界」としての造化自然と「冥交」する回路が、『蓬萊曲』では「琵琶の音色」なのだ。

『蓬萊曲』第二齣第一場では、前掲の琵琶にたいする素雄の独白につづく箇所で、素雄が琵琶をかき鳴らすと、はたして空中から歌声が聞こえ、やがて二頭の鹿をつれた仙姫《やまひめ》があらわれる。仙姫は、じつは素雄がかつて愛した恋人、露姫《つゆひめ》である。いまは俗界を去り、仙境の存在となっている露姫(仙姫)は、現世での記憶、地上的な思いのいっさいを失った存在である。[11] そのような露姫と語らうには、素雄も俗界をはなれるしかない。第二齣第三場には、つぎのような独白が語られる。

われ軽き草鞋《くさわらんじ》に足跡《そくせき》到らぬところなけれど、
未だひとたびも得《え》蹈入《ふみいら》ぬは死の関の彼方《あなた》なり。
こよひしも、死せる者を呼活《よびいく》ることのいよ難《かた》
からば、われから、好《よ》し、死の関を蹈踰《ふみこ》えん。
然《さ》なり！　然《さ》なり！

このように独白する素雄のまえに、樵夫源六が現れる。そして素雄に、「いづこより来《きた》り、いづこへや行玉《ゆきたま》ふぞ」と問う。当時、透谷の周辺でさかんに読まれていたトマス・カーライルの有名なことばだが[12](こんにち一般には、ポール・ゴーギャンの最晩年の画題として知られる)、この問いに、素雄は、「われ来りしところ知らず、行くところをも知らぬなり」といい、「まことは元に帰るのみ」とこたえる。そして不審がる源六に、「知らずや、「死」するは帰《か》へるなるを」という。

露姫への恋慕が、そのまま死への衝迫となることには、フロイト＝バタイユふうの精神分析的な主題が読みとれようか。だが、『蓬萊曲』のテクストは、そんなテーマ批評的な読みを容易に受けつけないような混沌を抱えこんでいる。

はたして素雄は、源六におしえられて、機織《はた》りの音が聞こえる「死の坑《あな》」へ向かう。だが、つづく第二齣第四場で、「暗《やみ》の源なる死の坑」のなかで素雄が出会うのは、醜い鬼であり、鬼は、みずから「「死」の使者《つかい》」と名のり、「われは「恋」てふ魔《ま》にて、世に行きて痴愚《おろか》なるものを捉《とら》へ来る役目に従ふなり」という。

鬼の正体を知った素雄は、じぶんは「恋の本性を極《きわ》めぬにもあらねど、止《や》み難《がた》きは露姫を思ふの情」といい、鬼にむかって露姫のすがたとなって現れよという。すると鬼は消え去り、機を織る露姫となる。

素雄がここで、「恋の本性を極《きわ》めぬにもあらねど」と述べるのは、『蓬莱曲』の翌年に書かれた「厭世詩家と女性」(『女学雑誌』明治二五年六月)の恋愛論をおもわせる。女性は、俗世を厭う詩人にとって「想世界の牙城」となり、詩的なインスピレーションの源泉ともなるが、恋愛につづく婚姻は、詩人をして「人世に羈束《きそく》」せしめるという。

島崎藤村の自伝的小説『春』(明治四一年)でも、透谷をモデルにした青木という青年は、熱烈な恋愛のすえに最愛の女と結ばれるが、恋愛につづく「牢獄」のような家庭生活のなかで、精神を病んで自殺する。テーマ主義的な解釈を容易に受けつけない『蓬莱曲』の混沌は、たしかに透谷じしんの「崎嶇《きく》たる人生の行路」(『蓬莱曲』序)にその一因があるだろう。

五　「大魔王」とキリスト教会

第二齣第五場で、舞台は一転して、白龍のごとき巨大な滝がさかまき落ちる断崖の下道《したみち》になる。素雄が白龍の流れに身をまかせようとしていると、雲間から出た月が皎々と照りわたる。素雄が琵琶をかなでると、仙姫《やまひめ》があらわれ、琵琶に和してうたう。仙姫は、素雄をともなってわが洞にさそい、つづく第三齣第一場は、仙姫洞となる。

仙姫洞の寝床で眠られぬ夜を過ごす素雄は、かたわらで眠る仙姫の寝顔に、露姫のおもかげをみて苦しむ。そこに、青鬼があらわれ、恋にまよう素雄のおろかしさを笑う。第二齣第四場の「恋の魅《おに》」とのやりとりの反復のような場面だが、しかしここでの素雄は、逆に恋をあざける青鬼をあわれみ、眠る仙姫と青鬼をあとにして、わが「霊《たま》を洗ひ清めんために」山頂をめざす。

第三齣第二場で蓬萊山頂に立った素雄は、「大地は渺々《びょうびょう》、天は漠々《ばくばく》」という「玄々無色《げんげんむしき》の自然」のなかで、ついにわが魂が浄化されたかと思うが、なおも自分に俗世の肉体がまとわりついているのに気づく。そこに、鬼たちがあらわれる。

蓬萊山頂にいたってなお神ではなく「悪鬼」のすがたを見るのをあやしむ素雄にたいして、鬼たちはあざけり笑って、つぎのようにいう。

神とや？　おろかなるかな、神なるものは

早や地の上には臨《のぞ》まぬを知らずや。
われらの主《しゅ》なる大魔王《おおきみ》、こゝを攻取りて
年経たり。
汝《いまし》がごと愚《ぐ》なる物は悶《もだ》へ滅びさせ、
かしこきものには富と栄華を給ふことを知
らずや。

蓬萊山に君臨するのは神ではなく魔王だった。しかもその魔王は、「汝がごと愚なる物は悶へ滅びさせ、かしこきものには富と栄華を給ふ」ものである。魂の浄化をねがい、「他界」であるはずの蓬萊山に登ってきた素雄の旅は、要するに徒労だったということになる。だが、蓬萊山が俗界の延長上の世界であることの伏線は、じつはこれより以前、山腹の蓬萊原で出会った道士鶴翁との対話ですでに語られていた。

すなわち第二齣第二場の蓬萊原の場で、素雄が、道士鶴翁に向かって、「おのれてふ物思はするもの」「おのれてふあやしきもの」ゆえの自分の苦しみを語り、「おのれてふ満ち足らはぬがちなるもの」を捨てることの難しさを吐露したのにたいして、道士鶴翁はつぎのように答えていた。

そのおのれてふものは自《じ》儘者《ままもの》、そのおのれ

てふものは法則《おきて》不案内《しらず》、そのおのれてふものは向不見《むこうみず》、聞けよかし、
わが道術《みちのじゅつ》は外《ほか》ならず、自然《しぜん》に逆《さから》はぬを基《もと》となすのみ。

道士鶴翁は、老荘思想ふうの「自然」の教えを説くのだが、しかしここでいわれる「法則《おきて》」は、世俗の「法則」であり、「自然に逆はぬを基となす」は、そのような俗界の「法則」に身をゆだねることにほかならない。「他界」であるはずの蓬萊山に裏切られる素雄の運命は、すでにこの時点で予言的に語られていたわけだ。

はたして蓬萊山頂に立った素雄のまえに、大魔王が出現する。小鬼たちが去ったあと、大魔王は、素雄につぎのようにたずねる。

汝《いまし》がことはわれ始め終り尽な知《み》る、世を憤《いか》り、世を笑ひ、世を罵《ののし》り、世を去り、恋人を捨て、なほ足らずして己れの滅《ほろび》を欲《ねが》ふは愍然塵《あわれちり》の子かな！　抑《そ》も何故《なにゆえ》に斯《か》くはなりし。

この大魔王の問いにこたえて、素雄は、自分はかつて「世を離れ」て、「形而上《かたちのうえ》」の世界に「精魂《たま》」を遊ばせたこと、そして恋をし、世の「忌《いま》はしき地獄」を忘れて「極楽」を味わったが、それも「いつはれるたのしみ」でしかなかったと語り、さらにつぎのように述べる。

おもへばわが内には、かならず和《やわ》らがぬ両《ふた》つの性《さが》のあるらし、ひとつは神性《かみ》、ひとつは人性《ひと》、このふたつはわが内に、小休《こやみ》なき戦ひをなして、わが死ぬ生命《いのち》の尽《つ》くる時までは、われを病ませ疲《つか》らせ悩ますらん。

矛盾する性《さが》が闘争する素雄の内部が告白されるのだが、ここで語られることは、そのまま『蓬萊曲』の翌年に執筆された批評文、「心機妙変を論ず」(『女学雑誌』明治二五年九月)のテーマである。「心機妙変を論ず」に、「神の如き性人の中にあり、人の如き性人の中にあり、此《この》二者は常久の戦士なり」とあるのだが、明治二五年から二六年にかけて発表された透谷の批評文のかずかずは、すでに明治二四年の『蓬萊曲』に書かれていた諸テーマの批評的な展開だった。

素雄の苦しみを聞いた大魔王は、「さても愚《おろか》なる苦しみかな、われ其《その》たゝかひを止《とど》め汝《いまし》を穏やかに、楽しき者となさん」といい、素雄の捨ててきた俗界が、業火に焼かれるさまを見せつける。そして、われこそは神の権威を奪いとった「神より彊《つよ》きもの」であり、「罪の火をもやし」「この世を焼尽《やきつく》さんとするもの」であり、「暗《やみ》をひろげ、死を使ひ、始めより終りまで世を暴《あら》し、世を玩弄《もてあそ》ぶもの」であると告げ、素雄をこの蓬莱山頂へ呼びよせたのも、汝の「通例《つね》ならぬ胆《きも》あるを見て」、じぶんの眷属《けんぞく》となさんためだという。

素雄が魂の浄化と救済をもとめて登ってきた蓬莱山は、じつは俗界を支配し、「始めより終りまで世を暴《あら》し、世を玩弄《もてあそ》ぶ」大魔王とその眷属たちの世界だった。ここには、透谷をやがて失望させることになるキリスト教会のイメージが、ある予感として語られているだろう。しかもその大魔王は、「人間の観念の区域を拡開したる」ところの(「聖善なる天力《ヘブンリー・パワー》」の対極にある)デモーニッシュな「魔力《サタニック・パワー》」なのでもない(「他界に対する観念」)。

「他界」であるはずの蓬莱山に裏切られることで、『蓬莱曲』は以下、素雄が狂死する終局へと急展開してゆく。『蓬莱曲』が、明治二五年から二六年の透谷の批評文の諸テーマを先取りしていたように、その結末も、明治二七年五月の透谷の自殺を先取りしていた。

六 「他界」から「異界」へ

『蓬萊曲』を書きおえた時点で、透谷は、はげしい自死の衝動にとりつかれたにちがいない。「天地の間《あいだ》に生れたるこの身を訝《いぶ》かりて自殺を企てし事も幾回なりしか」(「三日幻境」『女学雑誌』明治二五年八―九月)と回顧されるような透谷の生きがたい人生を、だが、かろうじてあと三年引きのばしたのは、『蓬萊曲』の続篇として書かれた『慈航湖《じこうのうみ》』である。

この未完の続篇で、慈航の湖のうえをゆく船のなかで失心していた柳田素雄は、露姫のかなでる琵琶の音で目をさます。そして自分が「死の関」をこえ、「神の境《にわ》」に入ったことを知った素雄は、「われ終《つい》に世を出《いで》ぬ。われ終に救はれぬ。われ遂《つい》に家に帰りぬ」と喜び、露姫とともに「彼岸」へ向かう。

『慈航湖』に付された「蓬萊曲別篇を附するに就て」によれば、透谷は、「(素雄が)彼岸に達するより尚《なお》其後を綴《つづ》りて後篇を成さん」としたが、「痼疾《こしつ》余を苦《くるし》むる」に堪えずして、とりあえず彼岸へ向かうまでを記して、『蓬萊曲』の巻尾に付したのだという。

主人公の狂死にいたる『蓬萊曲』全三齣八場の、混乱(混沌)を抱えながらも緊張感のある構成にくらべて、続篇の『慈航湖』は、救済にいたる筋道が語られず、末尾の「われ終《つい》に救はれぬ」はいかにも唐突で、とってつけたような感がいなめない。[13]

だが、この蛇足ともみえる救済の結末が、『蓬萊曲』を書きおえたあとの透谷が、ともかく明治二七年まで生き、その間の旺盛な(一種の躁状態だろう)執筆活動をつづけるためには必要だった。

『蓬萊曲』執筆後の透谷は、批評文の執筆とともに、キリスト教の伝道活動に没頭してゆく。明治二五年(一八九二)三月から、普連土派の教会雑誌『平和』の主筆になり、翌二六年三月からは、おなじく普連土派の『聖書之友雑誌』の編集を担当するようになる。

たとえば、『平和』第六号(明治二五年九月)に発表した「各人心宮内の秘宮」には、「心を以て基督《キリスト》に冥交する時彼は無上の栄《はえ》ある基督の弟子なり」という一文がある。「心を以て基督に冥交する」というそのキリストは、「宇宙の精神即ち神なるもの」であり(「内部生命論」)、また「他の大自在の霊世界」にほかならない(「人生に相渉るとは何の謂ぞ」)。

『蓬萊曲』執筆後の透谷の尋常でない宗教的回心がうかがえるのだが、しかしこうした尋常ならざる回心の主張は、一般の信者や教会の宣教師たちの目には、たぶんにエキセントリックなものと映ったろう。キリストとの魂の「冥交」をもとめる透谷の主張は、やがて現実のキリスト教会にたいするはげしいいらだちとなってゆく。「各人心宮内の秘宮」には、つづけて、つぎのような信者批判と宣教師批判が記される。

われは教会の義財箱にちやら〳〵と響きさして、振り向きて傲り顔ある偽善家を悪《にく》むと共に行為の抑制を重んじて心の広大なる世界を知らざるものをあはれむ事限りなし。〔中略〕尤も笑ふべきは当今の宣教師輩が「福音」の字句に神力ありと信ずる事なり。彼等は漫《みだり》に言を為して曰く「福音の説かるゝところ必らず救《すくい》あり」と、而して彼等は福音を説かずして其字句を説く、自ら基督《キリスト》を負ふと称して基督の背後に隠るゝ悪魔を負ふ、咄、福音を談ぜんとするものを何ぞ天地至大の精気に対して極めて真面目なる者とならずや。

透谷にとってのキリストは、「天地至大の精気」である。透谷が直面した現実のキリスト教会とその信者たちの卑俗さは、『蓬莱曲』の主人公、柳田素雄がであう大魔王とその取り巻きの小鬼たちと正確に対応していた。そして教会関係の雑誌に発表されたこのような公然たる教会批判は、やがてキリスト教会での透谷の居場所をなくしてゆくことになる。

明治二六年一一月一日の日記に、「先月を以て聖書の友編輯の任を解かれ、引続き教会の方にも苦情」が出たとあり、つづけて、「従来三年間執着せし宗教的生涯を打破し之より大に我が意志を貫くべし」とある(『透谷子漫録摘集』)。

キリスト教会との関係が絶たれたのだが、この年の夏から執筆していた評伝『エマルソン』が、民友社の『拾弐文豪』叢書の一冊として出版されたのは、翌二七年四月である。

アメリカのボストン近郊の村に隠棲した無教会主義者、エマーソンには、透谷が愛読した『自然論(Nature)』という著述がある。透谷の『エマルソン』には、この時期のかれの抑鬱的な気分が投影されているが、そこには「彼〔エマルソン〕は或意味に於ては無神論者なり」という一文がある。「無神論者なり」ということばには、透谷じしんのキリスト教体験に根ざした苦渋の思いが読みとれるが、本書が出版された翌月の五月一六日の払暁、透谷は東京芝公園の自宅の庭で縊死した。

魂の浄化と救済をねがう柳田素雄が登った蓬萊山は、くりかえしいえば、俗界の権化のような大魔王や小鬼たちの世界だった。『蓬萊曲』は、蓬萊山になぞらえられた明治二〇年代の日本で、しだいに居場所をなくしてゆく透谷の精神世界のドラマである。

明治二〇年代の東京で流行した薩摩琵琶歌の「蓬萊山」では、「上には金殿楼閣《きんでんろうかく》のいらかを並べ、下には民のかまどを厚くして、仁義正しき御代なれば」などのことばで、この世の繁栄がことほがれていた。このような歌詞の陳腐さ、卑俗さにおいて、琵琶歌「蓬萊山」は、『蓬萊曲』を構想する透谷にとって、一つの否定的な媒介物となったろう。

明治二〇年代の薩摩琵琶歌がことほぐ「蓬萊山」とは、富士山であり、それはとりもなおさず、近代の国民国家と資本主義体制の形成途上にある「日本」である。たとえば、徳富蘇峰が創設した民友社の雑誌、『国民之友』は、明治二一年七月(第二五号)から一二月(第三六号)の表紙に富士山を描いていた。前景にある灯台が、荒れる海原を照らし、荒波の向こうに富士山が描かれるという構図である。

荒海に浮かぶ富士山は、明治二〇年代の日本を象徴しており、海原を照らす灯台は、当時一万余の発行部数を誇っていた『国民之友』である。たしかに『国民之友』は、明治二〇年代の日本における国民国家主義の指導的イデオローグの役割をはたしていた(いわゆる「人生相渉論争」で透谷が論争したあいてが、民友社の山路愛山だったことはいうまでもない)。

透谷の死から一カ月後、日清戦争の開戦前夜にあたる明治二七年六月の『文学界』に、はじめに引いた「弾琴」が掲載された。無垢な子どもが「琵琶の音色」に耳をすませるというこの詩には、視覚をこえた世界へあくがれ出る透谷の詩魂とともに、明治二〇年代におけるかれの孤立した位置が象徴されている。[14]

透谷がいかに孤立した存在だったかは、かれの死から三年後、『文学界』の盟友だった島崎藤村の文壇へのはなばなしいデビュー作となった『若菜集』(明治三〇年)をみてもよい。『若菜集』は、かつて『蓬莱曲』が切りひらき、藤村もそれにならったドラマ(劇詩)の方法から撤退することで、その抒情的なモノローグの世界を完成させた。そして『若菜集』のモノローグ的な世界は、明治三〇年代後半の自然主義文学の一つの起点ともなってゆく。[15]

自然主義と符節を合わせるかたちで、正岡子規がとなえた「写実(写生)」は、明治三〇年代における写生文の盛行となる。視覚という理知の器官に特権的な位置づけをあたえる写生文の試行と蓄積は、やがて夏目漱石の一連の小説へと結実してゆく。

漱石の後期作品が、日本近代の知性の一つの極北を示していることはたしかである。だが、自然主義から漱石へいたる明治三〇年代以後の文学史を俯瞰したとき、明治二〇年代の透谷には、もう一つのべつな「近代文学」の可能性がかいまみえるのだ。

わたしたちはここに、透谷が明治二六年一月の『国民之友』に発表した実験的な小説、『宿魂鏡』を想起してもよい。

仲を裂かれた恋人どうしが霊魂(ghost)となって再会し、心中をとげるという『宿魂鏡』は、後年の泉鏡花ばりの心中小説である。泉鏡花が小説家として本格的にデビューするのは、明治二八年である。透谷の死と入れかわるように文壇に登場した鏡花には、明治二七年に草稿が書かれた『貧民倶楽部』という小説がある。そこには、魑魅魍魎の巣窟のような貧民窟の怪奇が描かれ、また、「六六館」(鹿鳴館である)の婦人慈善会に集まる令夫人・令嬢たちの偽善にたいするはげしい揶揄と嘲笑が記される。[16]

明治二〇年代以降、近代の「日本」という主体が確立してゆく過程で、余剰物すなわちノイズ(雑音)として抑圧・排除される「他界」は、鏡花という才能と出会うことで、「われわれ」日本人の平穏な共同性をおびやかす「異界」、ないしは「魔界」の相貌をみせはじめるだろう。

近代日本の文学史の周縁にあって、いまも異形の光芒を放ちつづける鏡花の作品群は、明治二〇年代の透谷の「他界」イメージの変容なのであり、それは、日清戦争後の帝国日本にあって、かつて透谷が主張した「他の大自在の霊世界」の、ある意味ではもっとも正統な後継者だった。

注

泉鏡花の「近代」

1　芥川龍之介「『鏡花全集』に就いて」『東京日日新聞』一九二五年五月五日。

2　三島由紀夫『日本の文学4　尾崎紅葉・泉鏡花』解説、中央公論社、一九六九年。

3　三島由紀夫・澁澤龍彥「対談・鏡花の魅力」『日本の文学4　尾崎紅葉・泉鏡花』付録、中央公論社、一九六九年。

4　山田有策『深層の近代——鏡花と一葉』おうふう、二〇〇一年。

5　この種の「表現」を前提とした言語論として時枝誠記の学説、それをふまえた吉本隆明の「自己表出」論はいまも行なわれる。それらへの疑問は、本書Ⅲ「声と知の往還——フォーミュラ」、および「おわりに——ものがたり(物語)論のゆくえ」を参照されたい。

6　ハーン「前世の観念」『心』所収、一八九六年(平井呈一訳『全訳小泉八雲作品集』第七巻、恒文社、一九六四年)。

7　ハーン「日本の俗謡における仏教引喩」『仏の畑の落穂』所収、一八九七年(平井呈一訳『全訳小泉八雲作品集』第八巻、恒文社、一九六四年)。

8　注6に同じ。「前世の観念(The Idea of Pre-existence)」に、「東洋の「我《エゴー》」というやつは、これは個ではないのだ。また、神霊派の霊魂のような、数のきまった複合体でもないのだ。仏教でいう「我《エゴー》」とは、じつに、想像もできないような複雑怪奇な統計と合成による数、——前世に生きていた百千万億の人たちについて、仏教がはじめて考えだした思想を凝成した、無量百千万億載阿僧祇という数なのである。」とある箇所は、ハーンの原文では、「……The Oriental Ego is not individual. Nor is it even a definitely numbered multiple like the Gnostic soul. It is an aggregate or composite of inconceivable complexity——the concentrated sum of the creative thinking of previous lives beyond all reckoning.」とある。「無量百千万億載阿僧祇」は、訳者の平井が補った語だが、原文の意を汲んだ巧みな訳文といえる。

9 本書I「ラフカディオ・ハーンと近代の「自我」」、参照。

10 仲尾俊博『宗教と部落差別』柏書房、一九八二年、同『宗教と差別問題』明石書店、一九八七年、ほか。

11 江藤淳『リアリズムの源流』河出書房新社、一九八九年。

12 吉田昌志『泉鏡花素描』和泉書院、二〇一六年、久保田淳『鏡花水月抄』翰林書房、二〇一六年、ほか。

13 谷崎潤一郎「現代口語文の欠点について」（『改造』昭和四年一一月）に、鏡花の小説文体について、つぎのような言及がある。「われ〳〵の口語体が最も西洋臭くなつたのは自然主義勃興前後の時代、ちやうど私などが文壇へ出かゝつてゐた自分からであつて、紅葉や美妙斎の頃には、まだ雅俗折衷体の臭味が脱け切つてはゐなかつた。その証拠には、今でもあの頃の文体を守つてをられる鏡花氏などの作品をみれば、思ひ半ばに過ぎるであらう」。

14 由良君美「鏡花における超自然」『國文學　解釈と教材の研究』一九七四年三月。

15 柳田國男『妹の力』創元社、一九四〇年、石田英一郎『桃太郎の母』弘文堂、一九四八年。

16 『うつほ物語』の「うつほ」の神話的な意味については、中上健次「物語の系譜　折口信夫」（『中上健次全集』第一五巻、所収）に言及がある。

17 高橋亨『歴史・文化との交差　語り手・書き手・作者』勉誠出版、二〇〇八年、など。高橋は、『源氏物語』の作中世界に仮構された語り手の自在な位置取りを、比喩的に「モノノケの視点」と名づけている。

18 兵藤裕己『琵琶法師――〈異界〉を語る人びと』第二章、岩波新書、二〇〇九年、同『平家物語の読み方』第九章、ちくま学芸文庫、二〇一一年。

19 飛田良文編『言文一致運動』明治書院、二〇〇四年、ほか。

20 猪狩友一「一人称表現の近代」（『文学』二〇〇八年九―一〇月）によれば、言文一致体の成立とは、在来の口語文に西洋の言語の特徴を「微妙」に取り入れた結果であり、それは要するに、「主語を必要としないという特質はそのままに、主語の明示を必要とする文法規範にも対応した文体」の成立だったという。

21 参考までに、明治二〇年代の山田美妙の「奇妙」な小説文体について述べた十川信介の「解説」を引用する。「……その文法が揺れながら進行した二葉亭『浮雲』では、末尾(第三篇)に至って視る人物と視られる人物の主客が正確に区別される。これに対して美妙の地の文では、語り手とも作中人物とも判別しにくい文章が頻出するのである。同じ時期の尾崎紅葉にもその例はいくつか見られるが、二葉亭が最終的にいわゆる「近代小説」的な描写法に達したのに対して、美妙と紅葉とはその厳密な区別よりも、多様な「声」を同一化する自由な語りを選んだといえよう。(中略)出発点において国文に籍を置いた彼らと、ロシア文学に傾倒した二葉亭との大きな相違である」(山田美妙『いちご姫・蝴蝶他二篇』解説、岩波文庫、二〇一一年)。

泉鏡花、魂のゆくえの物語

1 島田謹二「『春昼』『春昼後刻』について」『鏡花全集 月報10』岩波書店、一九七四年八月。

2 板坂元「西鶴の文体」『文学』一九五三年二月、中村幸彦「好色一代男の文章」『国語学』一九五七年三月、など。

3 『小説神髄』下巻「文体論」で、逍遥は、稗史や草双紙等の「雅俗折衷文体」の一特徴として「音韻転換の法」をあげ、それを「一ツの意義をいひあらはしたる上の言葉の下半を借《かり》てまた下の言葉の上半をいひあらはす法なり」と定義し、馬琴の読本から例文をあげる。「短き芦の薄命《ふしあはせ》あはずなりしをうらめしの近江《あふみ》とハたが名づけゝんさして往方《ゆくゑ》は磨針《すりはり》のいともはかなや……」(『美少年録』)。同音の語を掛詞(だじゃれ)ふうに用いたねじれ文であり、要するに、謡曲や俳諧(連句)に典型的にみられる句法である。

4 鏡花の草双紙体験については、「いろ扱ひ」(『新小説』明治三四年〈一九〇一〉一月)、「三十銭で買へた太平記」(『日本文学講座 第一巻』新潮社、大正一五年〈一九二六〉一月)など、いくつかの回想文がある。

5 由良君美「鏡花における超自然」『國文學 解釈と教材の研究』一九七四年三月。

6 女主人公に近づく蛇のイメージには、『古事記』以下の在来の神話・物語伝承のほかに、鏡花が少年時代にキリスト教の講義所等で聴かされた『旧約聖書』創世記のイヴ(キリスト教世界の太 母《グレート・マザー》)のイメージが背景にあるだろう。鏡花が受容したプロテスタンティズムについては、若桑みどりの卓抜な論考(伊藤整の鏡花論への批判)がある。若桑「鏡花とプロテスタンティズム」『國文學 解釈と教材の研究』一九八五年六月。

7 一首の意味は、「筑波の嶺のあちらこちらに番人を据え置くようにして、母はわたしを監視しているが、あの人の魂と魂逢いしてしまったことだ」(多田一臣『万葉集全解』による)。

8 大谷雅夫「夢――歌語と詩語」『文学』二〇〇五年九月。

9 兵藤裕己「恋歌のポストモダン」『現代思想』(万葉集特集)二〇一九年四月。

10 今西祐一郎「中世伊勢物語と源氏物語」『説話文学研究』四四号、二〇〇九年。

11 平安中期の「うたたね」の魂逢いの恋歌としては、「たらちねの親のいさめしうたたねは物思ふときのわざにぞありける」(よみ人知らず、『拾遺和歌集』巻十四・恋四)が有名である。前掲の『万葉集』三三九三番歌「筑波嶺のをてもこのもに……」の類歌(類想の歌)といえる。

12 柳田國男「西行橋」一九一六年、「熙譚日録」一九四〇年。

13 中山太郎『日本巫女史』第三篇、大岡山書店、一九三〇年。

14 芥川龍之介「『鏡花全集』に就いて」『東京日日新聞』一九二五年五月五日。

15 「△、□、○」は、このあと『春昼後刻』でも、夫人の帳面に無数に記された符号として登場する(後述)。仙厓義梵の禅画や京都建仁寺の築庭等の禅の公案とも思えるが、ここは、能楽の囃子方のツケ帳(譜面)とみるべきだろう。鏡花が所持した母すずの遺品に、鼓のツケ帳があり、

○△等の符号が記される(泉鏡花記念館所蔵)。

16 田山花袋『近代の小説』近代文明社、一九二三年。

17 『現代日本文学全集 第一四篇　泉鏡花集』所収、改造社、一九二八年。

18 前述の蝶のイメージにつづく、以下の(魂の使いの)獅子のイメージには、背景に、江戸長唄「狂獅子」「執着獅子」や、常磐津「勢《きおい》獅子(別称、曾我祭)」などの三味線俗謡の世界があるだろう。

19 なお、『浄瑠璃物語』を語り歩いた盲法師の音曲が中世末(記録では一六世紀前半)に流行し、やがてその節でほかの物語も語るようになって、近世のいわゆる浄瑠璃節は成立したとされる。

20 柳田國男「熊谷惣左衛門の話」『一目小僧その他』所収、一九二九年。

北村透谷と他界、異界

1 詩の題名にある「琴」は、弦楽器の総称。ここは「琵琶の琴」をいう。

2 島津正編著『薩摩琵琶の真髄』ぺりかん社、一九九三年、同『江戸以前薩摩琵琶歌』ぺりかん社、二〇〇〇年。

3 中国五代の僧義楚の著した『義楚六帖』(九五五年)は、日本人僧からの伝え聞きとして富士山について記し、「富士またの名は蓬萊」とする。
伊藤聡『神道の中世』中公選書、二〇二〇年。

4 日記(『透谷子漫録摘集』)によれば、『蓬萊曲』出版の一週間後、明治二四年六月七日に透谷は大久保の坪内逍遥宅を訪ねているが、そのときの逍遥の『蓬萊曲』評として、序文の「友人某」の評とほぼ同趣旨の発言が記される。

5 笹淵友一『「文学界」とその時代　上』明治書院、一九五八年、佐藤善也『北村透谷——その創造的営為』翰林書房、一九九四年、ほか。

6 北川透『北村透谷　試論Ⅰ　〈幻境〉への旅』冬樹社、一九七四年。

7 出原隆俊『異説・日本近代文学』大阪大学出版会、二〇一〇年。

8 『武満徹著作集3　遠い呼び声の彼方へ』新潮社、二〇〇〇年、『武満徹エッセイ選　言葉の海へ』ちくま学芸文庫、二〇〇八年。

9 田中優子との対談での発言。田中優子『江戸の音』河出書房新社、一九八八年。

10 兵藤裕己『琵琶法師――〈異界〉を語る人びと』第一章、岩波新書、二〇〇九年、参照。

11 透谷の「他界に対する観念」(前掲)に、「物語時代の竹取、謡曲時代の羽衣、この二篇に勝りて我邦文学の他界に対する美妙の観念を代表する者はあらず」とある。地上的な思いを失った露姫(仙姫)のイメージに、『竹取物語』(結末部)が影響していることはいうまでもない。

12 トマス・カーライル『衣装哲学(Sartor Resartus)』岩波文庫、一九四六年、など。カーライルは民友社周辺でさかんに読まれており、たとえば、国木田独歩の日記『欺かざるの記』でも、カーライルの名は、ワーズワースとともに頻繁に言及される。

13 桶谷秀昭『北村透谷』(筑摩書房、一九八一年)は、続篇『慈航湖』も含めた『蓬萊曲』が、典拠となったバイロンの『マンフレッド』の明晰な印象にくらべて、「一種異様な混沌」に陥っているとし、それを「日本の近代のはじまりが孕む知的混乱の不幸の象徴」と述べている。桶谷の批評は示唆に富むが、しかしその「異様な混沌」に、以下に述べるような透谷の未発の可能性がかいまみえる。

14 透谷の死の翌月(明治二七年六月)に発行された『文学界』は、前掲の「弾琴」のほかに、「みゝずのうた」を掲載している。「おのれは生まれながらにめしひたり」と語るみみずの末路をうたった物語詩だが、この「みゝず」に、透谷の似姿が投影されていることはいうまでもない。

15 十川信介『「ドラマ」・「他界」』筑摩書房、一九八七年。

16 貧民救済の慈善活動は、当時、キリスト教会でもさかんに行なわれていたが、鏡花のキリスト教会(とくに宣教師)にたいするアンビヴァレントな感情は、初期作品の『一之巻』から『誓之巻』に至る連作(全七回)等にうかがえる(『文藝倶楽部』明治二九年四月―三〇年一月)。

III

物語の声と身体

声と知の往還――フォーミュラ

はじめに――「日本語」の身体

二〇〇〇年に出版された『身体感覚を取り戻す――腰・ハラ文化の再生』(日本放送出版協会)という本で、著者の齋藤孝は、戦後(第二次大戦後)半世紀あまりのあいだに失われた日本人の身体文化を再生させる必要について説いた。翌年に刊行された『声に出して読みたい日本語』(草思社)は、日本語の発声をとおして日本人の「身体」を取りもどすための実践教材である。

日本語を声に出して読むことで、現代のわたしたちが失ったものを再生できるとする発想の斬新さと、いくぶんの手軽さによって、『声に出して読みたい日本語』はたちまち話題の本となり、二〇〇一年度のミリオンセラーを記録した。

『声に出して読みたい日本語』には、中学や高校で教わる古文教材の一節や、近代文学の古典となった著名な詩や小説の一節、漢詩や和歌、芝居の名ぜりふから、ガマの油売りの口上まで採録されている。そうした古くから親しまれた名句・名文を朗読・朗誦することの意義について、齋藤はつぎのように述べている。

朗誦することによって、その文章やセリフをつくった人の身体のリズムやテンポを、私たちは自分の身体で味わうことができる。それだけでなく、こうした言葉を口ずさんで伝えてきた人々の身体をも引き継ぐことになる。世代や時代を超えた身体と身体とのあいだの文化の伝承が、こうした暗誦・朗誦を通しておこなわれる。

「日本語」の名句・名文を「声に出して」読むことは、「世代や時代を超えた身体と身体とのあいだの文化の伝承」にほかならないという。わたしたち日本人を成り立たせる歴史的・文化的なコア(核)ともいえるものは、身体的なものに由来している。発話行為の身体性をとおして、そのようなコアに触れることが、混迷した現代を生き抜くための指針になるという。

『声に出して読みたい日本語』が出版される二年前、大野晋の『日本語練習帳』(岩波新書)という本がベストセラーになった。大野の本がよく売れたこともあり、書名に「日本語」を冠した類書がかず多く出版された。

それらの類書のなかでも、齋藤の本は、「日本語」の身体性に注目した点にオリジナリティがあり、またその点でほかのブーム便乗本とは異なる独自の思想に裏づけられていた。齋藤のばあい、「日本語」とは、アタマで考えることば(ロゴス)である以前に、身体の問題なのだ。

二〇〇〇年前後の日本語ブームと、それにつづく身体論的な日本語論がベストセラーになった背景には、二〇世紀末の日本が置かれた世界史的な状況があったろう。一九八九年のベルリンの壁の崩壊に象徴される冷戦構造の崩壊と、それにつづく政治・経済のグローバリゼーションの荒波のなかで、グローバル・スタンダードに対抗する拠点が世界各地でもとめられた。

そしてグローバル(=アメリカン)・スタンダードに対抗して宗教上のファンダメンタリズム(原理主義)やナショナリズムが台頭するなかで、わが国では、ポストモダンの新宗教ブームを背景として、九〇年代なかばにはオウム事件があり、また一般読者層を巻きこんだ文化的ファンダメンタリズムの動きともいえる日本語ブームが起きた。

日本語を声に出して読むことで、「こうした言葉を口ずさんで伝えてきた人々の身体をも引き継ぐことになる」という主張は、それなりに正論である。たしかに、わたしたちの文化的な帰属意識《アイデンティティ》は、意識や精神よりも身体的なものに根ざしている[1]。

齋藤の本には、だれもが思い当たるような実感をともなった説得力があるだろう。『声に出して読みたい日本語』は、日本語の乱れを嘆く中高年世代から、サッカーやラグビーの国際試合のスタジアムで文字どおり身体的に熱狂している若者層にまで、幅広い読者を獲得したわけだ。

一　『子午線の祀り』と群読

『声に出して読みたい日本語』には、『平家物語』や『方丈記』などの古典の有名な一節が採録されている。中学や高校時代にだれもが眼にする古文教材である。

教室での古文教材の読みは、音読である。古典の文章は、もともと音読を前提として書かれたものが多いが、生徒たちの音読は、しばしばクラス全員による集団的朗読となる。そのような集団的朗読がもつ教育上の効果が注目されたきっかけは、いまから半世紀近くまえに書かれた木下順二の戯曲、『子午線の祀り』だった。

一九七八年に書かれた『子午線の祀り』は、『平家物語』の源平合戦に取材した戯曲である。七九年の初演から現在まで、公演回数はかなりのかずにのぼるが、どの公演もおおむね好評であり、『子午線の祀り』は、木下の代表作の一つになっている。

一ノ谷合戦から壇ノ浦合戦にいたる平家滅亡の歴史を描いた『子午線の祀り』は、平家方の将軍、平知盛を主人公にしている。そして知盛によって感得される人間の運命、月や海に象徴される宇宙的な広がりをもつ運命の圧倒的な力といったものが、この戯曲のテーマである。

そのような『子午線の祀り』の舞台で大きな効果をあげているのが、俳優たちによる『平家物語』の集団的朗読、いわゆる「群読」である。あたかもギリシャ悲劇の合唱隊《コロス》を思わせるような「群読」の声によって、『平家物語』の音律《リズム》が舞台のうえに大きな時の流れをつくりだす。とくに

第四幕の壇ノ浦合戦では、「群読」の声の速度が、源平の勝敗を決定づけた時刻の推移や、壇ノ浦の潮流の速さと一体化したかのような舞台が実現される。

木下が採用した「群読」という集団的朗読が演劇関係者のあいだで試みられたのは、一九六八年の〈山本安英の会〉が最初だったという。新劇と旧劇(歌舞伎・能狂言)の役者や演出家をメンバーとしたその勉強会のテーマは、「日本古典の原文による朗読はどこまで可能か」というもの。古典の原文を朗読するさまざまな試行のなかから、勉強会の参加者全員で朗読し、部分的にソロないしは少人数の朗読もまじえるという「群読」の方法が考案された。そして「群読」の声の力を作品のテーマにからませた『子午線の祀り』が書かれたのは、勉強会がはじまってから一〇年後の一九七八年だった。

『子午線の祀り』の作者木下順二は、『平家物語』の文章について、「訳文の伝える感動の分量は、原文の伝える感動の分量のおそらく三分の一か十分の一である」とし、原文を朗読することで、「平家物語の持っているエネルギーがこちらに伝わってくる」と述べている。[2]『平家物語』の原文がもつ「エネルギー」とは、木下が『子午線の祀り』で扱ったテーマでもあったろう。

木下はまた、「群読」の教育上の効果についても言及した。『子午線の祀り』の出演者たちの意見を紹介し、「多くの人たちが一緒に読みあう行為は、読むと聞くが渾然一体となって、古典の世界を体験的に共有する結果を生むだろう」と述べ、そうした点から、中学や高校の古典の授業で「群読」を取り入れることを勧めた。

『子午線の祀り』の公演が大成功をおさめたこともあり、その舞台を特徴づけた「群読」には、幅広い層から関心が寄せられた。とくに「日本古典の原文」を学校で教える国語教育の関係者のあいだで「群読」の効用が注目された。そして群読をめぐる木下の一連の発言に触発されるかたちで、古典教材を「群読」する授業が実践され、その教育効果にかんする研究が行なわれた。

国語教育界でさかんに「群読」が議論されるようになるのは、一九八五年、『教育科学国語教育』第三五六号が、「朗読・群読で授業を活性化させる」という特集を組んでからである。「群読」の研究授業に早くから取り組んでいた高橋俊三は、その教育上の効果として、「黙読で得るよりも原初的で根源的な感動が得られる」「教師と子どもが一体化し、一つの世界を共有することができる」などの点をあげている。[3]

「群読」を授業に取り入れる試みは、一九九〇年代に入ってますますさかんになった。たとえば、高橋俊三監修『古典の群読指導・細案』(明治図書出版、一九九六年)は、「群読」の具体的な方法とともに、その教育効果を授業の実践報告にもとづいて細かく解説している。また、高橋とともに早くから「群読」を授業に取り入れ、その改良を重ねていた家本芳郎は、「追いかけ」や「乱れ読み」といった、音楽の輪唱を思わせるような多様な「群読」の方法を紹介している。[4]

「群読」の授業は、生徒たちに国語の美しさを体感させ、「原初的で根源的な感動」をあたえて「一つの世界を共有」(高橋)させるものだという。そんな教育現場での取り組みに呼応するように、一九九〇年と九二年には、『子午線の祀り』の第四次・第五次公演が行なわれ、二回の公演はいずれも好評だった。そして二〇〇〇年前後からの「日本語」ブームのなかで、一九九九年には第六次の公演が行なわれた。

古典の文章を「アタマで理解」するのではなく、「身体で感じること」(高橋)の必要性が、国語教育界では一九八〇年代から議論されていたわけだ。教育学者の齋藤孝が二〇〇一年に刊行した『声に出して読みたい日本語』は、そのような教育現場の長年の取り組みを、「身体」というキーワードを使って一般読者にわかりやすく伝えたものといえる。

「群読」の教育効果とされた「一つの世界を共有」して「原初的で根源的な感動」を味わうこと、古典の文章を「アタマで理解」するのではなく「身体で感じること」(高橋)は、齋藤のいう「世代や時代を超えた身体と身体とのあいだの文化の伝承」と通じるものがあるだろう。すなわち、『声に出して読みたい日本語』には、それに先行する教育現場の取り組みがあり、その出発点にあったのが、『子午線の祀り』における『平家物語』の「原文による朗読」だった。

二 群読される『平家物語』

ところで、『子午線の祀り』で「群読」された『平家物語』の原文のもつ「エネルギー」(木下順二)とはなんだろうか。それはことばで説明されるよりも、声によって体感されるものだろうが、『平家物語』の文章のどういう点が「群読」に適しており、またそれは現代日本語の文章とどんな点が異なるのだろうか。

『平家物語』の文章の性格について考えることは、「群読」の声によって体感される「エネルギー」、ないしは「原初的で根源的な感動」(高橋俊三)なるものを反省的に考えるきっかけになる。

「群読」を教育現場に取り入れることに先駆的な役割をはたした高橋俊三は、「群読」に適した教材の特徴を列挙している。まず、「明白なリズムやうねりのある」文章であること、また、内容が「思想的」であるよりは「抒情的」「叙事的」であること、ほかに、「複数の人物が同一の主語となり、その言動が同一の述語になって、同時的に描かれているものはなおよい」と述べている。[5]

「群読」の教材の適例とされる『平家物語』のなかでも、もっとも知られた文章は、冒頭の「祇園精舎」である。つぎにあげるのは、「祇園精舎」の「群読」の授業の実践例である。[6]

男一　祇園精舎《ぎおんしょうじゃ》の鐘の声、

(読み始めは個人がよい。全員での読み始めはむずかしい。)

全員　諸行無常《しょぎょうむじょう》の響《ひびき》あり。

女一　娑羅《しゃら》双樹《そうじゅ》の花の色。

全員　盛者必衰《じょうしゃひっすい》のことはりをあらはす。

男全員　おごれる人も久しからず。

全員　只春の夜の夢のごとし。
女全員　たけき者も遂にはほろびぬ。
全員　偏《ひとえ》に風の前の塵《ちり》に同じ。〔以下略〕

このような「群読」の授業がうまくいったときの生徒たちの感動は想像するにあまりある（授業の実践報告によれば、しばしば、感動のあまりに泣き出す生徒もいるという）。「群読」の声のユニゾン（唱和）のなかで、生徒たちはたしかに「一つの世界を共有」して「原初的で根源的な感動」を体感するだろう。それは日常の自分を超えたある大きな力に包摂されるような快感である。

右にあげた「祇園精舎」の周知の名文句は、『声に出して読みたい日本語』にも採られている。日本古典のなかでも、とくに人口に膾炙した名文だが、しかしその内容を「アタマ」で理解するとなると、「祇園精舎の鐘の声」「沙羅双樹の花の色」には、少なからぬ注釈的な知識が必要になる。

祇園精舎は、天竺の長者須達《しゅだつ》が釈迦のために寄進した寺の名。祇園精舎の僧侶たちは、みずからの死期が近づくと、寺の一角にある無常堂に入り、その鐘が調べる「諸行無常」の音色を聞いて死の苦痛を忘れ、おだやかに往生を遂げることができたという。また、沙羅双樹は、北インドの跋提河《ばっだいが》（ヒラニヤヴァティ川）のほとりに双生した沙羅の木。釈迦がその下で臨終を迎えたとき、悲しみのあまりに花も葉もことごとく白色に変じたという。

仏典の『祇園図経《ぎおんずきょう》』や『涅槃経《ねはんぎょう》』などを典拠とする話だが、この文章がつくられた平安末から鎌倉時代にかけて、これらの話は、寺院での法会や説法をとおして広く流布していた。たとえば、平安末から鎌倉時代に行なわれた説法の例文集には、つぎのようにみえる。

諸行無常、是生滅法《ぜしょうめっぽう》、祇園の頗梨《はり》の鐘、耳に満つ。　（『澄憲表白集』）

この世が無常であることを説いた説法の常套句である。「祇園精舎の鐘」の一見難解な語句が、当時けっして耳なれない言い方ではなかったことがわかる。また『平家物語』の登場人物でもある法然のつくった「涅槃和讃」には、つぎのようにある。

跋提河《ばっだいが》の波の音、生者《しょうじゃ》必滅を唱へつつ、沙羅双樹の風の音、会者定離《えしゃじょうり》を調ぶなり、祇園の鐘も今更に、諸行無常と響かせり。

和讃は、仏教の教えをわかりやすく説いた庶民向けの歌謡である。「祇園の鐘」「諸行無常」「沙羅双樹」などは、説法や法会の場の常套句として、また流行歌謡の歌詞として、『平家物語』が成立した当時の社会に広く共有されていた。

『平家物語』の冒頭で語られるのは、格別な注釈的知識などを必要とせずに受容される、いわば公共的なことばと知である。
　この冒頭文につづけて、『平家物語』は、「旧主先皇《きゅうしゅせんこう》の政《まつりごと》にもしたがはず、楽しみをきはめ」て滅んだ者たちの、中国と日本の先例を列挙する。「秦《しん》の趙高《ちょうこう》、漢《かん》の王莽《おうもう》、梁《りょう》の朱异《しゅい》、唐《とう》の禄山《ろくざん》」、「承平《じょうへい》の将門《まさかど》、天慶《てんぎょう》の純友《すみとも》、康和《こうわ》の義親《ぎしん》、平治《へいじ》の信頼《しんらい》」である。これらの人名も、悪行を犯した者が必ず滅んだたとえ話として、悪因悪果の理法を説き聞かせる説法の場でさかんに語られていた。

　社会の共有する公共的なことばと知は、その社会をささえる倫理的な規範でもある。それは個人の生き方を律し、人と人との関係を構築する一種の法として機能する。そのような公共的なことばに依拠するかたちで、『平家物語』の序文「祇園精舎」は語られる。またそのようにして語られた（書かれた）文章が、「群読」に適した文章とされる。

　語り手（書き手）はけっして聞き手（読み手）の知らない新しい思想を語っているわけではないし、自分のオリジナルな考えを披瀝しているわけでもない。共有された成句・成語、ことわざ、格言、美辞麗句などは、社会に共有された知であり、社会を成り立たせる法としてのことばである。そのようなことば（声）と知の世界にみずからを同調・同期させるかたちで、語り手（書き手）は文章を構成する。

　そのようにして語られ（書かれ）た文章を現代によみがえらせるには、たしかに、個々人の声の個性がユニゾン（唱和）のなかで溶けあうような集団的朗読、すなわち「群読」がふさわしい。

『平家物語』の原文がもつ「エネルギー」を体感するには、個人を超えるなにかに共振する感性とその手つづきが求められるのだ。

三 『平家物語』の作詞法《コンポジション》

『平家物語』の文章は、わたしたちが小学生のころから作文の時間などに教え込まれてきた文章作法、たとえば、「自分のことば」で「自分の考え」を表現する(express＝搾り出す)といった文章観のまさに対極に位置している。『平家物語』に「作者」といえるものが存在するとしたら(『徒然草』二二六段に「信濃前司《しなののぜんじ》行長《ゆきなが》」なる人物が「平家物語を作」ったとある)、かれの作文は、現代のわたしたちの作文といかに異なるものだったか。[7]

『平家物語』の文章作法の特徴を示すために、いくつかの例文をあげてみる。まず巻三の末尾、後白河法皇の鳥羽幽閉を語る一節に、つぎのような文章がある(傍線は引用者、以下同)。

二条院は賢王にて渡らせ給ひしかども、天子に父母《ぶも》なしとて、常は法皇の仰せをも申しかへさせましましけるゆゑにや、継体《けいてい》の君にてもましまさず。〔中略〕百行《はっこう》の中には孝行をもつて先とす。明王《めいおう》は孝をもつて天下《てんが》を治むといへり。されば、唐尭《とうぎょう》は老い衰へたる母をたつとび、虞舜《ぐしゅん》はかたくななる父をうやまふとみえたり。かの賢王聖主《けんおうせいしゅ》の先規《せんき》を追はせましましけむ、叡慮《えいりょ》の程こそ目出たけれ。

後白河法皇が平清盛によって幽閉され、それに心をいためた息子の高倉上皇が、兄の二条天皇にくらべていかに父親思いだったかを語る一節である。漢籍に由来することわざや格言が多用されるが、傍線を引いた部分は、『礼記《らいき》』『孝経《こうきょう》』『白虎通《びゃっこつう》』などを原拠としている。中世人にとって、まさに法として共有されることばと知にほかならない。

ここに引かれたことわざや格言は、漢学の初学者のための名句集に掲載されている(『明文《めいぶん》抄』『玉函秘《ぎょっかんひ》抄』『管蠡《かんれい》抄』『世俗諺文《せぞくげんもん》』等々)。作文の手引き書であるこれらの名句集は、知識層にとっては基礎的な教養書でもある。「百行の中には孝行をもつて先とす」などの一見難解な詞句も、当時の文章家には耳なれた決まり文句だった。また、孝行の先例として引かれる「唐尭」「虞舜」(ともに中国古代の伝説的な聖王)の故事も、中世には説話集や孝子伝をつうじて広く流布していた。

源平合戦にまつわる個々のできごとは、こうした社会に共有された(共有されるべき)知との関係において意味づけられ、その善悪が評価され、全体の因果物語のストーリーに組み込まれてゆく。公共的で超越的なことばと知の世界が、物語の意味生成の場《トポス》となるのだ。

成句・成語を核として文章が構成されるのは、七五調や対句仕立ての美文でも同様である。さきにあげた「祇園精舎」は、漢語を多用した対句仕立ての七五調の美文だが、和文的要素のつよい美文の例をあげてみる。たとえば、巻七「福原落ち」は、平家一門の都落ちを、つぎのような美文調で詠嘆している。

明けぬれば、福原の内裏に火をかけて、主上《しゅしょう》をはじめ奉りて、人々みな御舟に召す。都を立ちし程こそなけれども、これも名残《なごり》は惜しかりけり。海人《あま》のたく藻《も》の夕煙《ゆうけぶり》、尾上《おのえ》の鹿の暁《あかつき》の声、渚々《なぎさなぎさ》に寄する浪の音、袖に宿かる月の影、千草にすだく蟋蟀《しっそつ》のきりぎりす、すべて目に見え、耳にふるゝこと、一つとしてあはれをもよほし、心をいたましめずといふことなし。昨日は東関《とうかん》の麓にくつばみを並べて十万余騎、今日は西海の浪に纜《ともづな》をといて七千余人、雲海《うんかい》沈々《ちんちん》として青天《せいでん》既に暮れなんとす。孤島に夕霧《せきむ》隔てて、月海上《かいしょう》にうかべり。極浦《きょくほ》の浪をわけ、塩にひかれて行く舟は、半天《はんでん》の雲にさかのぼる。日かずふれば、都は既に山川《さんせん》程を隔てて雲居のよそにぞなりにける。はるばるきぬと思ふにも、ただ尽きせぬものは涙なり。浪の上に白き鳥のむれゐるを見給ひては、かれならん、在原《ありわら》のなにがしの、隅田川にてこととひけん、名もむつましき都鳥《みやこどり》にやとあはれなり。寿永二年七月二十五日に、平家都を落ちはてぬ。

傍線を引いた箇所、「海人のたく藻の夕煙」「尾上の鹿の暁の声」「袖に宿かる月の影」「千草にすだく蟋蟀のきりぎりす」は、いずれも和歌や朗詠に由来する修辞である。また、「雲海沈々として……」は、「長恨歌伝」(陳鴻)の「雲海沈々として洞天《どうてん》日晩れ《く》」を典拠としており、「極浦《きょくほ》の浪をわけ……」は、『和漢朗詠集』の「極浦の波に宿る」をふまえている。「長恨歌」と「長恨歌伝」は、『和漢朗詠集』とともに、平安時代から中世にかけて広く親しまれた美辞麗句の供給源である。つぎの「はるばるきぬと思ふにも」から「都鳥にやとあはれなり」までは、中世に広く流布した王朝古典、『伊勢物語』の業平東下りをふまえている。

和歌や漢詩文に由来する美辞麗句のたぐいが、ことわざや格言と同じく、『平家物語』の語り(叙述)を構成する決まり文句になっている。たとえば、傍点を付した語りだしの「明けぬれば……」、また平家の悲哀の境遇を語ったあとの「ただ尽きせぬものは涙なり」は、ともに『平家物語』の語りの決まり文句である。

語り手(書き手)にとって口ぐせのように記憶されたことばであり、それは聞き手(読み手)にとっても耳なれたことばである。そのような決まり文句に枠取られた美文調の常套表現によって、平家の都落ちの悲哀が詠嘆される。語り手と聞き手双方の身体に埋め込まれるように記憶された(七五調と対句仕立ての)決まり文句によって、あるファミリアーな感性の共同体がつくられてゆく。

四　オーラル・コンポジション

右にあげた二つの例文のうち、巻三の法皇幽閉が漢文脈がかった訓読調、巻七の平家都落ちが和文脈のまさった雅文調だとすれば、『平家物語』にかず多い合戦叙述は、当時のいわば俗文調の文体である。俗文調とはいっても、それは「木曾左馬頭《さまのかみ》その日の装束には、赤地《あかじ》の錦の直垂に、唐綾縅《からあやおどし》の鎧着て、鍬形《くわがた》打つたる甲《かぶと》の緒《お》しめ……」などの装束語りにみられるように、七五調をベースにした決まり文句で語られる。

合戦のパターンごとにストックされた決まり文句によって、さまざまな合戦叙述が構成される。なかには、決まり文句を駆使するなかで、現実には存在しなかった合戦が語りだされたような例もある。たとえば、巻十一「志度合戦《しどかっせん》」のつぎのような文章である。

明けければ、平家舟に取り乗つて、当国志度《しど》の浦へ漕ぎしりぞく。判官《ほうがん》〔源義経〕三百余騎がなかより馬や人をすぐつて、八十余騎追うてぞかかりける。平家これを見て、「かたきは小勢なり。なかにとりこめて討てや」とて、また千余人渚《なぎさ》にあがり、をめきさけんでせめたたかふ。さる程に、八島に残りとどまつたりける二百余騎のつはものども、おくればせに馳《は》せ来たる。平家これを見て、「すはや、源氏の大勢のつづくは。何十万騎かあるらん。とりこめられてはかなふまじ」とて、また舟に取り乗つて、潮に引かれ、風にしたがつて、いづくをさすともなく落ちゆきぬ。四国はみな大夫判官《たいふのほうがん》に追ひ落とされぬ。九国《くこく》へは入れられず。ただ中有《ちゅうう》の衆生《しゅじょう》とぞ見えし。

「明けければ……」にはじまり、「……をめきさけんでせめたたかふ」までは、ほぼ決まり文句で構成されている。つづく「さる程に」も、語りの決まり文句であり、「平家これを見て、「すはや、源氏の大勢のつづくは。何十万騎かあるらん。とりこめられてはかなふまじ」」は、ほぼ同一の状況設定が、巻五「富士川」、巻七「倶梨伽羅《くりから》落《おと》し」などにみられる。末尾の「ただ中有《ちゅうう》の衆生《しゅじょう》とぞ見えし」(中有は、人が死後に冥途におもむくまでの期間)も、類似句が巻九「木曾最期」にみえる。

この「志度合戦」は、『平家物語』の古態本とされる延慶本にはなく、覚一本以下のいわゆる語り系の諸本(琵琶法師の座組織である当道座の周辺でつくられた本)にみられる。つまり語り系の『平家物語』においてつくられた合戦譚であり、おそらく現実には存在しなかった合戦である。そんな架空の合戦譚でさえ、語りの常套句、決まり文句を駆使することで自在に構成されてしまう。

決まり文句で構成される『平家物語』の語りの文体を考えるうえで参考になるのは、アメリカ人のギリシャ古典研究者、ミルマン・パリー(一九〇二―三五)が提唱した口頭的作詞法《オーラル・コンポジション》の仮説である。[8]

ハーヴァード大学でホメロスの叙事詩を講じていたパリーは、『イリアス』『オデュッセイア』のすべての文体的な特徴を、詩行が口頭的に(文字にたよらずに)組み立てられるときの独自の制作方法から説明した。

パリーによれば、ホメロスの詩は、リズミカルな韻律形式にのせやすいさまざまな決まり文句(定型句)からできている。一定のリズム条件(ヘキサメータhexameter)のもとで使用される決まり文句を、パリーはフォーミュラ(formula)と名づけたが、叙事詩の語り手(歌い手)たちは、多様なストーリーや場面に対応したフォーミュラに習熟することで、詩行を迅速かつ的確に構成することができた。

口承文学《オーラル・リテラチュア》の研究に多大な影響をあたえたパリーの研究は、かれの没後に世界各地のさまざまな口誦詩の事例が集積されるに及んで、一定の限界もあきらかにされている[9]。わたし(兵藤)も、一九九〇年代はじめに、九州の盲僧琵琶のパフォーマンス分析をとおして、パリー理論の修正案を発表したことがある[10]。だが、パリーの仮説は、叙事詩の作詞法《コンポジション》に、口語りのエコノミーにもとづく固有の文法があることを発見した点で、たしかに画期的だった。

フォーミュラ理論(oral-formulaic theory)は、『平家物語』の文章・文体について考えるうえでも示唆的である。いくつかの定型句や決まり文句の組み合わせで構成された「志度合戦」も、ある時点の琵琶法師たちのあいだで即興的に語りだされたものだったろう。即興で語られた合戦譚が、語り継がれることで、やがて「歴史」伝承として定着する。それが『平家物語』のしかるべき位置に組み入れられたのが、こんにち見る巻十一「志度合戦」なのだろう。

五　声と知の主体

和歌や漢詩文に由来する美辞麗句、ことわざや格言、語りの常套句などが、語り手の自家薬籠中の語りことばとしてストックされている。それら決まり文句《フォーミュラ》のストックは、そのまま、その社会にとっての知の宝庫、百科事典でもある。そうした知のストックに習熟する過程として、『平家物語』の文章作法は存在した。

『平家物語』の語り(文章作法)の習得が、フォーミュラに習熟する過程だったとすれば、『平家物語』は語られてつくられたのか、それとも書かれた文章なのか、といった一部の研究者の議論は、ほとんど意味をなさないものになる。フォーミュライックな修辞を駆使した書く行為は、オーラルな作詞法と地つづきにあるような書く行為だった。

ヨーロッパの中・近世の修辞学《レトリック》も、雄弁術や弁論術を基盤とし、声の文化と密接に関わりつつ発達したことはよく知られている。[11] 語るように書く、あるいは書くように語るという行為が、近代以前には洋の東西を問わずに存在した。また、そのような文章は、たとえ筆(ペン)で書かれたテクストではあっても、公共的な場で音読されたのだ。

『平家物語』の語り手が公共的な知を体現する者として存在したことは、たとえば『臥雲日軒《がうんにっけん》録《ろく》』や『蔗軒日録《しゃけんにちろく》』などの禅僧の日記からうかがえる。琵琶法師がしばしば、当代一流の学僧をあいてに、故事・故実にかんする該博な知識を披露しているのだが、そのような琵琶法師の役割は、村々を巡遊する各種の芸能民や宗教民においても同様だったろう。フォーミュライックなことばと知の伝播者であるかれらは、機に応じて詩篇(フォーミュラ)を引用して、人々の公共的な問いに応えたのだ。

語りことばのストックが、社会の公共的な知にほかならず、それが個的な経験にたいする意味づけの場《トポス》となり、人と人との関係を構築する倫理、ないしは法として機能した以上、『平家物語』の文章は、およそ個としての「作者」によるなにかの表現(express＝搾り出す)などではありえない。フォーミュラのストックを駆使する語り手(書き手)たちは、その語る(書く)行為をとおして、つねに日常的・個的な主体からある公共的・超越的な主体へと転移するのだ。

たとえば、わたしは、一九八〇年代から九〇年代初めに、九州地方の盲僧(座頭)琵琶のフィールド調査を行なった。収録した演奏ビデオや録音テープは数百本になるが[12]、それらの収録調査で印象的だったのは、ふだんは土地の方言で話している演者たちが、物語を演唱する段になると、声の調子は一変して、独特の語り口調になることだった。

日常的な話しことばは使われず、土地の方言も原則として使われない。物語(語り物)を演唱することばと、日常の話しことばとのギャップは、中世の琵琶法師でも同様だったろう[13]。

伝承された物語を語る主体は、ある公共的で超越的な主体である。そんな主体へ転移する過程として、物語を語るという行為はある。語る行為が不可避的に要請するペルソナ(役割としての人格)の転移と変換は、宗教学的にいえば、一種の憑依体験だが、しかし同様の機制は、じつは語りことばのストックと地つづきにある「書く」行為にも存在した。近代以前の書くという行為は、わたしたちの作文や綴り方のように、「自分のことば」で「自分の考え」を表現(express)するようなものではなかった。

もちろん、近代以前の人びとに、自分という意識や、個の内的経験の世界がなかったというのではない。だが、それらを文章化するばあい、個的な経験世界は、自分にとっての超越との関係において意味づけられ、認識されたのだ。経験を意味づける場《トポス》としてのことばと知が、日常的な自分を超えて存在した。

そのようなことばと知の主体にみずからを同調・同期させることで、文章は語られる(書かれる)。それは日常的な個の営みとは次元を異にした行為であり、日常会話とは明確に区別される言語行為である。

そのような区別がレトリック(ハレのことば)の使用となり、またそれにふさわしい発声を要求する。書くように語る、あるいは語るように書くという行為は、語る(書く)主体のペルソナの変換をともない、そのことは、たとえば『平家物語』において、固有名詞としての「作者」の詮索・考証がほとんど意味をなさない理由である。

六　フォーミュラから言文一致へ

文章作法をめぐるこうした事態は、近世の出版文化の時代になり、識字層が大幅に増大して（男性の識字率は、近世後期には四〇パーセント強に達した）、多くの人が筆と紙を手にするようになっても、基本的に変わらなかった。

庶民が文章を書く機会は、第一に手紙である。手紙を書くためのマニュアル本は往来物といわれ、近世をつうじておびただしいかずの往来物が出版された。往来物はまた、一種の教養書として、定型的《フォーミュライック》なことばと知を江戸の庶民社会に供給しつづけた。

近世後期には、山東京伝や曲亭馬琴などの人気作家が、往来物の著述を手がけている。大量に出版された人気作家の小説も、漢文調や雅文調ないしは俗文調などの従来の文章作法の延長上で書かれていた。

たとえば、『雅俗要文』などの往来物を書いた馬琴は、明治前半期までもっとも読まれた小説作者である。馬琴の小説を近代のノヴェルの要件を満たさないものとして批判した坪内逍遥も、じつは大変な馬琴通だったことは、逍遥本人が回想している[14]。

公的な法律の条文はもちろん、大《おお》新聞の文章、また私的な手紙の文章も、明治前期には前代以来の文章作法で書かれていた。明治六年（一八七三）に発行された文部省編纂の国語教科書『小学読本』が、漢文訓《よ》み下し調を採用したこともあり、明治一〇年代には、漢文訓み下しや雅俗折衷の文章を書くための作法書・例文集がさかんに刊行された。

明治二〇年前後に小説の改良・近代化を説いた坪内逍遥が直面した最大の困難が、日常の「ありのまま」を叙述する文章が存在しないことだったのは、むしろ当然である。日常の「ありのまま」を主題化するような文章は、近代以前には、少なくとも文章作法としては存在しなかった。

明治も二〇年代後半あたりから、前代以来の文章作法が、とくに知識層を中心に、しだいに窮屈なものに感じられるようになる。定型的なレトリックが表象する世界、ことわざや格言などに集約される知の世界が、しだいに明治の新しい現実とそぐわないとみなされたのだ。

日常の新しい現実を叙述する新しい文章の模索は、不可避的にフォーミュライックなことばと知との対決となる。それは要するに、近代以前の社会関係をささえていた倫理や法からの離反を意味していた。

「言」と「文」の一致、すなわち文章の口語化の必要性が広く認識されるようになるのは、明治二〇年代末の日清戦争後である。日清戦争を機に急速に発展した資本主義経済は、それまでの労働・生産関係を一変させ、前代以来の家産制にもとづく社会関係、すなわち血縁的・地縁的な共同体規制を急速に過去のものにした。

言文一致体が教育現場に広く浸透したのは、明治三六年に発行された第一次の国定国語教科書からである。言文一致教材を大幅に取り入れたこの教科書は、また「標準語」の確立と方言の撲滅を目標として掲げた。

それまで停滞していた就学率は、明治三〇年代に五〇パーセントを超え、三〇年代後半にかけて急上昇してゆく[16]。そして「標準語」と、それをベースにした言文一致体の文章が普及してゆくのと時期的に並行して、近代文学が言文一致体小説として成立することになる。

文章作法の変化(というより崩壊)は、前代以来の社会関係の崩壊を意味していた。この時期の自然主義文学が題材としたのは、封建的な家社会への帰属意識を失った孤独な個人である。そして自然主義文学の台頭と時期的に並行して、東京・大阪などの大都市では、家社会・村社会という外皮を失って剝きだしとなった都市の不安定な大衆が生み出されてゆく。

在来の共同体規制が急速に失われてゆく明治三〇年代は、近代に誕生した大衆が、国民《ネーション》という新たな共同体へ再編制されてゆく時代でもある。近代におけるナショナルな大衆の成立と、自然主義作家たちによって孤独な「自分」が主題化されたことは、一つの現象の表と裏だった[17]。

七　言文一致体と「私」

ところで、自然主義文学の言文一致体は、技法の面では、西洋小説の翻訳文体から影響を受けていた。二葉亭四迷がツルゲーネフの小説を翻訳した『あひびき』(明治二一年)と『めぐりあひ』(明治二一―二二年)は、明治二〇年代から三〇年代の文学者たちに多大な影響をあたえた。とくに『あひびき』の文章は、国木田独歩『武蔵野』(明治三一年、初出原題は『今の武蔵野』)の創作のきっかけとなり、田山花袋や島崎藤村らの自然主義小説の文体に影響をあたえた。参考までに、独歩の『武蔵野』に引用された『あひびき』の一節をあげる。

自分は座して、四顧《しこ》して、そして耳を傾けてゐた。木の葉が頭上で幽《かす》かに戦《そよ》いだが、その音を聞たばかりでも季節は知られた。それは春先《はるさき》する、面白さうな、笑ふやうなさゞめきでもなく、夏のゆるやかなそよぎでもなく、永たらしい話し声でもなく、また末の秋のおど〱した、うそさぶさうなお饒舌《しゃべ》りでもなかつたが、只漸く聞取れるか聞取れぬ程のしめやかな私語《ささやき》の声であつた。そよ吹く風は忍ぶやうに木末《こずえ》を伝つた、照ると曇るとで雨にじめつく林の中のやうすが間断なく移り変ツた、或はそこに在りとある物総て一時に微笑したやうに、隈《くま》なくあかみわたツて、さのみ繁くもない樺のほそ〱とした幹は思ひがけず白絹《しらぎぬ》めく、やさしい光沢《つや》を帯び、地上に散り布《し》いた、細かな落ち葉は俄《にわか》に日に映じてまばゆきまでに金《こん》色《じき》を放ち、頭をかきむしツたやうな「パアポロトニク」(蕨の類ゐ)のみごとな茎、加之《しか》も熟《つ》え過ぎた葡萄《ぶどう》めく色を帯びたのが、際限もなくもつれつからみつして目前に透かして見られた。

「自分」の目と耳でとらえた自然が、出来合いのレトリックに回収されることなく、口語体の文章によって鮮やかに表現されている。

外界の事物を意味づけるのは、「四顧」して「耳を傾け」る「自分」である。公共的で超越的なことばと知の主体に代わって、意識主体としての「自分」が認識と表象の座標軸となる。ヨーロッパ文学の翻訳によってもたらされたこうした文体が、明治三〇年代の文学者たちに新しい時代の文章創作に向かわせた。

右にあげた「自分は座して、四顧して、そして耳を傾けてゐた」で始まる文章は、現在のわたしたちには格別奇異に感じられない。だが、明治二〇年代から三〇年代はじめの読者たちには、少なからず奇異な文章と感じられたはずだ。

述語中心に構成される在来の日本語文では、主語の機能はしばしば述部に吸収されてしまう。主語は文の必要条件とはならないのだが、にもかかわらず、右の文章ではことさら文法上の主語「自分」が明示される。

こうした翻訳文体が生まれた背景には、西洋語の主語の形式性が、明治の知識人のあいだで、必要以上に実体的に受けとめられたという背景があったろう。形式的な主語と語りの主体とが混同され、I, je, Ich…… で始まる文は、ことごとく「自分は……した」と翻訳された。

文法上の主語を明示し、主語と述語の呼応関係がまぎれないことに意をもちいた翻訳調の文章が、明治三〇年代あたりからさかんに書かれるようになる。そして自分が見たこと、自分が感じたこと、自分が考えたことを、「自分のことば」でつづる文章が書かれるなかで、「自分」によるなにかの表現という文章観も定着する。

前代の文章作法をささえた公共的なことばと知を切り離すことで、自分のことばを書く日常的な主体が前景化する。書いている自分がイコール日常を生きる自分であり、そこに自分(私)を主題化した小説も誕生することになる。

たとえば、明治四〇年代に自然主義への反発から小説を書き出したのは、谷崎潤一郎や武者小路実篤である。だが、田山花袋が提唱した「平面描写」への反発から物語的な小説を書きはじめた谷崎潤一郎でさえ、若いころは、「自分の文章が英語に訳し易いかどうかを終始考慮に入れて書いた」「西洋臭い文章を書くことがわれわれの願ひであつた」と述べている。[18]

明治四四年(一九一一)に書かれた武者小路実篤の『お目出たき人』について、宇野浩二は、「現さふと思ふ事をそのまま自分の言葉で書く――つまり、真の言文一致に近い文章を武者小路が創造した」と評している。「自分の言葉」は、「現さふと思ふ事をそのまま」自在に表出する媒体とみなされる。[19]

また武者小路の盟友である志賀直哉の小説は、近代の言文一致体の標本的な名文とされる。志賀の文章は、大正後期には国語教科書に採用されたが、志賀の小説で語られるのは、人間(man=男性)の自我確立の物語である。「自分が……自分が……」といった文章が、「近代的自我」という文学のテーマそのものをつくりだしてゆく。

できあいのレトリックではなく、自分のことばで自分を表現・表出する媒体としての文章が、ことばを一義的に統括する自分(私)を成立させる。超越的な知を表象しないことばは、「私」とそれをとりまく現実を記述する透明な媒体(道具)となるだろう。言文一致体の文章の成立は、たしかに近代日本におけるロゴス中心主義的なイデオロギーの誕生といえる事態だった。

八　語りの主体の近代／前近代

さきに引いた二葉亭の『あひびき』の冒頭部分、「自分は座して、四顧して、そして耳を傾けてゐた」は、語彙の古さはともかくとして、文章じたいは、こんにち読んでも格別奇異な印象は受けない。

翻訳調をベースに成立した言文一致体の文章が、現代のわたしたちの思考の枠組みになっている。また、そのような思考の枠組みによって、わたしたちは古典の文章にも接している。

たとえば、明治二〇年代の樋口一葉が愛読していた『源氏物語』の文章も、わたしたちはいちいち主語を補わないと読めない。和文の述語部分を読みこむ感受性が、現代のわたしたちには退化しているのだ。

あるいは、俳諧的な飛躍に満ちた西鶴の文章(主語・述語の呼応関係が自在にねじれてゆくため「曲流文」ともいわれる)[20]も、わたしたちはセンテンスごとに区切って、いちいち主述をととのえないと読めない。また明治・大正期に新聞小説として広く読まれていた泉鏡花の小説も、鏡花が同時代の言文一致体文学の蚊帳の外にいたせいで、わたしたちには理解困難な箇所が頻出する。

そんなわたしたちに、はたして『平家物語』の文章は読めるのだろうか。一般には、『平家物語』の和漢混淆文は、主語が見つけやすいぶんだけ、『源氏物語』などの平安朝の和文にくらべて、読みやすいと思われている。だが、はたしてそうなのか。

平安朝の和文は、その述語部分を読みこむ一定の訓練さえ受ければ、こんにちのわたしたちにとって(一般に思われているほど)理解不能なものではない。王朝の女流の文章は、書き手がフォーミュライックなことばと知の世界(つまり漢学)から疎外されていた――ポジティブにいえば自由であった――ぶんだけ、ある面では近代の散文に近接している。

『平家物語』の原文を読むことのむずかしさは、平安朝の和文のそれとは別のところにある。『平家』を構成するフォーミュライックなことばと知の主体は、現実の語り手(読み手)たちの日常的な「自分」を超えた主体である。それは社会を律している法とも、神仏あるいは「運命」とも言い換えられるような超越的な主体だが、そんな自分を超えるなにものかに同調してゆく感性が、現代のわたしたちには失われているのだ。

『平家物語』の語りの主体は、どのような朗読の声によって現前させられるのか。半世紀まえに木下順二らが行なった朗読の会で、「原文による朗読はどこまで可能か」という問題設定が切実なテーマとなった理由である。

九 『平家物語』は現代語訳が可能か？

王朝女流の和文にくらべて主語が見えやすい『平家物語』の文章ではあるが、しかし主語と述語の呼応関係に注意しながら読んでいると、しばしば理解困難な箇所に遭遇する。二、三の例をあげてみる。

たとえば、鹿《しし》ヶ《が》谷《たに》の陰謀が露見して没落する藤原成親《なりちか》の悲劇を語る巻二「小教訓」の一節である。センテンスの主語を（　）内に補いながらあげる。

賓客《ひんかく》座につらなつて、あそびたはぶれ、舞ひをどり(賓客、成親)、世を世とも思ひ給はず(成親)、近きあたりの人は、物をだにたかくいはず、おぢおそれてこそ昨日までもありしに(近きあたりの人)、夜の間にかはる有様、盛者必衰《じょうしゃひっすい》の理《ことわり》は、目の前にこそ顕れけれ。「楽しみつきて悲しみ来る」と書かれたる江相公《こうしょうこう》の筆の跡、今こそ思ひ知られけれ(語り手、成親、近きあたりの人……)。

傍線部分の「盛者必衰の理は、目の前にこそ顕れけれ」は、いったいだれの「目の前」に顕れたのか。つづく「江相公の筆の跡、今こそ思ひ知られけれ」の「今」は、登場人物たちの「今」か、それとも語り手の「今」か。「思ひ知られけれ」の主語は、語り手であると同時に、成親本人でもあり、さらに成親の没落をまのあたりに見た「近きあたりの人」としても読める。末尾の「今こそ思ひ知られけれ」の主語が一義的に同定されないことで、この段落全体が、不特定で集合的な主体の語りになる。

語り手の一人称的な声に、登場人物たちの三人称的な声が響きあう。語りの人称のあいまいな――というより、人称概念そのものが無化されてしまうようなものがたり(物語)の語りの文体だが、右に引いた「今こそ思ひ知られけれ」を、かりに現代語訳するなら、「今こそつくづく思い知られたのであった」となる(『新編日本古典文学全集　平家物語』小学館)。だが、こうした現代語訳では、「……のであった」という陳述箇所で、へんに居心地が悪そうに自己主張する「私」が露出してしまう。

さきに引いた巻十一「志度合戦」の末尾についても同じことがいえる。四国を追われ、九州に上陸することもできずに海上をただよう平家の運命について、「ただ中有《ちゅうう》の衆生とぞ見えし」とある文は、原文を読むかぎり、いったい、だれにとって「見え」たのかはほとんど問題にならない。

かりに語りの主体をここで考えるなら、「平家」と名づけられた歴史(記憶)を伝承してきた匿名的で集合的な主体である。それはフォーミュライックなことばと知の主体でもあるのだが、そのような超越的な語りの主体のニュアンスを現代語訳で出すことはむずかしい。

たとえば、類似する語句を含む文章として、木曾義仲が義経との合戦に敗れて没落してゆくさまを語る巻九「河原合戦」に、つぎのような一節がある。

……去年《こぞ》信濃《しなの》を出《い》でしには、五万余騎と聞こえしに、今日四の宮河原を過ぐるには、主従七騎になりにけり。まして中有《ちゅうう》の旅の空、思ひやられてあはれなり。

傍線部分を現代語訳するなら、「中有の旅のさびしさが思いやられてあわれである」となる(『新編日本古典文学全集　平家物語』)。

「中有の旅」(中有は、人が死後に冥土へおもむくまでの期間)のような義仲の境遇を「思ひや」って「あはれ」を感じるのは語り手だが、この語り手は、いうまでもなく「平家」と名づけられた歴史を語る匿名的で集合的な主体である。だが、こうした文章を現代語訳すると、どうしても語り手イコール読者のセンチメンタルな思い入れが前面に出てしまう。

さらに、このような現代語訳のニュアンスの延長上で、このあとにつづく木曾義仲の最期の物語も読まれている。「木曾最期」は、しばしば高校生の国語教科書に採用されるが、高校の授業では、義仲と今井兼平との友情物語のような解釈が行なわれているだろうか。だが、そんなヒューマニスティックな読みほど、『平家物語』の文章に似つかわしくないものはない。

一〇　〈声〉と脱・モダン

『平家物語』の原文を読んで味わう印象と、現代語訳から受ける印象とのズレをみていると、わたしたちが使用している現代日本語の文章とはなんなのか、ということをあらためて考えさせられる。

わたしたちが日常的に読み書きしている文章は、「私」によるなにかの表現である。そのことに、わたしたちはなんの疑問も感じていない。

だが、くりかえしいえば、文章が「自分のことば」でなにかを表現するものと考えられ、そのようなものとして学校の作文教育が行なわれたのは、たかだかこの百年ほどのことだ。近代以前には、まず出来合いの成語・成句や修辞のパターンを習得・模倣し、それらが表象する知の世界へみずからを参入させることが「文の学び《まね》」としての「文学」だった。

『平家物語』の原文を朗読(群読)する声が現前させるのは、「平家」と名づけられた歴史を伝承してきた匿名的で集合的な主体である。ものがたり(物語)の声が、日常的・自己同一的な主体を超え出る契機となる。音声言語《パロール》が意識主体としての〈自己〉の現前性を保証するというのは、たしかに西欧形而上学の、世界史的にみればローカルな思考の伝統でしかないのだろう(ジャック・デリダ『声と現象』)。

げんにホメロスの叙事詩(プラトン以前である)はもちろん、フォーミュライックに構成された

『平家物語』を音読する声は、声を発する主体を脱中心化する契機にはなっても、けっしてインディヴィジュアル(分割不可能)な〈個〉としての発話主体(「私」「自分」)などを現前させない。「木曾左《さ》馬頭《まのかみ》その日の装束には、赤地《あかじ》の錦の直垂に、唐綾縅《からあやおどし》の鎧着て、鍬形《くわがた》打ったる甲《かぶと》の緒《お》しめ……」などに典型的にみられる様式化された語りが、『平家物語』の文章のたしかな手ざわりを生みだしている。発話者の感傷や思い入れなどの介入する余地のない文章だが、しかしこうした伝承詞章として練り上げられた『平家物語』の文章は、現代語に置き換えると、木下順二が述べたように、原文がもつ手ざわりや質感をことごとく失ってしまうのだ。

〈山本安英の会〉が数年間の試行のすえに「群読」にたどりついたように、『平家物語』を朗読する声をつくりだす試みは、近代日本語の文章とはまったく異なる発話主体をつくりだす試みである。

「群読」という集団的朗読は、たしかにそのための有効な方法だったろう。そこでは、個々人の声が表象する「私」(自分)が消去され、共振する声のユニゾンのなかで、『平家』と名づけられた歴史(記憶)を伝承した匿名的で集合的な主体が現前する。

ただし、念のため断っておくと、そこに出現する集合的な記憶の主体を、ただちにネーション(国民)としての「われわれ」日本人と考えてしまうのは、もう一つの近代主義である。

声がよび起こす集合的な記憶の主体を、グローバル・スタンダードに対抗する文化的ファンダメンタリズムの拠点のようにイメージしてしまうなら、それは近代という枠組みのなかで幻想されるもう一つの〈近代的なもの〉《モダニティ》でしかない。

一九世紀末に成立した近代日本の枠組みを、無時間的・無歴史的にさかのぼらせて、一三―一四世紀に生成した『平家物語』の文章を、声に出して読みたい「日本語」と同定してしまう発想じたいが、そもそも論理的な転倒である。

たとえば、木下順二作『子午線の祀り』の第三幕では、壇ノ浦合戦の直前、平家方の阿波民部《あわのみんぶ》重能《しげよし》が、安徳帝と三種の神器を奉じて大陸まで落ち延びるように、平知盛に献策する場面がある。それを聞いた知盛は、「中空《ちゅうくう》に浮かべよう積りか、日本国を」という印象深いことばをはなっている。

『平家物語』の〈声〉は、近代の劇作家の創作意図をも超えたところで、そんな脱・モダンともいえるテーマを舞台へ呼び入れてしまったということだろう。

踊る身体、劇的なるもの

憑かれるということが、すべての劇芸術の前提である。憑かれた神がかり状態において、ディオニュソス的熱狂者は自己をサチュロスとして見、そして次にはサチュロスとなって神を見る。いいかえれば、ディオニュソス的熱狂者は変身しつつ、自己の状態のアポロ的完成として、一つの新しい幻影を自己の外に見るのである。この新しい幻影によってドラマは完成する。

――ニーチェ『音楽の精神からの悲劇の誕生』第八章より

一　群舞の身体

都市とその近郊の夏祭りにおけるイベントとして、盆踊りがさかんに行なわれるようになったのは、昭和初年である。とくに満州事変が起きた昭和六―七年(一九三一―三二)は、「炭坑節」や「東京音頭」など、新作の踊り唄にあわせた盆踊りが全国各地で行なわれた。

そんな昭和七年の夏、香川県綾歌《あやうた》郡の農会が農村慰安の盆踊りを企てたところ、地元の警察が明治二二年(一八八九)の県令を根拠にして許可せず、そのことが東京の新聞で話題になるということがあった。

この一件を紹介した小寺融吉は、明治二二年当時は全国的に盆踊りの禁止令が発せられていたとし、その理由として、「男女の風紀紊乱を恐れ、かかる事は文明国として欧州に伍する為めに、廃止すべき蛮風と見なしたのであらう」と述べている[1]。

明治二二年は、欧米列強との不平等条約の改正交渉が、外務大臣大隈重信のもとで進められていた時期である。交渉を有利に進めるために政府がとった欧化政策のなかで、学校教育の現場では、近世以来の三味線俗謡や民謡が禁止され、盆踊り唄のたぐいも「猥歌」として追放された。小寺がいうように、「文明国」の対面を重んじた政府が、盆踊りを「蛮風」として取り締まったというのは、たしかにありえたことだ。

近世以来の盆踊りが、しばしば性の解放の場であり、ところによっては、古代の歌垣《うたがき》のような風習を伝えていたことは知られている。

だが、明治二二年といえば、その年の二月に、大日本帝国憲法が公布され、翌年の帝国議会の開設へむけて、庶民大衆の政治熱が大いに盛り上がりをみせていた時期である。なかでも条約改正問題は、国民の最大の関心事になっていたが(改正交渉にあたっていた外務大臣大隈重信は、この年一〇月に爆弾テロに遭っている)、そのような時期に発せられた盆踊りの禁止令は、盆踊りの群舞が引きおこす事態を当局が警戒していたとみるべきだろう。

昭和七年の香川県での盆踊り禁止令が、東京の新聞でも話題になったのは、満州事変の翌年にあたるこの年が、盆踊りが全国的な大流行のきざしをみせた年だったからだ。

既存の社会が崩壊する不安と、まだかたちのみえない新しい社会への期待と焦燥感がないまぜになったマス・ヒステリーが、庶民大衆の群舞を引きおこしてゆく。

それはこの列島の社会で、有史以来くりかえし引きおこされたできごとでもあるが、史料のとぼしい一二世紀以前(奈良・平安時代)の問題は、ここでは措く。身体をメディアとして新たな社会編制がつくり出された例として、この章では、まず一三世紀(鎌倉中期)の一遍の念仏教団について述べてみたい。

二「仏もわれもなかりけり」

群舞というパフォーマンスを、宗教的回心の契機として方法化したのは、鎌倉中期の一遍上人智真である。いうまでもなく鎌倉末から室町期にかけて盛行した踊り念仏の教団、時衆(時宗)の開祖だが、一遍が詠んだ歌に、つぎのような一首がある。

となふれば仏《ほとけ》もわれもなかりけり南無阿弥陀仏の声ばかりして

念仏を唱和することで、その功徳がたがいに融通《ゆうずう》しあうという発想で行なわれる合唱の念仏を融通念仏、または大念仏という。一二世紀から流行しはじめた大念仏(融通念仏)は、一三世紀後半の一遍の時代には結社的な念仏教団となってゆく。

右の歌にいう「仏」と「われ」、「われわれ」が念仏合唱の「声」のなかで融通しあう境地は、一遍の信仰集団の性格をうかがわせる。個の輪郭が溶解してしまうような「南無阿弥陀仏の声」のユニゾン(唱和)は、性的な陶酔感にも似た悟りの境地だったろう。

念仏合唱の声が共鳴・共振するなかでもたらされる宗教的エクスタシーは、いかにも無我、無私の法悦の境地として体感されたはずだ。大念仏の声のユニゾンは、悟りへいたる回路として、一遍によって自覚的に方法化されたのだ。

大念仏の功徳を説いて各地を巡遊した一遍は、弘安二年(一二七九)冬、信濃国を遊行していたとき、とつじょ「踊躍《ゆうやく》大歓喜」の衝動をおぼえ、「童子の竹馬《ちくば》を馳《は》する」がごとく踊りはじめた(『一遍聖絵《ひじりえ》』巻四)。それ以後、「長眠《ちょうみん》の衆生《しゅじょう》を驚かし、群迷《ぐんめい》の結縁《けちえん》を勧」める踊躍歓喜の大念仏を唱導して歩いたという。

念仏合唱の「他力《たりき》不思議の力」(同、巻九)に身をゆだねることが、やがて集団的憑依のパフォーマンスとなる。『一遍聖絵』(一二九九年成立)には、随所に、合唱と群舞が引きおこした熱狂《オルギー》がなまなましく描かれている。そのような一遍の念仏教団が形成された一三世紀後半は、一遍のほかにも、踊る宗教ともいえるさまざまな念仏結社や教団が生まれた時代だった。

たとえば、一遍が遊行を開始するまえの文永二年(一二六五)、心阿《しんあ》道空《どうくう》という僧が、踊り念仏の一派である六斎《ろくさい》念仏を洛北の光福寺で創始した(『浄土常修六斎念仏興起』)。また、一遍が踊りはじめたのとおなじ弘安二年には、円覚上人道御《どうぎょ》が、嵯峨釈迦堂で踊り念仏をはじめ(清涼寺本『融通念仏縁起』)、おなじころ、一向上人俊聖《しゅんじょう》が、やはり踊り念仏を勧進して各地を巡遊している(『一向上人伝』)。

弘安二年の日蓮の書状に、「物狂はしく鉦《かね》拍子をたたき、おどりはねて念仏を申し」(五月二日付け「新池殿返す」)とあるのは、当時、期せずして列島の各地にわき起こっていた踊り念仏の狂躁を伝えたもの。

一三世紀後半の列島の社会に、念仏合唱と群舞が大流行した背景には、当時、東アジア世界全体を覆ったモンゴルの脅威が存在しただろう。

未知の外敵への不安と恐怖のなかで、この列島の社会が急速に「日本」という自意識をもちはじめたのもこの時期である。新たな共同性をもとめる人びとの焦燥感が、既存の社会編制からの逸脱と解放をもとめる放埒な群舞となる。そして注意したいのは、そのような群舞のオルギーのなかで、やがてある演劇的なパフォーマンスが発生し、新たな演劇様式が生まれたことである。

三　能の発生――祭祀と物狂い

たとえば、嵯峨釈迦堂で踊り念仏をはじめた円覚上人道御《どうぎょ》は、念仏の功徳を身振りによって示す乱行《らんぎょう》念仏を行ない、それを劇(狂言)に仕立てたという。こんにち、京都の壬生寺や嵯峨釈迦堂で行なわれる念仏狂言は、道御がはじめたといわれるが、壬生寺狂言で古態を伝えるのは、地獄からの救済劇の「賽《さい》の河原」や、信仰の深さゆえに起こる奇跡劇の「桶取《おけとり》」である。[2]

それらの念仏狂言の演目は、どれも観衆と演者の〈見る—見られる〉という関係のなかで、念仏の功徳を可視化したかたちで演じられる。だが、念仏狂言が、かつては大念仏に結縁する群衆の念仏合唱のなかで、観客もいわば地謡衆として参加するかたちで演じられたことは、その無言劇という形式からうかがえる。念仏の大合唱のなかで演じられる劇は、せりふがあっても聞こえないために無言劇になったのだ。

念仏合唱と群舞が引きおこす集団的なエクスタシー、そこに発動する個としてのペルソナ(役割としての人格)の解体と変身という演劇的衝動が、大念仏から念仏狂言が生みだされる機制だった。一三世紀の後半から一四世紀(日本史上の分水嶺期といわれる)にかけて、列島の社会を席巻した群舞熱のなかで、おそらくさまざまな始原的な劇が発生していたのであり、そうした合唱と群舞が引きおこした演劇的パフォーマンスと不可分のかたちで、能という中世の新たな歌舞劇も生まれたのだ。

たとえば、一四世紀に成立した能の原初的な様式をいまにほうふつさせる現行曲に、「百万《ひゃくまん》」がある。一曲の筋立ては、かつて奈良西大寺のほとりに捨てられた子ども(子方)が、その拾い親(ワキ)とともに嵯峨釈迦堂に参詣すると、大念仏(踊り念仏)の音頭をとる狂女と出会う。この狂女が女曲舞《おんなくせまい》の名手、百万(シテ)だが、子どもがよくみると自分の母だった。百万は大念仏のさなか、法楽《ほうらく》の曲舞を舞い、めでたくわが子との再会がかなえられる。

「百万」の能は、世阿弥以前の時代には、「嵯峨の大念仏の女物狂《おんなものぐるい》の能」と呼ばれ、世阿弥の父観阿弥が得意とした演目だったという(世阿弥『申楽談儀《さるがくだんぎ》』)。百万は南都(奈良)に実在した女曲舞の名人であり、観阿弥は、百万の芸を伝えた乙鶴《おとつる》から曲舞をならい、歌舞劇としての能を完成させたという(同『五音《ごいん》』)。

一四世紀に行なわれた曲舞は、物語的な詞章を謡いながら舞う歌舞である。観阿弥によって能に取り入れられた曲舞は、一曲の中心部分を構成するクセの謡となる。

シテ(と地謡衆)が、みずからの恋やいくさの昔物語をクセの節付けで謡い、また神仏や寺社の縁起などを謡いながら舞う。一曲のヤマ場となるのがクセだが、「百万」のばあい、子と生きわかれて物狂いとなった百万は、嵯峨釈迦堂で行なわれる大念仏の音頭をとり、後半のクセでは、かつては(世阿弥以前の時代には)「地獄の曲舞」を舞った(『五音』)。

現行の能では、「地獄の曲舞」は「歌占《うたうら》」のクセとして舞われる。「歌占」[3]では、シテの歌占がそれを舞うなかで神憑きになる。地謡衆による合唱の声とともに神がかり状態になるのだが、かつて「地獄の曲舞」が謡われた「百万」の能では、物狂いとなったシテ百万が曲舞を舞うなかで、わが子とめぐり会う。

地獄の諸相を謡う「地獄の曲舞」は、たしかに「嵯峨の大念仏」を背景とした「百万」で演じられるのがふさわしい。仏教民俗研究者の五来重は、『申楽談儀』にいう「嵯峨の大念仏の女物狂の能」すなわち「百万」の能は、その地獄めぐりの曲舞とともに、もとは嵯峨釈迦堂の念仏狂言の演目だったろうと推定している。[4]

物狂いの母がわが子にめぐり会う狂女物のパターンについて、柳田國男は、神がかりして舞う巫女に神霊がよりつくさまを原型的に伝えたものとしている。[5] 狂女物の名作である「隅田川」では、大念仏のさなか、梅若丸の亡霊（子方）が塚のなかから現れ、母の狂女（シテ）と対面する。念仏合唱と群舞のなかで体感される超常的なものとの出会いは、たしかに能の狂女物の原型だったろう。念仏合唱の音頭取りとなる物狂いの憑依と変身のパフォーマンスから念仏狂言が発生し、やがて新たな中世歌舞劇として、能が成立する。

いわゆる夢幻能の形式をとらなくても、橋がかりを通過して舞台に現れるのは、この世ならぬものたちである。能舞台は、立役と地謡衆の合唱のユニゾンのなかで、個の解体と変身が演じられる劇空間である。そんな祝祭劇の様式が、念仏合唱と群舞の立役となる女曲舞を習得した観阿弥によって、「嵯峨の大念仏の女物狂の能」として完成されたのだ。

四　歌舞伎の発生――憑依と変身

能の一曲のヤマ場となるクセでは、シテや地謡衆とともに、観衆も「同音」の合唱の渦に巻きこまれる。[6] 観衆と演者の〈見る―見られる〉という関係は無化され、共振する声のユニゾンのなかで、ある共有された物語（神話）の世界が幻視される。そのような始原的な祝祭劇の可能性を内包させながら、大念仏は民間芸能の地下水脈となり、この列島の社会に広く深く浸透してゆく。一四世紀(南北朝期)に流行したバサラ・過差の風流《ふりゅう》とともに、大念仏は民間の多くの祭礼の習俗に取り入れられてゆく。こんにち、盆の前後に行なわれる各地の傘踊りや花笠踊り、太鼓踊り、羯鼓《かっこ》踊り、ささら踊り、こきりこ踊り、太刀踊り(剣舞《けんばい》)、棒踊り、また雨乞い踊りなどは、いずれも念仏踊りの系譜を引いている。

これらの舞踊がしばしば派手な仮装や異性装をともなうのも、群舞の熱狂《オルギー》が憑依と変身の演劇的衝動を内包し、容易に劇に転化する可能性をはらんでいたからだ。こうした念仏踊りのパフォーマンスからさまざまな祭礼の劇空間が構成され、それらが専業的な芸能民によって担われることで、やがて近世都市の劇場空間が形成されることになる。

たとえば、近世のかぶき踊りから歌舞伎劇が成立した背景にも、念仏踊りの伝統が強く作用していた。歌舞伎の起源について記した近世の文献は、出雲の阿国《おくに》の念仏踊りについて、つぎのように記している。

近年慶長中、出雲巫《みこ》、京に来て、僧衣をきて鉦《かね》を打ち、仏号を唱へて、初めは念仏踊りといひしに、その後、男の装束し刀を横たへ、歌舞す。俗に、かぶきと名づく。(『野槌《のづち》』)

巫女の阿国は、「念仏踊り」の音頭をとる物狂いである。女曲舞の百万の直系ともいえる祝祭劇の立役(主役)だが、音頭をとりながら舞い踊る阿国は、「その後、男の装束し刀を横たへ」て「歌舞」し、それが「かぶき」と呼ばれたという。

「かぶき(かぶく)」は、日常的な規範からの逸脱を意味した近世初期の流行語。阿国の男装は、希代のかぶき者、名古屋山三《さんざ》の霊が憑依したすがたである。京都大学本『国女《くにじょ》歌舞伎絵詞』には、鉦と撞木《しゅもく》をもって舞い踊る阿国のすがたが描かれ、詞書につぎのように記される。

南無阿弥陀仏　南無阿弥陀仏
念仏の声に引かれつつ　罪障の里を出でふよ
なふなふ阿国に物申さん　我をば見知り給はずや
その古《いにしえ》のゆかしさに　これまで参りて候ふぞや……

「念仏の声に引かれ」て、名古屋山三の亡霊が呼びだされる。そして山三の霊が憑依した阿国は「男の装束し」て「歌舞」するのだが、かぶき踊りの音頭取り(立役)となる巫女の憑依と変身によって劇が展開するのは、阿国歌舞伎が、大念仏を背景とした女曲舞の延長上に成立したことを示している。

一四世紀に能楽に取り入れられた女曲舞と同様、阿国のかぶき踊りも、念仏狂言の暗示を受けながらその劇様式を成立させたのだ。

かぶき踊りでは、亡霊の名古屋山三による茶屋遊びという、いかにも近世的な趣向が取り入れられた。そんな趣向の延長上で、やがて傾城買い狂言のやつし事や、くぜつ事、濡れ事が生まれ、また元禄歌舞伎の和事や世話狂言が成立してゆく。

阿国のかぶき踊りが評判をあつめていた慶長九年(一六〇四)八月、太閤秀吉の七年忌の臨時大祭が京都市中で盛大に行なわれた。その模様を描いた『豊国《とよくに》神社臨時祭《りんじさいず》図屏風』には、風流《ふりゅう》の衣裳をまとったおびただしいかずの舞い手たちの群舞が描かれる。

近世初頭の群舞のオルギーを伝える一七世紀絵画の名品だが、こうした群舞熱が慶長年中にわき起こったのは、たんなる偶然ではないだろう。慶長といえば、太閤秀吉の朝鮮再出兵にはじまり、秀吉の死(慶長三年)、関ヶ原合戦(同五年)、家康の将軍就任と江戸開府(同八年)、大坂の陣(同一九—二〇年)で終わる徳川氏の天下取り(豊臣氏の滅亡)を象徴する年号である。

そのような歴史の大転換期に、既存の社会編制からの逸脱と解放をもとめる群舞の熱狂がわき起こる。そうした群舞熱を背景に、阿国のかぶき踊りも生まれ、さらに歌舞伎という新たな演劇様式が成立することになる。

五　おかげ参りとええじゃないか

ところで、かぶき踊りが流行していた慶長一九年(一六一四)、伊勢神宮への参詣者たちが広めた伊勢踊りが全国各地で流行した。[7] 民間への伊勢信仰の普及は、すでに鎌倉期からはじまっていたが、近世になると、参宮熱は年を追って高まり、江戸中期には、「男女ともに、一生に一回は、年齢にかかわらず、この巡礼をしなければならない」といわれるほどの風潮を生みだしていた(『ツンベルク日本紀行』)。

そうした風潮のなかで、なにかの風説や流言がきっかけとなって、またたくまに参宮熱が高まり、わずか数カ月のうちに、全国から数百万の人びとが伊勢へ押し寄せた現象を、とくにおかげ参りという。慶安三年(一六五〇)、宝永二年(一七〇五)、明和八年(一七七一)、文政一三年(天保元、一八三〇)のおかげ参りが有名だが、たとえば、明和八年のおかげ参りについて、伊勢松坂に住んだ本居大平《おおひら》(宣長の養子)は、つぎのように記している。

その人ごとに、おかげでさ、ぬけたとさ、といふことをなん、道ゆく足の拍子にいひつつゆくを、七十、八十になれる老人の聞きて、昔もかくまうで来たるを、おかげまゐりといひて、その折も、かくこそいひつつ物せしか、このたびのさま、もつぱらその折のやうなりなどいふ。〔中略〕若きをのこは、さらにもいはず、おきなおうな、また物恥ぢしつべき若き女まで、よろづをうち忘れて、物狂ほしく、かたはらいたく、世にうつし心とも見えず、よろづに戯《たわ》れつつ行きかよふさま、あさましなどいふもおろかなり。

(『おかげまうでの日記』)

参宮者たちが踊りながら歌った囃し言葉、「おかげでさ、ぬけたとさ」は、いわゆる抜け参りのこと。奉公先や親元の許しを得ず、旅行手形ももたずに、道中での喜捨を乞いながらの伊勢参りである。

こうした抜け参りが黙認されたのは、中世以来の参宮熱の高まりとともに、伊勢信仰が、血縁や地縁の共同体規制を相対化しうるある普遍性を獲得していたからだ。

日常生活の抑圧の度合いと比例するかたちで、伊勢という普遍的権威へ結びつこうとする人びとの欲求が、集団参宮の熱狂となり、また参宮の道行きでの群舞のエクスタシーとなる。

地域を異にする見ず知らずの人びとが、伊勢参りという、おなじ目的を共有する仲間としての一体感をもつ。しかも、その非日常的な群舞の身体がつくりだす一体感には、血縁や地縁の共同体規制を相対化・無化してしまう独特の解放感があったろう。

明和八年(一七七一)のおかげ参りは、宝永二年(一七〇五)のおかげ参りのほぼ六〇年後に起こった。そのため、明和八年から六〇年近くが経った文政一三年(一八三〇)には、おかげ年への期待が全国的に高まり、同年春に四国(とくに阿波徳島)で起こった参宮熱は、またたくまに全国各地に飛び火し、わずか二ヵ月のあいだに五〇〇万人以上の人びとが伊勢をめざしたという。

文政一三年のおかげ参りが小康状態をむかえた同年の秋、近畿地方でとつじょおかげ踊りが流行した。

踊り込みと称して、富商や地主の家へあがりこんで酒食を強要する。なかには村役人の家へ踊り込んで、年貢の減免要求をかちとった村もあったという(『浮世の有様』巻二)。おかげ参りとおかげ踊りの流行は、一九世紀に入るとしだいに世直し一揆の様相を帯びてくるのだが、こうした群舞の狂躁が、明確に一つの方向性をもって現れたのは、いうまでもなく幕藩体制の最後の年となった慶応三年(一八六七)のええじゃないかである。

ええじゃないかが起こる前年の慶応二年(一八六六)は、一揆と打ちこわしが全国的に拡大した。この年の農民一揆の件数は、現在知られている主なものだけで、七〇件以上にのぼるが、農民一揆が未曾有の規模の高まりをみせていたころ、江戸や上方では都市下層民による打ちこわしが頻発した。

慶応二年の一揆と打ちこわしの嵐がおさまったかにみえた慶応三年の秋、ええじゃないかの熱狂が列島の社会を覆うことになる。

八月に東海道筋ではじまったお札降りをきっかけにわき起こったええじゃないかは、またたくまに宿場づたいに広がり、東は江戸、西は京・大坂から中国、四国地方一帯がたちまち群舞の渦に巻きこまれた。

たとえば、伊勢周辺でのええじゃないかは、「面《かお》におしろい抔《など》を附け、男が女になり、又顔に墨をぬり、老母が娘になり、いろ〳〵化け物にて大踊り」というもの(『慶応伊勢御影《おかげ》見聞諸国不思儀控《ひかえ》』)。男が女装し、女が男装するといった異性装は、すでに文政以前のおかげ参りでもみられたが、慶応三年のええじゃないかは、こうした変身のパフォーマンスがさらに広汎に、かつ過激なかたちで現れた。

現実の社会編制への不満や苛立ち、また未来への不安と期待がないまぜになったようなマス・ヒステリーが、群舞の熱狂を引きおこしてゆく。そして慶応三年のええじゃないかで注意したいのは、群舞の身体から生まれた非日常的な一体感が、あるナショナルな次元での庶民大衆の共同性を創出したことだ。

たとえば、慶応二年の武州世直し一揆では、一揆の参加者たち(一〇万人を超えたといわれる)は、「日本窮民為救」というスローガンを幟に掲げたという(『秩父領飢渇《けかち》一揆』)。同年の奥州信達《しんだつ》大一揆では、一揆勢は、「この働きは私欲にあらず、これは万民のためなるぞ」と叫んだという(『奥州信夫郡伊達郡之御百姓衆一揆之次第』)。

貧農や都市下層民の世直しのユートピア幻想が、既存の社会編制を相対化・無化してしまうナショナルな次元での共同性を獲得しつつあったのだ。ええじゃないかで歌われた囃し言葉としては、つぎのような歌詞が伝えられる。

日本国へは神が降る、唐人屋敷にゃ石が降る、えゝぢやないかえゝぢやないか
日本国の世なおりえゝぢやないか、ほうねんおどりはお目出度い
日本国のおふせぎえゝぢやないか、東おはりに西長州、日本のはしらでえゝぢやないか

農民や都市下層民のあいだに浸透する「日本国」の意識は、一部の近代史家が主張するような尊王攘夷派の策動だけで生まれたものではないだろう。たとえば、同郷人ならともかく、見たこともない者とおなじ仲間だと考えなければならない理由は、人間には存在しない。具体的な人間関係の基盤をもたない「日本国」は、想像の次元でしか存在しない共同体である。

地域を異にする見ず知らずの者たちが、近世にくりかえされたおかげ踊りの熱狂のなかで、しだいに伊勢を宗廟神とする仲間という意識を共有する。しかも身体をとおして体感される共同性には強烈なリアリティがともなうだろう。群舞の身体によってつくられた非日常的な社会編制が、やがて来たるべき日本近代の国民国家の時代を先取りするのである。

六 身体の「近代」

幕末の群舞熱と、それにともなう一揆、打ちこわしは、明治初年の上州や信濃、美濃をはじめとする各地の世直し一揆や、増税反対、学制反対、血税(徴兵)反対、地租改正反対などのさまざまな新政府反対一揆をへて、自由民権運動へ引きつがれた。

明治一〇年代の自由民権運動の昂揚期には、近世以来のはやり唄のメロディにのせたさまざまな民権歌謡や民権踊りが流行した。声と身体をメディアとした新たな主体形成という点で、幕末から明治一〇年代あたりまではひとつながりのようなところがある。

日本近代の国民国家の形成には、学制や徴兵制などの上からの施策とはべつに、下からの主体形成の力学が少なからず作用していた。

近代の国民形成の画期として注目すべきできごとは、いうまでもなく明治二七―二八年（一八九四―九五）の日清戦争である。近代日本が初めて体験した国民戦争である日清戦争期には、多くの軍歌がつくられて流行し、さまざまな戦争劇が演じられた。

なかでも日清戦争劇によって東京の劇壇を席巻したのは、それまで改良演劇と銘打って民権ネタの壮士芝居を興行していた川上音二郎の一座である。

川上演劇の持ち味は、にわか芝居に学んだ闊達な身体所作と、だれもが聞き取れる口語のせりふである。歌舞伎役者が演じた日清戦争劇（歌舞伎座）の不入りをよそに、川上の戦争劇（浅草座）は画期的な成功をおさめるのだが、それは川上演劇が、戦争を機に急速に国民化《ナショナライズ》された大衆の声と身体を表象＝上演するのに成功したことを意味している。[8]

学校での体操と唱歌（音楽）教育、および成人男子の軍隊教練などが、在来土着の身体に複合的に作用した結果が、明治期に形成された国民《ナショナリティ》大衆の声と身体である。

身体的なものとして主体化された帰属意識には、理屈を超えたリアリティがあるだろう。そのような国民《ネーション》の意識が、戦争という国民的な祭祀《カルト》のなかで一気に昂揚してゆく。日清戦争のさなかにその演劇スタイルを確立させた川上演劇は、たしかに近代日本が生みだした「国民」演劇だった。

川上演劇の成功に刺激されて、明治二〇年代末には、その演劇スタイルを模倣した数多くの新劇団が誕生した。前代の旧派劇(歌舞伎)にたいする新派劇の成立である。

明治三〇年代の劇壇は、ほぼ新派一色の時代となるのだが、しかし三〇年代後半になると、一部の知識人のあいだで、自然主義文学と連動した新たな文学的な演劇が模索される。坪内逍遥、森鷗外、島村抱月、小山内薫らによるヨーロッパ演劇(戯曲)の紹介だが、それらのなかでも、新派劇の大衆的な卑俗さへの批判を、もっとも歯切れよく展開したのは、小山内薫だった。[9]

小山内が克服しようとしたのは、かれが意識したかどうかはともかく、明治期に成立した国民大衆の身体である。新派劇で表象=上演される身体を、その起源にさかのぼって掘り崩す作業となったところに、小山内の創始した「新劇」運動が抱えこんだ難題もあった。[10]

小山内が主張した「芸術」演劇のコンセプトは、大衆に「精神的の感動」を与えるというその啓蒙のスタンスにおいて、小山内の意図を超えて、抑圧のイデオロギーにも転化するだろう。大衆の知的前衛である「知識人」によってその実現がはかられる、理性的な意識存在としての近代的な主体の概念は、かつてリオタールが述べたように、思考と生の全体化という抑圧のイデオロギーへ容易に転化するだろう。[11]

たとえば、小山内は、昭和二年(一九二七)一一月、ロシア革命一〇周年の式典に国賓として招かれ、革命後のソヴィエト・ロシアの劇壇を視察した。そして革命後のロシアでは、すべての劇場で「シリアス・ドラマ」が上演され、「低級猥雑」な芝居を上演する劇場が一掃されたことを、感激を込めて報告している。[12]
この昭和二年のソ連訪問で、小山内はスタニスラフスキーとの二度目の対面をはたしている。小山内(以後)の新劇に多大な影響を与えたスタニスラフスキーの演技・演出術(いわゆるスタニスラフスキー・システム)が、ソヴィエト・ロシア公認の「社会主義リアリズム」の標本的適例とされ、異端派狩りが開始されるのは、小山内の訪ソから七年後の一九三四年の第一回ソヴィエト作家大会である。
小山内も注目していたロシア・アヴァンギャルドの演出家、メイエルホリドは、一九三九年に逮捕・拘禁され、「反民衆的」と自己批判して粛清された。もちろんそんなことなど知らずに、小山内は訪ソの翌年の昭和三年(一九二八)に死去した。
そして小山内の死去からまもなく、はじめにも述べた新作の踊り歌にあわせた盆踊りが、列島の各地でわき起こることになる。とくに「東京音頭」(作詞西條八十、作曲中山晋平)は、発売元の日本ビクターが振り付けの図解をレコードに添付したため、踊りの輪はまたたくまに広がり、昭和八年(一九三三)だけで五〇万枚を売り上げる大ヒットとなった。
「東京音頭」の流行は、昭和九年、一〇年になるとますますさかんになり、東京市内では、一〇月を過ぎても、市内の広場ごとに蓄音機を据えたやぐらが建てられ、夜おそくまでヤットナ、ソレヨイヨイヨイが踊られた。[13]
放埒ではあるが、おなじ振り付けによる群舞の狂躁は、満州事変後の社会にあって、迫りくる大戦争の予感と不可分のかたちで引き起こされたろう。既存の社会が崩壊してゆく不安と、まだかたちのみえない新しい社会への期待と焦燥感がないまぜになったマス・ヒステリーが、国民的規模の群舞の狂躁を引きおこしてゆく。

近代史家の遠山茂樹は、昭和初年の盆踊りブームと、幕末のええじゃないかとを対比し、それらはともに、民衆の階級闘争の意識を麻痺させ、かれらをモッブ(無規律な群衆)化するための支配者側の策動だったとしている。[14] ナイーブとしかいえない議論だろうが、しかし幕末のええじゃないかの群舞の熱狂を、日本社会が一五年戦争に突入する時期にわき起こった全国的な盆踊りブームと対比しているのは、興味ぶかい着眼といえる。

そこに共通しているのは、社会の解体と再編制が、庶民大衆の熱狂的《オルギッシュ》な身体によって先取りされるという現象である。昭和一〇年前後の「東京音頭」の大流行は、やがてはじまる国民精神総動員運動(昭和一二年〈一九三七〉)を大衆の側から下ざさえするものとなったろう。

幕藩体制の崩壊のさなかに起きた慶応三年のええじゃないかにたいして、「東京音頭」の大流行は、近代日本の破局的事態を目前にした群舞の狂躁である。近代日本の始発とその破局的事態とを考えるうえで、ええじゃないかと「東京音頭」は、たしかに一対の現象としてとらえられるのである。

オーラル・ナラティブの近代

一　近代の「口承文芸」

日本放送協会(NHK)のラジオの全国放送が開始されたのは、昭和三年(一九二八)である。その四年後の昭和七年に、第一回の全国ラジオ調査が行なわれた。

それによれば、聴取者のこのむ番組は、浪花節が第一位で五七パーセントを占めている。[1]昭和初年の浪花節は、その大衆的な広がりと人気において落語や講談をはるかに圧倒していた。

日本で浪花節が流行していた一九三〇年代のはじめ、アメリカ人のホメロス研究者、ミルマン・パリー(一九〇二—三五)は、旧ユーゴスラビア各地のオーラル・ナラティブ(口頭の物語、語り物)を調査していた。その調査報告で述べられたことは、同時代の日本の浪花節を考えるうえでも興味ぶかい。

グスレという弦楽器で物語詩《ナラティブ・ポエトリー》を弾き語りする演者《グスラー》について、パリーは、「かれは聴衆を楽しませなければならない。でなければ報酬を期待できないからだ。だから、トルコ人といるときはムスリムの歌をうたったり、自分の持ち歌を使ってイスラム教徒の戦勝を歌うという具合であった」と述べている。[2]

グスラーたちの口頭芸のしたたかさは、ひと時代まえの日本の浪花節語りをおもわせる。こうした物語芸人たちのパフォーマンスから、パリーは、その口頭的作詞法《オーラル・コンポジション》のしくみを発見したのだが、かれが収録した録音資料は、現在、ミルマン・パリー口頭文学資料集(The Milman Parry Collection of Oral Literature)としてハーヴァード大学図書館に所蔵されている。

ヨーロッパの辺境でオーラル・リテラチュア(口頭の文学)が調査・採集されていた一九三〇年代は、極東の日本で浪花節が大流行していた時代である。おそらく世界史的にみても、浪花節は近代を代表するオーラル・リテラチュアの一つだが、しかしそのような浪花節が、当時行なわれていた柳田國男の「口承文芸」研究の対象から除外された。

たとえば、第一回の全国ラジオ調査が行なわれた昭和七年、柳田は、『岩波講座　日本文学』の一冊として「口承文芸大意」を書いていた。「口承文芸」は、オーラル・リテラチュア(フランス語の littérature orale)を翻訳した柳田の造語である。だが、オーラル(口頭の、声の)にたいして、「口承(口頭で伝承される)」という訳語をあてた時点で、浪花節は柳田の考察対象から周到に除外されていたらしい。

オーラル・リテラチュアの研究が民間伝承(民俗)研究の一領域として提唱されたことには、昭和初年の柳田が抱えこまざるをえなかった固有の問題状況があったろう。当時、ラジオをつうじて急速に全国に浸透していた浪花節、しかもそのメロディアスな節調で大衆を情緒的に巻きこんでゆくような声の文学に、柳田は、時局ともからんだ危険なにおいを感じとっていたように思われる。

じっさい浪花節は、昭和一〇年代には国策のプロパガンダとして、内閣情報局の管理下に置かれたのだが、しかし問題は、そうした側面も含めて、近代の「口承文芸」をまるごと対象化することにあるはずだ。

たとえば、前述のミルマン・パリーは、物語芸人たちのしたたかな口頭芸によって、旧ユーゴスラビア地域の民族意識《ナショナリティ》が再生産されるしくみを観察していた。国土、民族といった母なるものへの回帰幻想へ人びとを駆りたてるのは、文字言語のロジックよりも声の力である。

西欧社会でつとに失われた物語芸人の活躍の場が、複数の宗教・民族がモザイク状にいりくんだヨーロッパの辺境地域で保存されたことには理由がある。とすれば、極東の日本で、浪花節というオーラル・ナラティブが大流行した理由とはなんなのか。浪花節というひと時代まえの物語芸能が、日本の近代を読みとくうえで重要な枠組み《コード》を提供するのである。

オーラルな物語の流通が、日本近代の大衆社会の形成にはたした役割については、思想史や社会史のレベルで、もっと注目されるべき問題である。浪花節に代表される近代のオーラル・ナラティブは、明治以後の国民国家《ネーション・ステート》の成立にどのように関わったのか。柳田的な「口承文芸」研究の枠組みをいったん外してみることで、そうした現時点的《アクチュアル》な課題も「物語論」の視野に入ってくる。[3]

二 柳田民俗学のバイアス 1

ところで、近代に流行した浪花節の一母胎となった芸能に、デロレン祭文がある。

江戸中期に発生し、幕末から明治にかけて大流行した物語芸能だが、「デロレン」とは、口で唱えるホラ貝の擬音のこと。それを語りのあいまに唱えて、近世の実録物に由来する講釈(講談)ネタを語る。デロレンを唱えるときは、口にあてたホラ貝で声を共鳴させたことから、貝祭文とも、またたんに祭文とも呼ばれた。

明治期の浪花節流行の立て役者となった桃中軒雲右衛門(一八七三—一九一六)は、上州(群馬県)出身の祭文語り吉川繁吉の子で、少年時代は小繁と名のり、東京芝《しば》の新網《しんあみ》町(明治期東京の「三大貧民窟」[4]の一)をねぐらとして、父に付いて各所で祭文を語り歩いていた。[5] 雲右衛門が少年時代を過ごした明治一〇年代は、盛り場のヒラキ(大道芸や見せ物が興行される空閑地)でさかんに行なわれていた物語芸能は、浪花節よりも祭文だった。

江戸・東京の盛り場で行なわれたデロレン祭文は、後述するように、幕末から明治初年に全国展開し、その一部は盆踊りの音頭と習合して、土地に根づいたかたちで伝承されている。

デロレン祭文が、しばしば市町村史類の民俗篇に取り上げられる理由だが、しかし江戸末期に流行したデロレン祭文を、民俗芸能や郷土芸能といったローカルな枠組みで捉えることは、問題の重要な側面を見落とすことになる。かつて全国規模で流行した祭文は、民俗《フォークロア》研究のバイアスを、いったん取り払って考察される必要がある。

一例をあげれば、明治初年に秋田県の生保内《おぼない》地方で語られていた(とされる)祭文に、「羽黒祭文黒百合姫」がある。仙台の郷土史家、藤原相之助が紹介し、柳田國男の解説を付して、昭和一九年(一九四四)に、『黒百合姫物語』(言霊書房)として刊行された。柳田の解説文は、かれの「語り物」関係の論文をあつめた『物語と語り物』(昭和二一年〈一九四六〉)に、「黒百合姫の祭文」と題して収録されている。

この論文で柳田が試みたいくつかの方法は、以後の民俗学や国文学における「語り物」研究の起点となっている。「黒百合姫祭文」の名も、柳田の論文によって広く知られているのだが、しかし物語・語り物研究に多大な影響をあたえたこの論文は、じつはかなり危うい資料的前提に立って書かれていた。

『黒百合姫物語』の「はしがき」によれば、秋田県生保内出身の藤原相之助は、幼少時(明治五、六年ごろ)に、湯殿山の法印が「黒百合姫祭文」を語るのを聞き、その記憶をたよりに、「古反《ふるほ》古《ご》」や軍書のたぐいをつづりあわせて、この祭文を「作文」したという。

藤原の記憶に残る湯殿山の法印は、右手でホラ貝のかたちを作り、口で「レーロレン、レンレン」ととなえながら祭文を語ったという。あきらかにデロレン祭文の芸態をまねたものだが、『黒百合姫物語』の刊行にさきだって、東北一帯のデロレン祭文の追跡調査を行なったのは、藤原相之助の子息の藤原勉である。

藤原勉は、父相之助のしごとを検証する目的でデロレン祭文のフィールド調査をはじめたのだが、しかし調査をすすめる過程で、皮肉にも、「黒百合姫祭文」の資料的な信憑性を疑うような結論にいたっている。

すなわち、父相之助のいう「羽黒祭文」なるものが、じつは「全然存在しなかった」という結論である。[6]

たしかに出羽三山のある山形県では、明治初年にデロレン祭文がさかんに行なわれていた。だが、山形県で行なわれた祭文は、羽黒山はもとより、山形県内で発生したものでもないという。そして祭文のルーツをたずねる藤原勉の調査は、出羽三山や東北地方のフォークロアをすどおりして、祭文系統の芸能の全国的な展開のあとをたどることになる。

三　柳田民俗学のバイアス　2

藤原勉による調査は、昭和一四年(一九三九)に「祭文・浪花節の研究」(『時報』第一四九―一五一号、斎藤報恩会)としてまとめられた。論文タイトルにもあるように、デロレン祭文は、浪花節とセットにして考察されるべき近世・近代の物語芸能である。それは柳田國男がイメージしたような中世の山伏祭文などに直結する芸能というより、幕末期に全国展開したきわめて都市的な大衆芸能だった。

だが、「黒百合姫祭文」を論じる柳田の関心は、物語の内容には向かっても、それを語る祭文の芸そのものには向かわない。昭和一〇年代当時は、山形県にプロの祭文語りの芸人(祭文太夫という)がまださかんに活動していたが[7]、しかし同時代的な声の世界に無関心なのは、柳田の「語り物」研究の特徴だった。柳田がその民俗学的な「口承文芸」研究の対象から、浪花節とその隣接芸能を周到に排除していたことは、さきに述べた。

東北に伝承された物語芸能であるデロレン祭文について考える意味は、それが中世的な伝承世界に直結するからでも、また必ずしも東北の民俗《フォークロア》研究に資するからでもない。一九世紀に全国展開したデロレン祭文は、文学・芸能史はもちろん、社会史や思想史のレベルでさまざまな興味ぶかい問題をはらんでいる。

たとえば、柳田の前掲論文「黒百合姫の祭文」ではまったく触れられていないが、明治二〇年前後の東京では、デロレン祭文は、盛り場のヒラキ(空閑地)の大道芸として大いに人気を博していた。

明治一五年(一八八二)二月一四日の『郵便報知新聞』は、警視庁が調べた東京市内の芸人数を、芸目ごとに列挙している。能狂言や、江戸長唄、常磐津といった俗謡から、猿遣い、犬遣い、軽業、覗き眼鏡などの見せ物まで含まれるが、当時、デロレン祭文と競合していた物語芸能として、浪花節、落語、講談の芸人数を示してみる。

歌祭文　四〇人
浪花節　二六人
落　語　三九九人
軍　談　三三一人

「歌祭文」とあるのはデロレン祭文のこと。また「軍談」は講談である。寄席芸である落語や講談にたいして、デロレン祭文と浪花節は、ヒラキの大道芸だった。

明治一七年(一八八四)に刊行された三遊亭円朝口述の『怪談牡丹灯籠』には、敵役の源次郎が下男の相助に悪事の相談をもちかける場面に、「相助は少し愚者《おろかもの》で鼻歌でデロレン抔《など》を唄て居る所へ……」とある(第四篇第九回)。「愚者」の下男が「鼻歌で」云々には、寄席の大看板だった円朝の「デロレン」観がうかがえる。

右の明治一五年の警視庁調べから五年後の明治二〇年(一八八七)五月一五日の『東京日日新聞』には、「今度其筋にて取調べられし府下芸人の現在」として、つぎのようにある。

歌祭文　男四〇二人　女三八人
浪花節　男九三人　女二八人
昔　噺　男七三六人　女四二人
講　談　男四二九人

「昔噺」は落語のこと。落語家が五年まえにくらべて倍増しているのは、民権運動が激化したこの時期、警察による芸人の把握が徹底されたからだ。なかでも極端な増加を示しているのは、祭文である。明治一五年に四〇人だったのが、五年後の明治二〇年には、一〇倍以上の四四〇人(男四〇二人、女三八人)にふえている。明治二〇年前後の東京における祭文の大流行が想像されるのだ。

明治八年(一八七五)生まれで、二四年(一八九一)から東京に移り住んだ柳田國男が、東京の盛り場で行なわれていたデロレン祭文をまったく知らなかったとは考えにくい。にもかかわらず、かれのデロレン祭文にかんする論文には、明治二〇年代の東京で隆盛をきわめたデロレン祭文についての言及がない。おそらく柳田民俗学の抱えこんだ難題が、デロレン祭文と、その後身の物語芸能である浪花節において露呈しているのだ[8]。

四　物語芸能の流行

近世前期(とくに元禄年間)の上方で流行した歌祭文にたいして、江戸で行なわれた祭文は、錫《しゃく》杖《じょう》で拍子をとるだけの(三味線の伴奏を伴わない)「白声《しらごえ》」の祭文だったという(『人倫訓蒙《きんもう》図彙』寛文六年〈一六六六〉)。

そんな江戸の祭文が、一八世紀末の寛政年間には、俗人の祭文太夫の門付け芸となり(『嬉遊笑覧』文政一三年〈一八三〇〉)、それが幕末から明治初年にかけて、北関東から東北、さらに北陸、関西、中国地方へ伝播してゆく。[9]

たとえば、滋賀県八日市《ようかいち》市に伝わる祭文音頭(いわゆる江州音頭)の起源伝承によれば、文政年間(一八一八—三〇)に当地をおとずれた武州岡部村(現在の埼玉県深谷市内)の万宝院桜川雛山《ひなざん》が、西澤虎吉(のちの初代桜川大龍)に祭文をおしえ、それが八日市に祭文音頭が興ったきっかけだったという。

デロレン祭文の踊り口説《くどき》ヴァージョン[10]の江州音頭では、冒頭の外題付《げだいづけ》(物語内容を手短かに紹介する語りだし)のあとに、デロレンの貝をとなえ(以前はホラ貝を口にあてた)、金錠《きんじょう》(祭文で使われる代用錫杖)で拍子をとるなど、あきらかにデロレン祭文の芸態を伝えている。

滋賀県の湖東地方と鈴鹿山地をへだてた南側、三重県の伊賀市(旧上野市、旧青山町等)で行なわれたデロレン祭文でも、祭文が関東から来たことを伝えていた。たとえば、伊賀市の上野農人町に住んだ二代目山崎明春(一八八七―一九六一)からの聞き取りによれば、山崎派祭文の元祖は「上州小島大住院の出」とされ(『朝日新聞名古屋本社版』一九五五年六月一三日)、また「上州小島の大寿院(山伏寺)に僧籍をもつ山崎東雲斎と名乗る流派」だったという(『伊賀新聞』同年八月一四日)。

関東の祭文語りが、関西地方まで祭文の芸を伝播していたのだが、前述の藤原勉の調査によれば、小島の大重院は、鳥取県日野町の菊川歌丸の名のりにも、「元祖は武州小島の大住院宣明」とあり、また前橋市の祭文語り、明治川泉明所持の由緒書にも、「武蔵児玉郡小島村の大重院袈裟下」とあったという。

武州(ないしは上州)小島の大重院については、その実在が確認されている。[11] すなわち、埼玉県本庄市の小島にある長松寺に、大重院泉明を供養して建てられた二つの石碑が現存する。旧中山道ぞいにあったのを境内に移築したものというが、その一つの表書きには、「権大僧都大重院泉明位」とあり、安政二年(一八五五)正月一六日の日付と、二代泉明によって建立されたことが記される。

初代の大重院泉明の墓石らしいが、もう一つは、明治九年(一八七六)に建立された二代泉明の供養碑である。裏面に、三代大重院泉明らによって建立された旨が記され、世話人以下三十数名の祭文語りの名が列記される。

幕末から明治初年にかけて、中山道ぞいのこの地に、大重院泉明ひきいる祭文語りの一大集団が存在したわけだ。文政一三年(一八三〇)成立の『嬉遊笑覧』に、「今、江戸にも山伏やうの者、来たりて語る歌祭文は、上州祭文と呼ぶ」とある「上州祭文」も、おそらく上州国境に近いこの本庄辺から来たものだろう。江戸や関東各地で祭文を語っていたかれらは、遠く関西地方へも巡業に歩いていたわけだ。

関東の祭文語りが関西方面へ巡業に歩いたことを示す史料として、ほかに、天保一一年(一八四〇)五月の「仙石原御関所山越一件」がある(『箱根町誌』第三巻、所収)。山越えの罪で処罰された善教、龍山、活柳、岩元という四人の「さいもん読み」の記録だが、四人の出身地は、善教とその弟子の龍山が江戸、活柳は上州前橋、その弟子の岩元は会津である。定刻外の無理な山越えさえしなければ、かれらは無事箱根を越えて、東海道を西上していたのだ。

もちろんこのように各地を巡業して歩いた物語芸人は、祭文語りだけではない。たとえば、江戸の願人坊主《がんにんぼうず》(雑芸を生業《なりわい》とした法師形の物乞い)が京の町で「チョンガレ節」(チョボクレともいう口説《クドキ》の一類)を「しゃべり歩」いたことは、明和七年(一七七〇)刊の浮世草子『当世銀持気質《かねもちかたぎ》』に記される。

また享和二年(一八〇二)刊の『東海道中膝栗毛』初篇にも、東海道筋で物乞いをする願人坊主のすがたが描かれる。願人坊主が「しゃべり歩」いたチョンガレは、上方から西日本一帯に伝わり、また北陸や東北地方に広く行なわれている(有名な津軽ヂョンガラ節は、東北地方に伝わったチョンガレの一類)。

江戸を中心に関東一帯で流行したデロレン祭文も、北陸から東北、また関西から西日本各地に伝播したのであり、そのような江戸後期の祭文の全国的な展開を背景として、その後身ともいえる浪花節の明治以後の大流行もあったのだ（なお、浪花節・浪曲は、西日本の各地で一九八〇年代まで「祭文」とも呼ばれていた）。

五　共有される物語

明治二〇年代にはじまった浪花節の流行は、鉄道という新時代のメディアに乗って急速に全国に波及した。だが、浪花節が流行しはじめる以前、幕末から明治初年にかけて、すでにデロレン祭文やチョンガレが全国展開していた事実は、いくつかの重要な問題を示唆している。一つは、まず言語の問題である。

たとえば、前述の「黒百合姫祭文」を紹介した藤原相之助は、幼少期の記憶と、「土地の者が物好きに書き留めていた古反古」をつづりあわせて、この祭文を作文したという。「古反古」を翻刻せずに、あえて作文した理由について、藤原は、「語りのままでは、出羽の方言を御存じなき方には解」らないと述べていた（前掲『黒百合姫物語』「はしがき」）。

しかしデロレン祭文で語られた物語が、「出羽の方言」で語られていたというのは、はなはだ不審なのだ。たとえば、出羽地方の山形県（羽前）には、一九八〇年代まで、かつて祭文語りを生業とした複数の伝承者(祭文太夫)が存在した。[12] かれらの祭文は、現地で聞いても「出羽の方言」では語られなかった。また、昭和三〇年代まで三重県や奈良県で行なわれたデロレン祭文も、わたしが収集した録音テープで聞くかぎり、三重や奈良の方言では語られない。

祭文の語りに使われることばは、浪花節や講談にも共通する独特の語りことばである。フシの部分はおおむね七五調で構成されるが、旋律をもたないコトバも、邦楽研究者のいう「吟誦」(講談口調)であって、日常口語とはちがう発声が行なわれる。[13] デロレン祭文が土地の方言で語られないのは、物語・語り物一般に共通するきわめて本質的な特徴だった。

土地の日常語とは位相を異にした語りことばの流通によって、この列島の社会の言語的な同質性がつくられてゆく。オーラルな語り物をとおして、日本社会の言語的なアイデンティティが形成されるのだが、そのような語りことば(ある種の共通語)で演じられた出し物も、ひと時代まえの「日本人ならだれでも」知っていた物語である。[14]

幕末期に全国展開したデロレン祭文の出し物については、複数の手がかりから推測が可能である。たとえば、山形県の西置賜郡を中心に活動した祭文語り、三代目計見《けいみ》一風《いっぷう》(一九一二—九二、本名別部金三郎、山形県長井市)は、この稼業に入った当初から巡業日記をつけていた。公演の日付、場所、演題、収入などを詳細に記したもので、昭和一五年以後の日記が残存していた。それによれば、昭和一五年から三〇年に行なわれた全九三〇回の巡業公演を演題別に整理すると、「箱根霊験記」が一三〇回でもっとも多く、第二位の「成田山利生《りしょう》記」は一二〇回、第三位の「天明曾我」[15]は一〇四回である。

「箱根霊験記」と「成田山利生記」は、講談の出し物として広く知られた仇討物である。ほかに赤穂義士伝(義士銘々伝・義士外伝)などをふくめた仇討物(十数種)の演唱回数は七〇二回、全体の七五・五パーセントを占めている。

仇討物以外では、いわゆる豪傑物(岩見重太郎など)が七〇回で七・六パーセント、侠客物(安中草三郎など)が六四回で六・九パーセント、力士物(寛政力士伝など)が三一回で三・三パーセント、お家騒動物(福島騒動など)が一五回で一・六パーセントである(なお、仇討物、豪傑物等の部類分けは、計見一風本人によるもの)。

もちろん出し物の傾向は演者によって異なっていた。計見一風の兄弟子にあたる十一代目計見八重山《やえざん》(一九一〇―九〇、本名小林彦重、寒河江市)は、「千両幟《のぼり》」「寛政力士伝」などの力士物を得意とし、仇討物も、力士を主人公とした「成田山利生記」をもっぱら語っていた。

また、この両人とは遠縁ではあるが、おなじ計見派の太夫、三代目計見楽翁《らくおう》(一九〇七―八六、本名布施勘太郎、白鷹町)は、赤穂義士伝を得意とし、巡業のさいは義士銘々伝や義士外伝ばかり語っていたという。

赤穂義士伝は、奈良市田原で行なわれた砂川派のデロレン祭文でも主要な出し物とされていた。仇討物が大きな比重を占めるのは、東北と関西のデロレン祭文に共通する傾向だった。

幕末から明治初年に行なわれたデロレン祭文の出し物については、それが大道・門付け芸だっため、その演目を知る直接の手がかり(文献資料)は存在しない。だが、一九八〇年代までかろうじて活動していた山形県や奈良県の祭文太夫たちは、いずれも講談本の読み覚えでネタを仕入れていた。

講談本が刊行される明治一〇年代以前は、おそらく辻や寄席の講談の聞き覚えでネタを仕入れたと思われるが、幕末から明治初年に行なわれた講談については、江戸・東京で版行された一枚刷りの講釈番付によって、出し物の概略を知ることができる。[16]

それによれば、当時の講談でひんぱんに語られていたのは、仇討物、白浪物、俠客物、政談物、力士物、お家騒動物である。なかでも仇討物がめだって多いが、演題別にみても、赤穂義士伝、伊賀越え(荒木又右衛門)、曾我物語が群をぬいて多く、ほかに「成田山利生記」「箱根霊験記」「金比羅《こんぴら》利生記」などもさかんに語られた。

「成田山利生記」「箱根霊験記」は、山形県に伝わったデロレン祭文でも人気のあった出し物である。おそらく幕末から明治初年に行なわれたデロレン祭文の出し物も、ほぼ講釈番付の記載に準じて考えてよいだろう。

さきに述べたように、オーラルな物語の流通が近代の大衆社会の形成にはたした役割については、社会史や思想史のレベルで注目されてよい問題である。とくにデロレン祭文のばあい、それが全国展開した時期は、日本近代の国民国家の形成期にあたる。

近世の身分制社会から、近代の四民平等の国民国家への移行があれほど速やかに行なわれた背景には、どのような大衆社会の「物語」が用意されていたのか。問題を考える一つの鍵《キー》は、幕末から明治にかけて全国展開したオーラル・ナラティブの世界にあるだろう。デロレン祭文とその後身の物語芸能である浪花節が、日本の「近代」を読みとくうえで重要な枠組《コード》みを提供するのである。[17]

六　擬制血縁のモラル

ところで、仇討(敵討《かたきうち》)をテーマとした物語に関連して注意したいのは、それを担いあるいた芸人たちの社会である。芸人の同業者組織のモラルが、その出し物に微妙に投影していると思われるのだ。

たとえば、山形県の祭文語りの芸人(祭文太夫)は、昭和初年ころまで十派近いグループにわかれて活動していた。戦後もしばらく、計見、山口、梅ヶ枝という三派が存在したが、当の祭文太夫たちは、みずからの所属する派を、ケーと称していた。ケーは「系」をあてるのかと思ったが、ちがった。「家《ケー》」なのだそうだ。師匠は親であり、相弟子は兄弟(アニキ、シャテイ)、また師匠の師匠はジイサン、師匠の兄弟分はオジ・オジキである。

「家」の内部では、祭文太夫になる以前の家筋や家格はまったく問題にされない。「家」の秩序は、親方と子方の上下関係を基本とし、弟子の割り当てや処遇、また檀那場(なわばり)の取り決めなど、「家」内の申し合わせは、年一回の親方たちの談合によって決められた。もちろん親の言いつけや「家」内の申し合わせに背いた者には、それ相応の制裁が科せられた。昭和初年まで、当道座(中世から江戸末まで存在した座頭〈男性盲人〉の同業者組織)の「不座」追放に相当するような、かなりきびしい制裁があったとは聞いている。

もちろんこうした擬制血縁的な芸人の組織は、祭文語りに特有なものではない。たとえば、近世のチョンガレ(チョボクレ)や住吉踊りなどの大道芸の担い手だった願人坊主については、その同業者組織が「イエ」を単位として系列的に構成されていたことが報告されている。[18]

また、当道座の盲人(座頭)たちが組織した「派家」については、近世の地方盲人の実態を調査した加藤康昭の研究がある。[19] それによれば、近世の当道盲人は、藩単位に置かれた支配役(検校・勾当クラスの盲人)をつうじて中央の当道座(江戸と京都に本拠があった)の支配下に置かれたが、支配役が統括する(各藩ごとの)座の内部は、派家頭《はけがしら》がひきいる複数の派家によって系列的に統合されていた。

座組織としての実効性は、派家を単位とした擬制親族(擬制血縁)的な組織構成にあり、そのような派家内部における師匠と弟子の関係は、当道座の式目類でつぎのように規定されていた。

一、師弟の間、公事〔訴訟〕有るべからず。もし弟子より師匠に敵対せば、いかやうにもその師の心次第に科《とが》申し付くべき事。

一、不忠不孝の輩におゐては、重科に処すべき事。

師匠と弟子、すなわち親方と子方の関係を軸とした派家の組織は、当道座の支配が解消した明治以降も、地方の盲人組織に引きつがれた。

たとえば、当道座の盲人支配の伝統が明治以後も残存した肥後(熊本県)の天草地方では、昭和三〇年代まで、星沢派(近世の天草上組)、玉川派(近世の天草中組)、宮川派、京山派などの琵琶弾き座頭の派家が存在した。[20]

それらの各派家について、当の琵琶弾きたちは〇〇家《ケ》と呼んでいた(〇〇流の呼称は邦楽研究者や地元郷土史家によって広められたもの)。そして熊本県の琵琶弾き座頭も、山形県の祭文太夫と同様、師匠を「親」、相弟子を「兄弟」と呼んでおり、「ケ」内の申し合わせは、親方たちの年二回の談合(妙音講という)によって決められた。

祭文語りのケー、願人坊主のイエ、近世の当道盲人の派家、肥後の琵琶弾き座頭のケは、いずれも芸人社会における家号《やごう》(亭号)というものの原型的なあり方をうかがわせる。〇〇家《や》、〇〇亭《てい》、〇〇軒《けん》、〇〇斎《さい》といった芸人の家号とは、要するに血縁や地縁をはなれた者たちの「家」なのだ。文字どおり無頼の——頼るべき血縁も地縁もない——徒の、「親の血を引く兄弟よりも……」(昭和演歌の歌詞)の世界だが、そのような擬制血縁の共同体組織は、もちろん現代の都市社会にも生きている。たとえば、暴力的なアウトロー集団の「一家」であり、それに縁のふかいテキヤ(香具師)、口入れ屋、興行師などの世界である。

擬制血縁にもとづく共同体《ファミリー》のモラルは、地縁や血縁をはなれた人びとのあいだで、とくに強固に発達したわけだ。すなわち、近世の武士社会で鼓吹された「忠孝」の徳目にしても(『武家諸法度』天和令第一条)、それをもっともきびしく要求したのは、武士の「家中」よりも、むしろ無宿渡世人の「一家」だった。

親方への忠孝、兄弟の信義といった社会公認の(というより、公認せざるをえない)モラルが、制度外のアウトロー集団によって典型的に担われてゆく。おそらくそのへんに、法制度とモラルとのきわめて日本的な関係が問題化している。

モラルが共同体原理の延長上にあり、ためにそれが、法制度(社会)から逸脱した部分において典型的に担われるという関係である。そしてモラルと法制度とのきしみ、軋轢の問題は、近世・近代に流通したオーラル・ナラティブの最大のテーマになってゆく。すなわち、都市下層のあぶれ者を主人公とした侠客物や白浪物の世界であり、また親(親方)の仇を討つため社会を出奔し、また公法を犯す仇討物のテーマである。

たとえば、「忠孝」の大義のもとに公法(徒党押し込みの禁)を犯す赤穂浪人の物語には、それを語る芸人たちの社会的位相が投影しただろう。

「家」のモラルと法制度との矛盾した関係が、かれら「義士」たちの物語において先鋭的に主題化されてゆく。そして問題は、こうしたいわば制度外(四民の外)の者たちの担うモラルが、幕末から明治に大流行した祭文や浪花節によって、近代の大衆社会に広汎に流布・浸透したことである。

七　桃中軒雲右衛門と夏目漱石

森銑三の聞書きによれば、東京の盛り場で大道芸(葭簀張りの小屋掛け芸)として行なわれたデロレン祭文は、明治二〇年代に次第にすがたを消したという。[21] また、三田村鳶魚は、デロレン祭文が下火になった原因として、大道芸がさかんに行なわれていた秋葉原の火除け地が、明治二三年(一八九〇)に鉄道用地として接収・閉鎖されたことをあげている。[22]

だが、大道芸が行なわれた盛り場のヒラキ(空閑地)が閉鎖されたのは、秋葉原だけではなかった。東京市内の各所に散在したヒラキは、明治二四年(一八九一)一〇月の警察令「観物場取締規則《かんぶつじょうとりしまりきそく》」によって、浅草公園第六区を例外として一斉に閉鎖されたのだ。

表向きの理由は、風紀の紊乱の取締りだが、この年の一月には、民権派の活動家(壮士)五四名の東京からの強制退去が命じられていた。ヒラキの閉鎖は、盛り場の人だまりでの反政府的な言論活動の取締りを真の目的としていた(この年に東京退去を命じられた中江兆民は、同年中に大阪に活動の場を移して『東雲新聞』を発刊している)。

しかしこの取締り令によって、もっとも深刻な打撃をこうむったのは、民権派の壮士よりも、ヒラキを生業の場としていた芸人や興行師たちだった。とりわけ、ヒラキの芸能として隆盛をきわめていたデロレン祭文は、この取締り令によって活動の場を失い、やがて東京からすがたを消したのだ。

祭文語りの二代目吉川繁吉こと、のちの桃中軒雲右衛門が浪花節に転向したのも、明治二〇年代である。浪花節は明治一〇年代には寄席に進出しつつあったのだが、[23]ヒラキの閉鎖によって活動の場を失った祭文語りの多くは、祭文の隣接芸ともいえる浪花節に転向した。

たとえば、関西の浪花節の元祖とされる浪花伊助は、もとは阿波徳島の祭文語りといわれる。いわゆる関西節の創始者である京山恭安斎も、紀州徳島出身の祭文語りである。

また、明治末年から大正にかけて、浪曲歌謡の先駆けとなった「奈良丸くずし」で一世を風靡した二代目吉田奈良丸も、もとは花川力丸と名のった大和吉野の祭文語りである(泉鏡花の名作『日本橋』〈大正三年、一九一四〉の冒頭は、少年たちの歌う「奈良丸くずし」ではじまる)。

明治二〇年代後半(正確な年次は不明)に祭文から浪花節に転向した桃中軒雲右衛門は、当初、三河屋《みかわや》梅車《ばいしゃ》の門に入ったが、まもなく師匠の妻と駆け落ちして破門となった。とかく不行跡・無頼のうわさの絶えない雲右衛門は、やがて東京での活動が困難になり、内弟子に迎えた宮崎滔天《とうてん》の勧めで、明治三六年(一九〇三)、滔天の知友(頭山満《とうやまみつる》、内田良平らの玄洋社・黒龍会系の壮士)の多い北九州へ下り、以後四年ちかく福岡博多を中心に活動した。

日露戦争前後のこの時期、北九州地方は、大陸への前線基地として異様な活気を呈していた。

そうしたなかで、もっぱら赤穂義士伝を語って人気を博した雲右衛門の評判は、東京や関西の新聞でも紹介され、その義士伝は全国的な注目をあつめてゆく。雲右衛門の語る赤穂義士たちの艱難辛苦の物語には、日清戦争後の三国干渉を主導したロシアにたいする敵討ちというニュアンスがかさね合わされていた。

九州での成功の余勢をかって、雲右衛門は、明治四〇年（一九〇七）三月に博多を発って東京へ向かい、途中の神戸、大阪、京都での公演も大盛況だった。そして六月には鳴り物入りで東京入りし、帝都屈指の大劇場である本郷座を一ヵ月にわたって満員札止めにする。

赤穂義士伝は、雲右衛門の名声とともに、またたくまに日本近代の国民叙事詩となり、以後、大正五年（一九一六）に病没するまで、雲右衛門の義士伝は一世を風靡しつづけたのだ。それは時期的には、夏目漱石が小説家として活動した時期とちょうど重なっている。漱石が日本近代のリテラルな文学を代表する作家だとすれば、雲右衛門はオーラルな物語によって日本の近代を圧倒した声の芸人だった。[24]

八　物語のつくる「近代」

くりかえしいえば、オーラル・ナラティブの流通が、近代の「国民」的心性の形成にはたしした役割は、もっと注目されるべき問題である。祭文や浪花節として全国展開した物語芸能は、日本の「近代」になにをもたらしたのか。

天皇を親(親方)としていただく擬制血縁的な国家のモラルは、「天皇の臣民」と規定した法制度よりも、かくじつに(理屈を超えたところで)大衆の共同性をからめとるだろう。それは地域や階級による差異・差別をいっきょに解消して、日本という親和的な「一家」を幻想させる論理だが、そのような論理が感性的に受容される背景として、幕末から近代に大流行したオーラル・ナラティブの世界があったろう。

ところで、柳田國男が「口承文芸大意」を執筆していた昭和六、七年当時、ラジオから流れてくる浪花節は、さまざまな義士伝的イメージを背負って活躍する帝国兵士のすがたを語っていた。柳田の「口承文芸」研究から、同時代的なオーラル・ナラティブが排除されたことには、柳田民俗学の抱えこんだ状況論的なモチーフが読みとれる。

問題はしかし、そのような側面もふくめて、近代の物語芸能を総体として対象化することにあるはずだ。

たとえば、昭和一六年(一九四一)三月、内閣情報局の後援で刊行された『愛国浪曲原作集』(浪曲向上会発行)には、佐藤春夫(経国文芸の会会長)をはじめ、菊池寛、久米正雄、長田幹彦、尾崎士郎、武田麟太郎、藤森成吉など、当時のおもだった文学者たちが浪花節台本を書いている。リテラルな文学者たちが一斉にオーラルな物語台本を執筆しはじめる。それは文学史における日本「近代」の帰結を、ある意味で象徴するできごとだったろう。

注

1 兵藤裕己『演じられた近代』第四章、岩波書店、二〇〇五年。

2 木下順二『古典を訳す』福音館書店、一九七八年。

3 高橋俊三『群読の授業』明治図書出版、一九九〇年。

4 家本芳郎編『新版　楽しい群読脚本集』高文研、二〇〇〇年、ほか。

5 注3前掲、高橋『群読の授業』。

6 大村はま『大村はま国語教室　第三巻』筑摩書房、一九八三年。

7 「作者」の問題については、本章五節、また本書I「王朝の物語から近代小説へ——語りの主体から「自我」へ」、IV「物語テクストの政治学」、参照。

8 Albert B. Lord, *The Singer of Tales*, Cambridge, Mass: Harvard University Press, 1960. Adam Parry ed., *The Making of Homeric Verse: The Collected Papers of Milman Parry*, Oxford, NY: Oxford University Press, 1987.

9 John M. Foley, *Theory of oral composition: History and Methodology (Folkloristics)*, Bloominbton and Indianapolis: Indiana University Press, 1987.

10 兵藤裕己「座頭(盲僧)琵琶の語り物伝承についての研究(一)(二)」『埼玉大学紀要　教養学部』第二六、二八巻、一九九〇—九二年、同「口承文学総論」『岩波講座　日本文学史』第一六巻、一九九七年、ほか。口誦の物語(オーラル・ナラティブ)には、ミルマン・パリーが研究対象としたストローフィック(strophic)な歌謡形式(日本の例でいえば、瞽女唄や踊り口説)のほかに、中国の説唱、韓国のパンソリのように、語りと歌で構成されるタイプがある。前者をクドキ型、後者をコトバ・フシ型とすれば、平家や浄瑠璃、浪花節など、日本のオーラル・ナラティブの多くは、後者のコトバ・フシ型であること、ゆえにパリー理論を(かつて山本吉左右が試みたように)口誦の物語全般に適用することには無理があること、などを右の論文で論じた。日本語で書かれた論文のため、世界レベルではほとんど問題にされていないが、唯一例外として、九州の盲僧琵琶を実地調査したヒュー・デフェランティに、わたしのパフォーマンス分析を音楽学の立場から捉えなおした一連の研究がある。Hugh de Ferranti, *The Last Biwa Singer; A Blind Musician in History, Imagination and Performance*, Ithaca, NY, Cornell University Press, 2009.

11 ウォルター・オング、桜井直文他訳『声の文化と文字の文化』藤原書店、一九九一年。

12 現在デジタル化され、成城大学民俗学研究所に、「盲僧琵琶の語り物・兵藤コレクション The Hyodo Collection of Moso-Biwa Oral Narratives」として所蔵される。演目は「小栗判官」「俊徳丸」「葛の葉」「苅萱石童丸」「隅田川」等々の説経ネタが主体だが、その多くが五段以上で演奏時間五時間余り、研究目的であれば利用可能である。

13 兵藤裕己『声の国民国家』第三章、講談社学術文庫、二〇〇九年(初出二〇〇〇年)。

14 坪内逍遥「新旧過渡期の文学　曲亭馬琴 他三編」『逍遥選集　第二巻』春陽堂、一九二六年。

15 齋藤希史『漢文脈の近代——清末=明治の文学圏』名古屋大学出版会、二〇〇五年。

16 島村直己「明治のリテラシー」『言語生活研究』第四号、二〇〇六年。

17 注13前掲、兵藤『声の国民国家』第六章。

18 谷崎潤一郎「現代口語文の欠点について」『改造』一九二九年一一月。

19 鈴木登美、大内和子他訳『語られた自己——日本近代の私小説言説』岩波書店、二〇〇〇年。

20 板坂元「西鶴の文体」『文学』一九五三年二月、中村幸彦「好色一代男の文章」『国語学』一九五七年三月、など。

踊る身体、劇的なるもの

1 小寺融吉『郷土舞踊と盆踊』桃蹊書房、一九四一年。

2 『大系日本歴史と芸能　第五巻　踊る人々』「映像解説」(山路興造)、平凡社、一九九一年。

3 「歌占」は、ワキの男にともなわれて父をたずね歩く少年が、シテの歌占(和歌を記した短冊を引かせて吉凶・運勢を占う芸能者)の占を引くと、その歌占こそがさがしていた父だったという話。シテの歌占は、子とともに帰郷するにあたって、これを舞うと神が憑くという「地獄の曲舞」を舞う。

4 五来重『踊り念仏』平凡社選書、一九八八年。

5 柳田國男『女性と民間伝承』岡書院、一九三二年。柳田は、百万という女曲舞の名の由来について、百万遍の大念仏に関係するとし、中世の大念仏では、しばしば百万と称する巫女が、念仏合唱の音頭取りとして舞い歌ったと推定している。

6 藤田隆則『能の多人数合唱(コロス)』(ひつじ書房、二〇〇〇年)は、能舞台におけるクセの合唱部分が、舞台のうえだけでなく、観衆をも巻きこむ可能性をはらんでいたことを指摘している。

7 藤田徳太郎『近代歌謡の研究』人文書院、一九三七年、宮地直一『神道史 下巻(一)』理想社、一九六三年。

8 兵藤裕己『演じられた近代』第六章、岩波書店、二〇〇五年。

9 小山内薫「新劇非芸術論」『帝国文学』一九〇六年二月、など。ここでいう「新劇」は新派劇をさす。

10 注8前掲、兵藤『演じられた近代』第八章。

11 J・F・リオタール、原田佳彦他訳『知識人の終焉』法政大学出版局、一九八八年。

12 小山内薫「モスコオ劇壇の現状」『築地小劇場』一九二八年三月号。

13 注1前掲、小寺『郷土舞踊と盆踊』。

14 遠山茂樹「近世民衆心理の一面――「おかげ参り」より「ええじゃないか」へ」『歴史科学大系　第二三巻』歴史科学協議会編、校倉書房、一九七四年。

オーラル・ナラティブの近代

1 逓信省・日本放送協会共編『第一回ラヂオ調査報告』日本放送協会、一九三四年。

2 Albert B. Lord, *The Singer of Tales*, Cambridge, Mass: Harvard University Press, 1960, p. 19.

3 標題に用いた「オーラル・ナラティブ」について補足しておく。旧ユーゴスラビア地域で採集した物語詩を、ミルマン・パリーは、oral epic (口頭の叙事詩)または oral narrative poetry (口頭の物語詩)と呼んでいる。オーラル・ナラティブ oral narrative を日本語訳すれば、「口頭の(声の)物語」、ないしは「語り物」である。語り物を「口承文芸」の一ジャンルとして位置づけたのは柳田國男だが、しかし柳田語彙の「語り物」は、後述するように、柳田民俗学の独特のバイアスがかかった用語である。そのため、以下に述べる問題の性質上、可能なかぎりニュートラルな用語として、ここではオーラル・ナラティブという語を使用した。なお、本書Ⅲ「声と知の往還——フォーミュラ」、注10参照。

4 松原岩五郎『最暗黒之東京』民友社、一八九三年／『最暗黒の東京』岩波文庫、一九八八年。

5 今西吉雄『今昔流行唄物語』東光書院、一九三四年。

6 藤原勉「言語民俗」『宮城県史　民俗』一九六〇年、同「山伏の伝承文芸」『講座日本の民俗宗教　7』弘文堂、一九七九年。

7 兵藤裕己「デロレン祭文覚書」『口承文芸研究』第一三号、一九九〇年、同「デロレン祭文伝承誌」『説話の講座　第六巻』勉誠出版、一九九三年、参照。

8 兵藤裕己「口承文学総論」『岩波講座　日本文学史』第一六巻、一九九七年、参照。

9 注7前掲、兵藤「デロレン祭文覚書」。

10 クドキ(口説)は、単調な朗誦的旋律のくりかえしで物語をうたい語るストローフィック(strophic)な歌謡形式の総称。瞽女唄の口説や、江州音頭・河内音頭等の盆踊り口説があるが、デロレン祭文のばあい、コトバ・フシ型の標準的な演唱ヴァージョンのほかに、クドキ型の演唱ヴァージョンがある。たとえば、奈良市田原や三重県伊賀市で行なわれたデロレン祭文では、演者たちは、盆踊りの期間中はやぐらに上がり、祭文音頭(祭文の踊り口説ヴァージョン)の音頭取りをつとめていた。注7前掲、兵藤「デロレン祭文覚書」、参照。

11 森顕治「権大僧都大重院泉明——貝祭文山崎派等の始祖について」『立正大学国語国文』二七号、一九九一年、小山一成「「万宝院」覚書」『立正大学人文科学研究所紀要』二九号、一九九一年。

12 注7前掲、兵藤「デロレン祭文覚書」。

13 平野健次「語り物における言語と音楽」『日本文学』一九九〇年六月。

14 兵藤裕己『声の国民国家』第三章、講談社学術文庫、二〇〇九年(初出二〇〇〇年)。

15 山形県の祭文語りのあいだで広く語られた「天明曾我」(父を殺された忠太郎・忠三郎兄弟の天明年間の仇討物語)は、山形県以外での伝承例が見つからない。江戸の話芸の権威である延広真治氏もご存じないとのことだった。

16 延広真治編「番附」『日本庶民文化史料集成第八巻』三一書房、一九七六年。

17 注14前掲、兵藤『声の国民国家』第五章。

18 吉田伸之「江戸の願人と都市社会」『身分的周縁』部落問題研究所出版部、一九九四年。

19 加藤康昭『日本盲人社会史研究』未来社、一九七四年。

20 兵藤裕己「座頭(盲僧)琵琶の語り物伝承についての研究(二)」『埼玉大学紀要　教養学部』第二八巻、一九九二年。

21 森銑三「大道芸のはなし」『森銑三著作集　続編』第一三巻、中央公論社、一九七四年。

22 三田村鳶魚「大道芸と葭簀張り興行」『三田村鳶魚全集』第一〇巻、中央公論社、一九七五年。

23 芝清之編『新聞に見る浪花節変遷史　明治篇』浪曲編集部、一九九七年。

24 雲右衛門の人気が帝都東京を席巻していた明治四一年(一九〇八)に書かれた漱石の『夢十夜』に、主人公が、「豚と雲右衛門が大嫌いだった」(第十夜)という一節がある。近代における大衆と知識人との関係の固有のゆがみを、おそらく象徴する一節だろう。

Ⅳ

物語／テクスト／歴史

ものがたりの書誌学／文献学

一　テクストと批評理論

声としてのことばは、発話の音調によって、意味内容を超えたメッセージを聞き手（聴衆）に伝えるだろう。

そのような声のメッセージを文字で表現するには、発話する「わたし」をいったん対象化し、分節化するいとなみが必要になってくる。だが、手書き文字のばあいは、筆勢や書体によって、発話行為の身体性の一部を代替することができる。

わたしたちは、手書きされた書面から、書き手の執筆時の気分や感情、人がらなどを読みとっているのだが、そうした言語化・分節化されないメッセージをふくめた総体として書記テクストを解読する領域が、書き物《ビブリオ》の学としての書物学、すなわち書誌学《ビブリオグラフィー》だといえようか。

もちろん書誌学で扱われるのは、数十年あるいは数百年単位で過去にさかのぼるテクストである。そこに用いられた紙やインク(墨)、書式、装丁なども、歴史的・文化的な所産である。そんな書き物からすべてのメッセージを読みとろうとする批評《クリティーク》は、テクストの社会学ないしは歴史学にならざるをえないのだが、そのような書誌学で扱われる書き物の総体が、ことばの本来的な意味でのテクストである。

ラテン語の texere(編む)に由来するテクストという語は、素材が編み目状になった織物を意味する。ゆえに、テクストからその素材的な諸条件を捨象し、その言語的な側面だけを特化・抽象したテクスト(本文)という観念は、テクストという語のもとの意味からすれば、あきらかに派生的・比喩的な用法である。

二〇世紀に起こったさまざまな文学批評の理論、フォルマリズムやニュー・クリティシズム、またポスト構造主義から、ディコンストラクションへいたる一連の批評理論が、二〇世紀に普及した無機的な外観をもつ印刷形式によってつくり出されたことは、こんにちの文学批評ではほぼ常識となっている。[1]

テクストの生成過程における人間の複雑な働きへの関心を消去してしまうような批評の自己陶酔は、近代のある特定の印刷形式(書物形式)がもたらした思考の一様式として、書誌学的に相対化されてしまうのだ。

二 書誌学の始まり

ところで、物としての書き物からメッセージの総体を解読する研究領域が書き物の学、すなわち書誌学だとすれば、日本の書誌学は、一三世紀前半にはじまったといえる。

たとえば、一二世紀から一五世紀にかけて、『土佐日記』の紀貫之自筆本というのが存在した。紀貫之は、いうまでもなく『古今和歌集』の編纂で中心的役割をになった人物であり、その『土佐日記』は、和文で書かれた日記(紀行)文学の先がけとして有名である。

平安後期以降、『古今和歌集』の成立した醍醐天皇の時代(延喜年間、九〇一—九二三)が、王朝の盛時、いわゆる「延喜聖代」と仰がれるにつれて、貫之は「聖代」をになった代表的な人物として追慕されてゆく。

そんな貫之の自筆本とされる『土佐日記』が、一二、一三世紀には皇室の宝蔵《ほうぞう》で秘蔵され、一五世紀には足利将軍家の所蔵となり、その間いくどかの書写が行なわれた。現存する文献から知られるかぎりで、最初にその書写を行なったのは、藤原定家である。

藤原定家は、文暦《ぶんりゃく》二年(一二三五)に皇室の蓮華王院宝蔵《れんげおういんほうぞう》から貫之自筆本の『土佐日記』を借りだし、その年の五月一二、一三日に書写を行なった。現存する定家写本(尊経閣文庫所蔵)の奥書には、元本の料紙の色、大きさ、枚数、装丁とともに、和歌の「書き様」などの書誌的な事項が記されるが、その奥書のすぐまえに、本文の末尾数行が二面にわたって模写され、そのあとに、その手跡《しゅせき》の躰《てい》を知らしめんが為に、形の如くこれを写し留む。謀詐《ぼうさ》の輩、他の手跡を以て、多くその筆と称するは、奇怪と謂《い》ふべし。

と付記される(原漢文)。定家の時代に、貫之の自筆を詐称する多くの書き物が出まわっており、真筆のありようを知らしめるために、「手跡の躰」を「形の如く」に写したという。

定家による貫之自筆本『土佐日記』の書写が行なわれた翌年の嘉禎《かてい》二年(一二三六)、さらにもう一回、定家の子為家による書写が行なわれた。

為家書写本(現在、大阪青山短期大学所蔵)の奥書には、「紀氏の正本《しょうほん》を以て書写するに、一字も違《たが》へず」(原漢文)とある。この為家の模写本について、池田亀鑑は、定家写本(当時七十四歳の定家がわずか二日間で書写したもの)は、末尾二面を除いて原本の忠実な写しとはいいがたいもので、そのため「今一本厳密な臨模を手もとに作っておかうとして、為家にそのことを命じた」かと推定している。[2]

和歌の宗家《そうけ》としての御子左家《みこひだり》を確立しつつあった当時の定家にとって、嫡子である為家に貫之の「手跡の躰」を模写させることは、おそらく和歌の修養を積ませるという以上の意味があっただろう。貫之自筆本をまえにした定家・為家父子にとって、『土佐日記』とは、貫之の書風や用字(仮名づかい)のくせとともに、その質感や量感など、物としての書き物が内包するすべてのメッセージをかかえこんだ総体としてある。

貫之自筆本に接することは、その書面から貫之の声を聞きとり、かれの筆づかいによってことばが立ち上げられる機制を追体験することだったろう。そのような言語外的なメッセージをかかえこんだ総体としてのテクストへの関心が、定家書写本の奥書にみられる書誌的事項の記載となり、為家による忠実な模写本の制作という、書誌学的なテクスト研究の始発となったのだ。

三 テクストの輪郭

紀貫之自筆本の『土佐日記』は、筆勢や筆づかいをとおして、執筆時の貫之の身体性を追体験するテクストとして受容された。そのような受容体験をとおして、定家による末尾二面の臨模も行なわれ、為家による忠実な模写本もつくられた。

だが、いうまでもなく、定家と為家の写本は、どんなに元本の書体・筆跡を忠実になぞっていても、それは定家と為家の写本でしかない。現代のような複製メディアの存在しない時代にあって、テクストは一回的な存在であり、その結果として書写者の数だけのテクストがつくられてしまう。

貫之の「手跡の躰」をつたえた定家の写本には、不注意による誤写とは思えないような改変箇所が指摘されている。仮名表記には多く漢字があてられ、なかには恣意的ともみえる本文の改変・改ざん箇所が指摘されることが、近代の文献学者を大いに困惑させている。

とくに元本の仮名づかいが、一三世紀の定家の仮名づかい(古典学者でもある定家が規範的と考えた仮名づかい)に変更されたことから、定家書写本が庶幾《しょき》したのは、あるがままの『土佐日記』であるより、むしろ古典としてあるべき『土佐日記』だったといえようか。[3]

だが、現代のわたしたちのそうした判断には、一定の留保が必要である。そもそも作品(創作)と、そのオリジナルという観念じたいが、出版という複製メディアとともに出現した近世・近代の産物である。手書きの写本しか知らなかった定家と、複製メディア(それがもたらした複製《コピー》に対する原本《オリジナル》という考え方)に馴らされたわたしたちとでは、テクストの認識のしかたに根本的な違いがあったはずなのだ。

手書きのテクストにおいて、筆勢や筆づかいは書記言語の分節化されないメッセージとしてある。

活字本ではノイズとして捨象されてしまうそれらの要素は、手書きテクストにあっては重要な意味作用をになう。そうした筆勢や筆づかい、また書き物の質感や量感などをかかえこんだ総体としてテクストが受容されたとすれば、こんにち一般に「古典大系」や「古典全集」として流通しているテクスト(本文)の位置は、おのずからあきらかだろう。

手書きテクストの「本文」は、その書面がはらむ言語外的メッセージの雑多な意味作用、いわばノイズのなかで相対的な位置づけをあたえられてしまうのだ。しかも注意すべきことは、平安時代の書記言語において、平仮名は発話する声と地つづきの気分でつづられていた。

九世紀前後に成立した平仮名は、日本語を一字一音で表記する万葉仮名や草仮名《そうがな》が慣用され、それらが極端に簡略化されてゆくなかで自然発生的に生まれた。平仮名は女手《おんなで》(女性が用いる文字)といわれ、一部の例外(勅撰和歌集など)をのぞいて、もっぱら手紙などの日用の口頭言語を書きうつす私的な場面でもちいられた。

声としてのことばを筆写する女手は、和歌を散らし書きする装飾的な用途を例外として、多くのばあい、改行などの視覚的要素をともなわないベタ書きでつづられた。そんな視覚的にも分節化されにくい女手(平仮名)のテクストは、発話する声の呼吸と地つづきの気分で書かれ、また読まれたのだ。

平仮名書きのテクストは、その成り立ちからして、「本文」(拠り所となる正文)という認識の成立しにくい書記媒体だった。

もちろん平安時代にも、「本文」という認識は、真名《まな》すなわち男手《おとこで》で書かれた漢籍や仏典の世界では存在した。だが、真名(男手)ではない仮名(女手)書きのテクストで「本文」が成立するには、ある観念上の操作が必要になってくる。そして仮名書きテクストにあって「本文」が自明な存在ではないとすれば、藤原定家による『土佐日記』貫之自筆本の改変が、現代のわたしたちが考えるような「改ざん」だったかどうかの判断は、一定の留保を必要とするわけだ。

四　閉じられないテクスト

平仮名書きのテクストにおける「本文」の輪郭のあいまいさは、ものがたり(物語)と称された小説ジャンルにおいて極限的なかたちで問題化するだろう。

たとえば、谷崎潤一郎による『源氏物語』の現代語訳(戦後の新訳版)で助手をつとめた経験のある玉上琢彌は、「ものがたり」はほんらい語られるもので、書かれた物語草子も声にだして読まれるのが一般的だったと述べている。[4] 一例として、『更級日記』には、つぎのような『源氏物語』享受のあり方が記される。

世の中に物語といふもののあんなるを、いかで見ばやと思ひつつ、つれづれなるひるま《(昼間)》、よひゐ《(宵居)》などに、姉、まま母などやうの人びとの、その物語、かの物語、光る源氏のあるやうなど、ところどころ語るを聞くに、いとどゆかしさまされど、わが思ふままに、そらにいかでかおぼえ語らむ。

物語を「見」る(黙読する)享受があるいっぽうで、「そらに……おぼえ語」るなどの享受も行なわれていた。

しかも「見」るという黙読の享受も、女手(平仮名)のつづけ書きのテクストは、発話の声と地つづきの気分で受容される。そのような読者たちによって物語が書き写されるのであれば、物語テクストは容易に読者の声の介入を許容するだろう。現代のわたしたちからすれば、それは、テクストの改作ないしは改ざんだが、しかし改作や改ざんの前提になるオリジナルという観念が、そもそも物語テクストには存在しないのだ。

『源氏物語』のいわゆる草子地(語り手が直接読者に語りかける部分)に注目した玉上琢彌は、物語テクストを構成する三層の語り手について述べている。すなわち、主人公の側近くつかえた女房、その女房からの伝聞を書き伝えた女房、書き伝えられたテクストを姫君に読み聞かせる女房という三層構造である。

もちろんこの玉上説は、問題をわかりやすく単純化、図式化して説いたものだ。むしろ玉上の語り手(読み手)論で注意したいのは、物語世界を幾層にも取りまく語り手(書き手、読み手)の入れ子型構造において、その一番外側に位置する語り手は、つねにいま現在の語り手=読者であるということだ。

玉上がイメージした語り手の入れ子型構造は、どこまでいっても閉じられない。物語テクストは、いま現在の読者へむけてつねに開かれてあるわけで、そのような物語テクストの開かれた構造を言い当てたことが、玉上琢彌のものがたり(物語)論の最重要のポイントである。

玉上説以後に出された多くの批判や修正意見は、物語テクストの不定形かつ不安定なあり方、すなわち玉上説のはらんでいたラディカルな問題の可能性を、ロラン・バルトふうの「作者の死」ないしは「書かれたもの」[5]などの用語（現在ではクリシェ clichét でしかない）を使うことで、問題を矮小化、すなわち文献学的《フィロロジカル》に馴化してしまったということになる。[6]

物語テクストは読まれ、書き写される過程で、容易に読者（書写者）の声の介入を許容してしまう。テクストは読者へむけて開かれてあり、それは閉じられた対象物《オブジェ》、いわゆる「書かれたもの」として存在したのではない。つぎつぎの読者が不断にあらたな物語テクストをつむぎだしていたわけで、一三世紀初頭に藤原定家が「古典」として向き合おうとした『源氏物語』とは、そのような過程をへて生まれた、まさに「狼藉」ともいえるテクスト群だった。

五 「古典」の生成

藤原定家の日記、『明月記』元仁《げんにん》二年（一二二五）二月一六日条によれば、定家は、前年の一一月から、家中の女房たちを動員して『源氏物語』の書写を開始し、三カ月かけて完成させた。だが、書写作業を開始するかなり以前から、定家がその準備をすすめていたことは、『明月記』同日条のつぎの一節から知られる。

証本無きの間、所々を尋ね求め、諸本を見合すと雖も、猶狼藉《ろうぜき》にして未だ不審を散ぜず。

『源氏物語』の「証本」(拠り所となる正本)を捜しもとめた定家は、機会をみつけては「所々」に所蔵される本を借覧していたが、諸本にみられる異同に悩まされていた。そんな「狼藉」ともいえる異同が生じていたのは、ものがたり(物語)にあって、テクストの輪郭は本来的にあいまいであるからだ。

物語テクストにおいて「本文」(定家のいう「証本」)が成立するには、ある観念上の操作が必要になる。すでに一二世紀には、『源氏物語』は豪華な絵巻物に仕立てられ、また注釈書がつくられた。仏典や漢籍なみに注釈に値するテクストとみなされたのだが、それは当時、『源氏物語』がすでに王朝の盛時を伝える故実・典礼の書として読まれていたことを示している[7]。

平安文学研究者の土方洋一は、一三世紀につくられた『源氏物語』の二大系統本文、青表紙本と河内本は、「平安時代に存在した数多くの本文の中の、それぞれある一つの系統を、校訂者の判断に基づいて証本化したものでしかない」と述べている[8]。こうした「本文」の認識は、こんにちの本文研究者のあいだで共有されているのだろう。

たとえば、定家が制作した青表紙本の一つの特徴として、文中の敬語が(河内本にくらべて)省かれる傾向が指摘されている。作中人物と語り手との身分的な位置関係を示す敬語は、語り手がテクスト内に顔を出してしまう箇所である。さきに述べたように、テクスト内の語り手は、テクスト外の語り手(読者、書写者)と地つづきの存在である。青表紙本で敬語が省かれる傾向というのも、享受(伝承)の場へ開かれたものがたり(物語)を、閉じられたテクストとするための一つの工夫だったろう。

物語の語り手を介してテクストに介入してしまうつぎつぎの読者の声が、ノイズとして排除される。そのような作業をとおして、開かれた物語テクストから、いわゆる「書かれたもの」としての「本文」が成立する。[9]

成立した『源氏物語』本文は「証本」として権威づけられ、古典や有職故実を家学とする特定の家の所有物となってゆく。王朝末期の一三世紀は、社会全体の家父長制《パトリアーキー》化の進行とともに、公家社会に父系直系の家が成立した時代である。

『源氏物語』が公家社会の古典として位置づけられ、その証本を家産として占有する家が成立したことで、それまで女性読者によって担われていた『源氏物語』が、男性の所有物となってゆく。またそのようにして成立した物語本文(証本)は、テクスト概念の変容にともなうさまざまな神話的な言説を派生させることになる。

たとえば、『明月記』元仁二年(一二二五)二月一六日条で、三カ月に及んだ『源氏物語』の書写作業を終えた定家は、「狂言綺語《きょうげんきぎょ》たりと雖《いえど》も、鴻才《こうさい》の所作なり」と記している。「鴻才」(非凡な大才)はもちろん紫式部をさすが、平安朝の物語で、作者名(実名ではないが)が確定されるのは、『源氏物語』が唯一の例外である。『源氏物語』が古典視され、証本の作成や注釈作業が行なわれるなかで、物語テクストの起源としての「作者」も浮上することになる。

似たような過程は、語られた物語である『平家物語』にも存在した。『平家物語』は、そのおびただしい異本から知られるように、およそ単一の起源には回収されない、語りと書くことの輻輳した生成過程の産物である。

だが、一四世紀に畿内を中心とした琵琶法師(平家座頭)の同業者組織、当道(座)が成立するのにともない、『平家物語』の「正本」(証本に同じ)がつくられる。『平家物語』の正本は、当道の内部支配を補完する権威的な拠り所として、座(guild)の上層部で独占的に管理・相伝されてゆくのだが、そのような正本の成立と時期的にほぼ前後するかたちで、「信濃前司行長」(『徒然草』二二六段)をはじめとする、さまざまな作者説も行なわれることになる。[10]

口承や書承の物語テクストから正本(証本)が創出される過程は、西洋古典のホメロス詩にも似たような経緯が存在したらしい。西洋古典学者の岡道男は、文字テクスト化された『イリアス』『オデュッセイア』が、口誦詩人たちのパフォーマンスにたいして抑制的に作用したこと、また紀元前三世紀ころに行なわれた校訂作業によって、テクストの流動状態に終止符が打たれたことを指摘している。[11]

そして注意したいのは、テクストが校訂され、ある種の正本がつくられる過程で、ホメロスという特定の吟遊詩人の名が作者名として定着したということだ。

『源氏物語』のばあい、証本が定着する過程で、作者紫式部の「鴻才」がいわれ、『源氏物語』は神仏の啓示によって書かれたとする説が行なわれた。すなわち、『源氏物語』は石山寺観音の霊験によって書かれた、あるいは紫式部じしんが観音の化身だとする説である。『源氏物語』が正典視されるなかで、テクストの起源をめぐるさまざまな神話的な言説が生成したのであり、それは物語証本の成立と、それにともなうテクスト概念の変容によってもたらされた事態だった。

六 「作者」の誕生

物語テクストの起源(作者)をめぐる思考は、必ずしも近世・近代の出版文化の時代に固有なものではなく、中世の写本時代にもそれなりに存在したということだ。しかし写本で伝わる物語に、オリジナルという観念が成立するためには、テクストの正典化・古典化へ向けた観念上の操作が必要になる。

そこには、規範的なテクストを創出することで、みずからの文化的な過去を単一のものとして同定しようとするアイデンティティ形成の力学が作用していた。すなわち、オリジナル(原作、原本)の存在を自明の前提とする近代の文献学《フィロロジー》は、その論理的・方法的な転倒が、書誌学的に問われるのだ。

ところで、『土佐日記』の冒頭は、よく知られるように、「男もすなる日記といふものを、女もしてみむとてするなり」という有名な一文ではじまる。「作者」紀貫之がみずからを女性の書き手に仮託して執筆したとされるが、そのような『土佐日記』の貫之自筆本には、外題に「土左（ママ）日記」とあり、その下に、小書きで「貫之筆」と記されていた。

この「貫之筆」は後人の加筆だが、それはしかし、『土佐日記』の本文よりも、筆跡にかんする鑑定だったろう。むしろ筆跡と本文とを区別する思考があいまいななかで、元本の筆跡を忠実に写しとる為家の模写本もつくられ、古典としての『土佐日記』テクストを創出する定家の書写作業も行なわれた。

『土佐日記』のばあい、為家の忠実な模写本が伝存したため、定家本は、その恣意的な改訂・改ざんが指摘されている。定家本の『土佐日記』は、定家本の『源氏物語』(青表紙本)のようには「本文」として採用されることはなかった。

だが、筆跡や用字法などの「手跡《しゅせき》の躰《てい》」を捨象し、『土佐日記』という作品を同定する思考は、定家の文献学的な古典研究にはじまったのだ。すなわち『土佐日記』という古典の本文《テクスト》が成立し、その作者＝紀貫之という思考が成立するのである。

「作者」という観念は、はやく漢籍や仏典の世界に存在し、また『源氏物語』をはじめとする古典籍において成立した。だが、古典籍以外の世俗的な著作物の領域で、作者という観念が成立するのは、やはり近世以後の出版文化の時代である。[12]

複製を前提につくられるテクストは、やがてコピーにたいするオリジナルという観念を形而上学的な次元で成立させるだろう。

そんな出版メディアがもたらしたテクスト概念の変容が問われないままに、オリジナルな「作者」「作品」概念を、中世以前のものがたり(物語)に無前提に適用してしまうことがカテゴリー・エラーでしかないことは、こんにちでは常識の部類に属している(わが国で著作物のオリジナルの問題が議論されるようになるのは、活版印刷の技術が普及した明治以降、とくに一八八〇年代の福沢諭吉の著作権運動からである)[13]。

印刷という複製技術は、オリジナルとコピーという区分を生み、オリジナルの起源としての「作者」の観念を法的かつ形而上学的なレベルで成立させた。そのような近代のオリジナルの観念を背景に、民族(国民)の単一な起源を同定しようとした一九世紀ドイツの文献学(それを受容した近代日本の国文学)は、その思考方法の論理的な転倒が、根底から(書誌学的に)問われるのだ。

七　文学テクストをつむぐ

近代の出版資本主義は、書物の大衆化と大量消費の時代をもたらし、それはやがて、オリジナルとコピーという観念そのものを失効させることになる。たとえば、写真という複製メディアと競合した二〇世紀美術の領域で引き起こされたアート革命は、やがて文学の世界に波及し、一九世紀的な「文学」概念の解体をうながした[14]。

そして二一世紀の現在、わたしたちは、コンピューターという高度な複製メディアのなかで思考している。げんにわたしのこの文章は、コンピューターから呼びだされる不定型な記憶のコラージュのようにして書かれている。オリジナルとコピーという区別がもはや意味をなさない現代のメディア状況は、インターネット上に突如出現して流通・増殖するハイパーテクストなどに典型的に象徴されるだろうか。

書物の形式をとらない電子書籍は、スマホやタブレットによって、すでにわたしたちの日常の一部になっている。だが、同時に、そのような二一世紀のメディア状況に、どこか居心地の悪さを感じはじめているのも現代のわたしたちなのだ。

たとえば、わたしという個体が分割不可能な実体《インディヴィジュアル》ではありえないことは認めても、この声あるいは身体の現存《プレゼンス》のリアリティを手放してしまうことは、わたしにはできそうもない。たとえば、プリンターから打ち出される文書に、わたしはしばしば手書きで署名している。手書きという行為に、ある特権的な意味づけを与えるのは根拠のない欲望だろうか。

ニューメディア時代(この語もすでに時代遅れで古めかしい)の現在、人文学や社会学のさまざまな領域で、声や身体への関心が浮上している。手書きから活字メディアへ、そしてインターネットへ、という単純な進化論的な図式は、少なくともここ当分は、成り立ちそうもない。

くりかえしになるが、わたしたちの声や身体は分節化されないモノとしてある。人間の生は、ことば(記号)による分節化を拒否するなにかだが、にもかかわらず、ことばによって生に切れ目を入れ、世界を分節化・言語化して生きざるをえないところに、ホモ・ロクエンス(ことばをもつヒト)としてのわたしたちのかかえる根源的な矛盾もある。

そんな矛盾や不条理に耐えることが、ヒトとしてこの世界に在ることの条件なのだとすれば、コンピューターと活字メディア、そして手書きテクストとが輻輳する二一世紀のメディア状況のなかで、文学テクストは今後ともつむがれるにちがいない。

物語テクストの政治学

一　『源氏物語』の文献学

平安時代に書かれた物語草子にオリジナル（原本）が存在しないのは、オリジナルの真正性を担保する「作者」が不在だからだ。

物語は匿名的な語り手（書き手）による語り伝え（書き伝え）という立てまえでつたわる。だから、テクストは流動的であり、それは、仏陀をオリジナルな発話者とする仏典のコピー、すなわち写経の対極に位置するような写本の領域である。

オリジナルが不在の物語には、当然のことながら、オリジナルとそのコピーという区分も存在しない。ことばの厳密な意味でのオリジナルは、近世・近代の出版メディアの産物である[1]。

出版物の著作権の問題として、ヨーロッパ近代（近世）に発生したオリジナルの観念は、やがて一九世紀のナショナル・アイデンティティの形成のうごきと結びつく。そしてみずからの歴史的・文化的な過去を単一なものとして同定しようとするロマン主義的な思考のなかで、近代の文献学《フィロロジー》は成立した。

近代の古典文献学が成立した時代は、ヨーロッパの列強各国が、それぞれギリシャ・ローマの古典古代の正嫡を自称しながら、アジアへの進出・植民地化を加速させた時代である。そんなヨーロッパ近代の古典文献学の方法を日本に移入したのは、二〇世紀初頭にドイツに留学した芳賀矢一である。

芳賀が国文学を立ち上げた背景には、アジアをとりまく世界史的な状況があったのだ。そして文献学の対象となる国文学(国民文学《ナショナル・リテラチュア》)の確定作業が芳賀によって行なわれ(『国文学十講』ほか)、やがて確定された国文学の古典をめぐって、次世代の研究者たちによってその文献学的研究が行なわれた。

物語にオリジナルが存在しないのは、その最大の古典とされる『源氏物語』でも同様である。だが、『源氏物語』のばあい、中世源氏学以来の「証本」がオリジナルの代替物として浮上することになる。

「証本」とは、由緒正しい、他のよりどころとなる本のこと。ほんらい仏典や漢籍などの典籍類に用いられた書誌用語である。物語草子のたぐいに、ほんらい「証本」などあるはずもないのだが、しかし『源氏物語』のばあい、物語としては例外的に「証本」がつくられた。

すでに一二世紀には、『源氏物語』は豪華な絵巻に仕立てられ、また注釈書がつくられた。注釈に値するテクストとして早くから認知されたのだが、そのような物語テクストの正典化、古典化の過程で、起源《オリジナル》をめぐるさまざまな神話的な言説もつむがれることになる。『源氏物語』は石山寺観音の霊験で書かれた、あるいは紫式部は観音の化身であるなどの言説だが、それらの神話的言説の生成は、『源氏物語』の正典化と連動する事態だった。

一二世紀末には、歌壇の大御所藤原俊成によって、「源氏見ざる歌詠みは遺恨の事なり」(『六百番歌合判詞』)といわれ、『源氏物語』は歌人必読の書とされた。そして『源氏物語』を本説とする物語取りの和歌が詠まれ、また俊成や定家の周辺で「証本」の制作が開始された。

証本の制作は一二二〇年代に本格化したが、その背景には、承久三年(一二二一)の対鎌倉戦争における朝廷側の敗北があった。承久の乱後の社会にあって、公家社会の直面した危機をイデオロギー的に克服する企てとして、『源氏物語』証本の制作は本格的に開始された。

この時期に『源氏物語』テクストの校訂を行なった藤原定家は、諸本の異同について、つぎのように述べている(『明月記』元仁二年〈一二二五〉二月一六日条、原漢文)。

> 去年十一月より家中の小女等を以て源氏物語五十四帖を書かしむ。〔中略〕年来懈怠《けたい》に依って家中にこの物無し。建久の比《ころ》盗まれ了《おわ》んぬ。証本無きの間、所々を尋ね求め、諸本を見合すと雖も、猶狼藉《ろうぜき》にして未だ不審を散ぜず。狂言綺語《きょうげんきぎょ》たりと雖も、鴻才《こうさい》の所作なり。これを仰げば弥《いよいよ》高く、これを鑽《うが》てば弥《いよいよ》堅し。短慮を持って寧《なん》ぞこれを弁ぜんや。

「源氏物語五十四帖」は「狂言綺語」(人を惑わす妄語)ではあるが、「鴻才の所作」であり、「これを仰げば弥高く、これを鑽てば弥堅し」。『論語』子罕《しかん》篇のよく知られた一文だが、『源氏物語』は孔子の言によってたたえられるような正典であり、そのため定家は、「証本」を入手すべく「所々を尋ね求め、諸本を見」くらべたが、その異同は「狼藉」ともいえるものだった。

起源が不在の物語テクストに、もともと「証本」など存在しないのだ。転写されるそのつど恣意的な改変の筆が加えられるのは、『源氏物語』でも例外ではなかったのだが、そうしたテクストの「狼藉」状態のなかから、定家はみずから「証本」を制作することになる。

定家による証本の制作がいつごろ完了したかは、よくわかっていないらしい。ともかく定家が校訂したとされる青表紙本は、かれの名とともにオーソライズされ、ほぼ前後して制作された河内本とともに、『源氏物語』の証本として伝来することになる。

「証本」として定着した『源氏物語』テクストは、当然のことながら、つぎつぎの語り手(女性読者)のテクストへの介入を抑制することになる。その背景には、一三世紀(社会全体の家父長制《パトリアーキー》化が進行した時代である)の公家社会が、みずからの文化的な過去を、単一のものとして同定しようとしたアイデンティティ形成の力学が作用していた。

二 『平家物語』の正本

『源氏物語』の「証本」の成立は、物語テクストの正典化・古典化がもたらした事態だった。物語の「証本」とは、それ自体、けっして自明な存在ではないのだが、とすれば『平家物語』の「正本《しょうほん》」とはなんなのか。[2]『平家物語』で「正本」が制作された背景には、どのような政治的な力学がはたらいたのか。

『平家物語』でこんにち一般的に読まれているテクストは、覚一《かくいち》本である。応安四年（一三七一）に覚一検校によって作られた覚一本は、『平家物語』の「覚一検校伝授の正本」（龍門文庫蔵覚一本奥書）として伝来した。

『平家物語』を語る（演奏する）琵琶法師の同業者組織を当道（座）という。[3]当道の「中興開山」といわれた覚一（生年不詳―一三七一）は、惣検校（座の最高責任者）の初代とされるが（『職代記』ほか）、その覚一によって作成・伝授された「正本」が、覚一本である。覚一本の末尾（灌頂巻）に、つぎのような奥書がある（原漢文、適宜改行した）。

> 時に応安《おうあん》四年辛亥《かのとい》三月十五日、平家物語一部十二巻付灌頂、当流の師説、伝受の秘決、一字を闕《か》かさず、口筆《こうひつ》を以てこれを書写せしめ、定一《ていいち》検校に譲与し訖《おわ》んぬ。
> 抑《そもそ》も愚質余算已《すで》に七旬《しちじゅん》を過ぎ、浮命《ふめい》後年を期し難《がた》し。而るに、一期《いちご》の後、弟子等の中に、一

句たりと雖も、若《も》し廃忘する輩有らば、定めて諍論《じょうろん》に及ばんか。仍《よ》って後証に備へんが為、これを書き留めしむる所也。

この本努々《ゆめゆめ》他所に出だすべからず。又他人の披見に及ぼすべからず。附属《ふしょく》の弟子の外《ほか》は、同朋ならびに弟子たりと雖も、更にこれを書き取らしむること莫《な》かれ。凡そこれ等《ら》の条々、炳《へい》誡《かい》に背くの者は、仏神三宝の冥罰《みょうばつ》をその躬《み》に蒙《こうぶ》るべきのみ。

沙門覚一

応安四年(一三七一)三月、齢《よわい》「七旬」(七十歳)を過ぎた覚一は、自分の死後に伝承上の「諍論《じょうろん》」が起こることを予測し、「後証に備へ」るべく、「当流の師説、伝受の秘決」(「当流」は「当道」に同じ)[4]を「口筆を以てこれを書写」させ、それを「附属《ふしょく》」(血脈《けちみゃく》上の正統の意)の弟子の「定一検校」に「譲与」したのが、本書であるという。

奥書の末尾に、「この本努々《ゆめゆめ》他所に出だすべからず。又他人の披見に及ぼすべからず」とあるように、覚一本は、だれもがいつでも参照できるような、語りの習得や記憶の便宜のための台本などではなかった。

それは当道内部の「諍論」を避けるために、「後証に備へ」るべく作られた正本(証本)である。覚一から定一に伝授された正本は、その後(応仁の乱前後まで)、歴代の惣検校によって閉鎖的・特権的に相伝されていたことが確認される。語りの正統を文字テクストとして独占的に管理することで、惣検校を頂点とした当道（座）のピラミッド型の内部支配が補完されたのだ。[5]

そのような「正本」としての覚一本のあり方を前提として、それが足利将軍家に「進上」された理由も理解できる。「摂津大覚寺文書」記載の覚一本奥書には、右の応安四年の奥書につづけて、つぎのような宝徳《ほうとく》四年（一四五二）の奥書が記される。

右、この本を以て、定一検校一部〔全部〕清書し畢《おわ》んぬ。爰《ここ》に定一逝去の後、清書の本をば室町殿にこれを進上す。就中《なかんずく》この正本は、故検校、清聚庵《せいじゅあん》に納めらる□。〔以下略〕

覚一から「正本」を伝授された定一は、清書本を作り、原本のほうは清聚庵（惣検校屋敷内にあった覚一の位牌所）におさめたが、定一の没後、清書本は「室町殿」（時期的にみて足利義満である）に「進上」されたという。

「正本」の存在が、当道（座）の内部支配を権威的に補完していた以上、それが「室町殿」に進上されたことは、当道の支配権、その権威的な源泉が足利将軍家に委ねられたことを意味している。正本を進上された将軍家が、以後、当道にたいして本所（領主）としてふるまっていたことは、『看聞御記』のほか、室町期（応仁の乱より以前）の複数の史料から確認されるのだ。[6]

三　起源をめぐる言説

覚一本の奥書に、「諍論の時はこの本を披見すべし」、あるいは「若し廃忘する輩有らば、定めて諍論に及ばんか」とあるように、当道の正本は、物語テクストの流動・拡散化を規制する権威的な規範でもあった。

かりに覚一の正本がつくられなければ、こんにち見るような『平家物語』は存在しなかったのであり、同様のことは、『源氏物語』の証本についてもいえる。

ところで、覚一本奥書に「当流の師説、伝受の秘決、一字を闕かさず、口筆を以てこれを書写せし」むとある「口筆」は、口述筆記を意味している。そこには、口述者覚一と、筆記者「有阿」(覚一本の巻十二末尾に、応安三年一一月〈灌頂巻の覚一奥書の四カ月前〉の「仏子有阿書」という奥書がある)との協同によるテクストの推敲・彫琢の作業があったろう。[7] そのことは、かなり整った(破綻の少ない)覚一本の文章からもいえると思うが、また、覚一の伝えた「当流の師説」には、文字テクスト化された「師説」も含まれていただろうか。

文字テクスト化された「当流の師説」の存在をうかがわせるのは、たとえば、覚一より一世代ほどまえに行なわれた『平家物語』の作者伝承である。

覚一が名声を博す以前の一四世紀はじめ、『平家物語』の作者説が琵琶法師のあいだで取り沙汰された。なかでも有名なのは、『徒然草』二二六段に記された作者説である。

『徒然草』二二六段によれば、後鳥羽院のとき、天台座主慈円に扶持された信濃前司《しなののぜんじ》行長《ゆきなが》が、『平家物語』を作って生仏《しょうぶつ》という「盲目」に教えて語らせ、「武士の事、弓馬のわざ」は、生仏が武士に問い聞いて行長に書かせたという。

この行長・生仏合作説が、兼好の伝聞だったことは、その「けり」止めの文章からうかがえる。『徒然草』の説話的章段にみられる「けり」は、いうまでもなく伝聞・伝承の助動詞である。

信濃前司行長は、『徒然草』にしか名前のみえない人物だが、生仏(性仏《しょうぶつ》)は、『平家物語』を最初に語りだした琵琶法師として、当道盲人の伝承では必ずといってよいほど言及される。たとえば、『臥雲日軒録』文安五年(一四四八)八月一九日条の座頭最一《さいいち》の談話、同じく文明二年(一四七〇)正月四日条の座頭薫一《くんいち》の談話も、『平家物語』を最初に口演した人物として「性仏」の名をあげる。

また、室町期の当道(座)の伝承を記した『平家勘文録《かんもんろく》』や『当道要抄』も、「平家」を語った最初の琵琶法師として「性仏」をあげる。『徒然草』にいう行長・生仏(性仏)合作説も、鎌倉末期の琵琶法師の口伝えである。

四　もう一つの起源伝承

琵琶法師(当道盲人)の口伝えによれば、南北朝期に活躍した覚一の師匠は、如一《じょいち》である(『臥雲日軒録』文安五年〈一四四八〉八月一九日条の座頭最一談)。如一は、当道の伝書類でも覚一の師匠とされるが(『当道要抄』ほか)、室町初期の醍醐寺僧隆源《りゅうげん》(一三四二―一四二六)の撰になる『醍醐雑抄』には、「或る平家双紙の奥書に云く」として、「当時命世《めいせい》の盲法師」の如一が伝えた『平家物語』作者説が記される。

覚一の師匠とされる如一が「命世」(一世に秀でる意)の評判を得ていた「当時」とは、鎌倉時代の末(一四世紀はじめ)だろう。その如一が語ったとされる『平家物語』作者説は、『徒然草』二二六段が伝える行長・生仏合作説とほぼ同時期に行なわれた作者説ということになる。

如一の説によれば、順徳院のときに、葉室時長《はむろときなが》が二十四巻の『平家物語』を作り、後嵯峨院のときに、吉田資経《すけつね》が作った『平家物語』を、葉室時長が「これを書き」、「合戦の事」は源光行《みつゆき》が「これを誂《あつら》え」、また「十二巻の平家」は吉田資経が書いたという。

口伝えの説をそのまま記したせいか、文脈に混乱があり、文意も取りにくいが、ここで注意したいのは、作者説そのものよりも(その真偽の詮索はとうてい不可能だ)、物語テクストの起源をめぐる言説が、鎌倉末期の琵琶法師によって、さまざまに取り沙汰されていた事実である。

当道が畿内を中心とした広汎な座組織として成立する以前(一四世紀なかば以前)、琵琶法師の座(guild)は、公家や寺社など、複数の権門を本所(領主)として分立していた。[8] そんな複数のグループが分立・拮抗するなかで、それぞれのグループで、自分たちの物語伝承の正当化、すなわち文字テクスト化へ向けたうごきがあったことは想像にかたくない。

この時期の『平家物語』テクストの乱立状態は、かつて渥美かをるや山下宏明によって注目された覚一本の周辺諸本[9]、すなわち屋代《やしろ》本、平松家本、佐々木本、鎌倉本等にその一端がうかがえる。現在では、ほとんど研究対象からはずれた感のあるそれらの異本が、あらためて注目されるのだが、ともかくそうしたテクストの乱立状態のなかで、物語の起源《オリジナル》をめぐるさまざまな言説も取り沙汰された。

覚一本奥書にいう「当流の師説」は、おそらく文字テクスト化された「師説」も含んでいる。それは、奥書の「一字を闕かさず」のいい方からもうかがえるが、そんな観点からあらためて注目されるのは、覚一本との先後関係が古くから問題にされてきた屋代本の『平家物語』である。当道の周辺でつくられ、しかも正本(証本)ならざる屋代本が、南北朝から室町期にかけてさかんに行なわれた「平家」の通し語り(「一部平家」という)の演奏ヴァージョンを伝えたテクストであることは、べつにくわしく述べたことがあるので、ここでは省略する[10]。

五 「正本」の政治学

「覚一検校伝授の正本」(龍門文庫蔵覚一本、文安三年奥書)として権威化《オーソライズ》された覚一本が成立する以前、当道の周辺では、こんにち伝わらないさまざまな物語テクストが生起していただろう。この時期の「狼藉」ともいえるテクストの乱立状態は、覚一本の周辺諸本がその一端をかいま見せている。

また、醍醐寺に伝来したとされる「平家双紙」(前掲『醍醐雑抄』)、および延慶年間(一三〇八―一一)に紀州根来寺で書写された『延慶本平家物語』も、「平家」芸能を管理した寺院本所に伝来したテクストだろう。

長門国赤間ガ関の阿弥陀寺(現在の下関市赤間神宮)に伝わった『長門本平家物語』も、耳なし芳一伝説に代表されるこの地方の琵琶法師を支配した寺院によって書写・管理されたテクストである。[11]

いわゆる「読み本」という『平家物語』諸本の分類名称は、覚一本や屋代本等の「語り本」と同様に、再考される必要がある。たとえば、「読み本」の一本とされる文安年間(一四四四―四九)書写の四部合戦状本は、その「四部合戦状」(当道の伝承用語である)の書名が示すように、あきらかに当道(座)の周辺でつくられたテクストである。

そうした読み本/語り本テクストの「狼藉」状態のなかから「正本」を立ち上げたのが、当道の「中興開山」といわれた覚一だった。

覚一本の制作は、公家や寺社などの諸権門に個別的・分散的に隷属していた従来の座のあり方を否定し、畿内を中心とした広汎かつ自治的な座組織、すなわち当道座の成立へ向けたうごきの一環として行なわれた。

覚一本『平家物語』の成立には、物語の担い手(語り手)の管理や統制をめぐる政治的な力学が作用していた。それは物語テクストの成立問題として、基本的に『源氏物語』テクストにも共通する証本(正本)の政治学《ポリティクス》の問題だった。

歴史語りの近代

一　歴史と物語

歴史の「史」は、フミと訓読されるように、叙述すること、過去のできごとを文章にして記録することを意味している。「歴」は、歴世・歴代などの熟語があるように、過ぎ去ったことを意味する漢字である。

「歴史」は、その語の成り立ちからして、叙述の問題をわかちがたく含んでいる。それは、ヨーロッパ諸語で歴史を意味することば、英語のヒストリー history、フランス語のイストワール histoire、ドイツ語のゲシヒテ Geshichte などがそうであるように、物語ないしは叙述を内在させたことばだが、ここから「歴史」という語の最初の定義は導かれる。

歴史とは、事実として与えられるものではなく、過去のできごとをいかに物語るかという語り方の問題だということだ。そして歴史が過去の語りである以上、歴史家の著述と、歴史に取材した物語・小説との境界は、ほんらいきわめてあいまいなのだ。

歴史という観念を、この列島の社会にもたらした本場の中国では、はやくから、叙述のしかたによって正史と稗史《はいし》(歴史に取材した小説)の区別が立てられた。

だが、官撰の正史が正統的な歴史と認知されても、庶民レベルでは、稗史のたぐいが歴史として受容された。たとえば、三国時代の英雄は、いまも中国や日本で広汎な人気を博している。それも正史の『三国志』の受容によるのではなく、稗史である『三国志演義』によって流布した歴史(物語)だった。

日本のばあい(この言い方じたいが歴史的だが)、八世紀から九世紀にかけて、中国にならって、『日本書紀』以下の漢文の正史がつくられた。

そして一一世紀には、仮名文の歴史が、中国正史の紀伝体や編年体のスタイルで書かれるようになる(『大鏡』『栄花物語』など)。だが、歴史書の枠組みで書かれたそれらの物語は、叙述の面では、『源氏物語』以下の「つくり物語」の影響を受けていた。『源氏物語』は、王朝の盛時と目された醍醐・村上朝をモデルとして書かれた一種の歴史小説だが、成立から一世紀もたたないうちに、王朝の故実・典礼を伝える(漢文正史以上の)正典として受容された。

『源氏物語』が公家社会を中心に受容され、かれらのあいだに歴史的・文化的な共同性を形成したとすれば、中世以降、この列島の社会に、列島(九州から東北)規模の歴史的な共同性をつくりだしたのは、『平家物語』である。

琵琶法師の物語（語り物）として地域や階層を超えて流通した『平家物語』は、「日本」（『平家物語』にしばしば登場する語である）という国の成り立ちを語る歴史として受容された。

『平家物語』の語る源平合戦以後、七〇〇年に及んだ武家政権の歴史が、源平の「武臣」交替史として推移したことは、あらためて言うまでもない。『平家物語』によって流布した歴史は、中世以後の「日本」を国家として持続させるのに寄与した最大の物語だった[1]。

物語として流布した日本歴史をベースにして、近世の幕藩国家は形成される。また近世国家の枠組みを受けつぐかたちで、明治の近代国家も成立する。近世に書かれたわが国最大の歴史書、『大日本史』については後述するが、幕末から明治にかけてベストセラーとなった日本通史、頼山陽の『日本外史』も、『平家物語』や『太平記』によって流布した「歴史」の枠組みに依拠して書かれていた。

二　近代歴史学の成立

ところで、極東の日本で近代国家の成立が急がれた明治維新後の一八七〇年代は、西欧の諸地域では、ほぼ一言語・一民族・一国家という国民国家の形成を終えていた。

国民《ナシオン》という語をいちはやく成立させたのは、大革命後のフランスだが、一九世紀をつうじてヨーロッパ全土をおおった国民国家樹立の運動は、やがてヨーロッパの植民地世界へ波及し、二〇世紀の両度の大戦をへて、ほぼ全世界へ拡大してゆく。

そのさい、国家への帰属意識の形成に利用されたのも、それぞれの地域の「国民」「民族」にまつわる想像された起源の物語(歴史)だった。

たとえば、一九世紀前半のヨーロッパでは、歴史小説のブームともいえる大流行が起きた。この時期に書かれた長篇小説は、その多くが歴史上の事件に取材している。そして歴史小説がさかんに書かれた西欧の一九世紀は、歴史学が近代科学の一領域として成立した時期でもあった。近代の歴史学は、歴史に取材した小説、あるいは歴史を装ったフィクションの物語と競合するかたちで自己形成を遂げたのだ。

近代歴史学の祖といわれるのは、一九世紀ドイツの歴史学者、レオポルド・フォン・ランケ(一七九五―一八八六)である。ランケが歴史研究に関心を寄せたきっかけは、かれが二十歳代のころ、全ヨーロッパ的に人気を博していたイギリス(スコットランド出身)の小説家、ウォルター・スコット(一七七一―一八三二)の歴史小説を愛読したことにあったという。

ランケの晩年の回想によれば、スコットの小説を愛読したかれは、そこに書かれてあることが事実とまったく相違するのを知り、そのためランケは、「作り話からは離れ、自分の研究では、いっさいフィクションを斥《しりぞ》け、厳密に事実にのみ即しようと決心した」という。そして厳密な史料操作にもとづく実証史学の方法を追求したのだが、ランケにとって、「事実」は「小説よりも遥かに美しく、かつおもしろい」ものだった。[2]

歴史小説から決別したランケは、事実とフィクションを選別し、事実だけを記述する「科学」としての近代歴史学を成立させる。歴史と物語、歴史家の著述と歴史小説とのあいだに、明確な境界線が引かれたのだが、しかし歴史小説から決別したとはいっても、ランケが歴史を物語ることをやめたわけではない。

ランケの歴史学的著述の第一作『ロマン・ゲルマン民族史』(一八二四年)をはじめとする膨大な著述群は、どれもヨーロッパ諸国の国民史、民族史である。ランケによれば、国家の個性は、人間を内面的に規定している民族性に起因する。それは「固有の生命をもつ精神的実体」であり「神の被造物」である。したがって世界の「真の調和は、それぞれの国家を純粋に完成させることから生まれるのだ」という。[3]

ランケが創始した近代歴史学の方法、そこで物語られた国民史《ナショナル・ヒストリー》の枠組みが、その後のヨーロッパ世界に及ぼした影響ははかり知れない。実証科学の装いをまとったランケ史学は、ヨーロッパ各国に輸出されて、それぞれの国の国民史の編纂をうながしてゆく。近代の国民国家《ネーション・ステート》の枠組みを過去に投影するかたちでナショナル・ヒストリーが語られるのだが、それらの語り(叙述)の背後には、一九世紀ヨーロッパをおおった「血と国土」をめぐるロマン主義的な神話が存在した。

三　日本型ネーションと『大日本史』

ランケの歴史学が日本に紹介されたのは、一八八〇年代末である。その実証的な史料操作の方法は、後述するように、帝国大学のアカデミズム史学の形成に多大な影響をあたえてゆく。だが、綿密な史料調査にもとづいた歴史の記述は、ランケ史学が紹介されるよりも一世紀以上まえに、一八世紀の日本で始まっていた。

国学の古言《ふること》研究の方法で貫かれた本居宣長の『古事記』研究は、日本《やまと》という国の始まりを語る一種の歴史研究である。また、宣長以前に、広範な史料調査をもとに日本歴史を記述していたのは、水戸藩で編纂された『大日本史』である。

一七世紀後半に編纂事業が開始された『大日本史』は、史料の博捜とその利用法において、少なからず実証的な方法を採用していた。歴史を叙述するにあたって、典拠となる史料を明示する方法は『大日本史』に始まるといってよいが、文化六年(一八〇九)に『大日本史』という書名が光格天皇の勅許を得て以来、同書は正史に準ずる書とみなされてゆく。そして『大日本史』の歴史叙述は、一九世紀(幕末から明治)をつうじて日本型の国民国家の形成と密接にかかわることになる。

神武天皇から南北朝時代までを記す『大日本史』は、天皇の系譜を確定すること、すなわち皇統の正閏《せいじゅん》(正統・非正統)を弁別することを主要な目的としていた。

なかでも南北朝史を叙述するにあたって、南朝を正統の王朝としたことは、修史事業を開始した徳川光圀(水戸藩第二代藩主)の最大の眼目だったが、それは南朝に殉じた新田氏族の忠義を顕彰することを第一の目的としていた。かつて徳川家康が新田流徳川氏の系図を朝廷に提出して征夷大将軍に任じられて以来、徳川将軍家は清和源氏新田流を称していた。

だが、徳川幕藩体制の正当化を意図した『大日本史』の南朝正統史観は、欧米の植民地主義の脅威が極東に及んだ一八世紀末頃から、彰考館(水戸藩の史局)の内部で意図的な読みかえが図られてゆく。皇統の正閏を弁別する議論のなかから、万世一系の観念が生まれ、やがてわが国固有の「国体」という思想が浮上するのだ。

この時期の水戸学の代表的な論客は、藤田幽谷である。藤田にはじまる水戸史学の新たな展開は、門人の会沢正志斎や豊田天功、藤田東湖らによって受け継がれてゆく。

「国体」という語を水戸学のキーワードとして定着させたのは、会沢正志斎の『新論』(文政九年〈一八二六〉)である。会沢はまた、「国体」の思想を展開する過程で、四民(士農工商)をひとしく天皇の臣と位置づける「臣民」という概念を提示している。[4] 万世一系と一君万民を両軸とした近代日本の「国体」の観念が成立するわけだ。

天皇の絶対的な権威を主張することで、徳川将軍家を頂点とした幕藩体制下のヒエラルキーが相対化されてしまう。こうした政治思想が生み出された背景として、藤田以下のこの時期の水戸学の代表的な論客が、いずれも農民や町人(せいぜい下士)身分から彰考館員に取り立てられた人材だったことは見のがせない。

農村の窮状を身近に体験し、また藩上層部の無能ぶりをまのあたりにしたかれらは、彰考館員

(下士身分)に取り立てられるや、ただちに農村の救済策を論じ、農政さらには藩政全般の改革意見を「封事《ふうじ》」(藩主に直接宛てた意見書)として上申した。

藩政の序列《ヒエラルキー》をとび超えるかれらの念頭には、現実の身分制社会を止揚した、ある新しい国家像がイメージされていた。

近世の身分制社会から、近代の国民国家への変貌があれほど速やかに実現された背景にも、幕末の革命運動のなかで流布した水戸学の「国体」の思想が存在しただろう。たとえば、水戸に遊学して会沢正志斎や豊田天功の教えを乞うた吉田松陰が唱えたスローガン「草莽崛起《そうもうくっき》」は、草莽の「民」に国家を支える「臣」としての自覚を促したもの。

四民平等の国民国家は、明治の福沢諭吉らの啓蒙活動よりも半世紀以上まえに、すでに藤田や会沢らによってイメージされていた。それは要するに、『大日本史』の編纂過程から導かれた日本型のネーション・ステートの思想だった。[5]

四 アカデミズム史学の始発

幕藩体制のアンチテーゼとして発想された水戸学の「国体」の思想は、身分制社会の克服という側面をもっていた。会沢正志斎のいう「臣民」は、四民(士農工商)をひとしく天皇の「臣」として位置づける思想である。

だが、明治維新後に成立した現実の天皇制国家において、「国体」や「臣民」などの語は、明治国家の制度上の用語として読みかえられてゆく。

たとえば、「臣民権利義務」を詳細に規定する『大日本帝国憲法』(明治二二年〈一八八九〉)であり、また、「臣民」が心を「忠孝」一つに合わせることを「国体の精華」と説いた『教育勅語』(同二三年)である。「民」をひとしく天皇に直結させる水戸学の大義名分の思想が、国家が「民」を直接的・無媒介的に把握する思想として読みかえられるのだ。

ところで、近代国家の理念的支柱として「国体」の思想を位置づけた明治政府は、明治一〇年(一八七七)に『大日本史』を準勅撰の正史とみとめ、その続篇の編修を企てた。

『大日本史』は、南朝の元中《げんちゅう》九年(北朝の明徳《めいとく》三年、一三九二)の南北朝の合一で擱筆している。後醍醐天皇の「王政」を明治維新の先蹤と位置づける政府は、「建武の中興」に起筆する国史の編纂を企図したのであり、後醍醐天皇以後の「正史」の編纂は、明治政府にとって、まさに「世ノ確拠」と為すべき国家事業だった(『修史時宜』[6]明治八年)。

太政官直属の修史館で開始された官撰国史の編纂事業は、やがて内閣臨時修史局の所管となり、明治二〇年(一八八七)に、帝国大学の史料編纂掛(東京大学史料編纂所の前身)に移管された。そのさい、修史局の重野安繹《やすつぐ》(編輯長)、久米邦武(編輯)、星野恒《ひさし》(同)の三名が、帝国大学の史料編纂掛委員(重野は委員長)、兼文科大学教授に任命された。

重野、久米、星野は、まもなく文科大学に開設された国史科の初代教授となるが、国史科の開設を提案したのは、お雇いドイツ人講師のルードヴィヒ・リースである。当時の文科大学に国史の講座はなく、国史関係の書物は和漢の文学科で読まれていた。

ベルリン大学でランケに師事したリースは、明治二〇年に来日し、ランケ史学の方法を日本に紹介した人物である。リースの提言によって、明治二二年に国史科が開設され、また国史科を分離した和文学科は、同年中に国文学科と改称した。大学の学科編成として、歴史と文学、国史と国文学がはじめて区分けされたのだ。

リースはまた、同年一一月に、重野安繹とともに日本最初の歴史学会である史学会を発足させた。史学会は、学会誌として『史学会雑誌』(『史学雑誌』の前身)を発刊し、これによって近代日本のアカデミズム史学の体制が名実ともに整うことになる。

史学会の初代会長となった重野は、薩摩出身の漢学者であり、幕末の江戸に遊学して清朝考証学を修めた人物である。その考証的な学風から、重野は、リースが紹介したランケ史学の実証的方法に少なからぬ親近感を抱いたものらしい。

リースと知りあう以前の明治一九年(一八八六)三月、重野は、東京学士会院で「大日本史を論じ歴史の体裁に及ぶ」と題した講演を行ない、『大日本史』が北朝方の史料を採用していないことを「一家の私論偏見」と評していた。[7] 考証学者として当然の所見を述べたものだが、しかしその速記録が『東京学士会院雑誌』(第九編三号)に掲載されたことで、講演は予想外の反響を呼びおこした。官撰国史の編纂事業が世間の関心を集めたのも、このときの重野の『大日本史』批判をきっかけにしていた。

五　記述主義的誤謬

重野が批判した『大日本史』は、さきに述べたように、明治一〇年(一八七七)に準勅撰の「正史」とされ、それと同時に、続篇の編纂が決定されていた。その編纂責任者に任命されていた重野が、『大日本史』の史料操作上の作為を批判し、その南朝正統論を「一家の私論偏見」と評したのだ。

さらに明治二二年(一八八九)一一月の史学会の設立総会で、会長の重野は、「史学に従事する者は其心至公至平ならざるべからず」という講演を行なった。かれが主張した「公平の見、公平の筆」にたいして、その対極にイメージされていたのは、『大日本史』である。重野の考証的学風は、リースを介して得た近代実証史学の知見によって、学問的な信念にまで高められていた。

重野の講演に刺激されるかたちで、同僚の星野恒、菅政友《すがまさとも》らは、『大日本史』の南北朝史叙述や、それが依拠した『太平記』の史料的価値を疑う論文をあいついで発表した。そして明治二四年に、久米邦武の挑発的タイトルを付した長篇論文「太平記は史学に益なし」が、『史学会雑誌』(第一七—二二号)に連載された。

『太平記』の「嘘談」「妄談」を逐一指摘し、それが「世の浮薄なる人を煽動する」ゆえに「狂漢をも生ずるに至る」「太平記の流毒」について論じたのだが、こうした重野や久米の『太平記』(および『大日本史』)批判は、こんにち一般に、近代の実証史学の方法を先駆的に導いたものとして評価されている。

だが、アカデミズム史学の創始者である重野や久米の主張で注意しておきたいのは、「物語・小説の類」(久米前掲論文)を史学から排除するとしたかれらにあって、歴史を語ることばの問題が、あまりにも過少に評価されていたことだ。

たとえば、史料編纂掛では、官撰国史を和文で叙述するか、漢文で叙述するかが議論になっていた。漢学出身の重野は、漢文を支持したが、その理由は、漢文が時代を超えて「体裁一致」していること、時代性や個性など、言語使用にともなう不確実・あいまいな要素を極力排除できるからである。重要なのは、たしかな史料にもとづいて「事実」を記述することであり、そのかぎりで、「文体」の問題は「畢竟……枝葉の事」だった(「編年史文体ノ事」重野家文書[8])。

だが、歴史とは、史料のなかに、確固とした「事実」としてあたえられるものだろうか。また、それは私意や作為を排した透明な文体(そんな文体が可能かどうかはともかく)によって記述できるのだろうか。

「事実」の客観記述についてきわめて楽天的に語る重野の論調には、認識の客観性にたいする過度の信頼、あるいは言語使用における記述主義的誤謬といった、近代科学の共有する弱点さえ指摘できるのだ。

重野や久米の考証的学風の厳密さにもかかわらず、ことばの問題をはなれて客観的に存在する歴史などありえない。

ランケ史学にあっても、その歴史の語り(叙述)は、一九世紀ヨーロッパが生みだした国民《ナツィオン》というロマン主義的な主体を必要とした。国民(民族)を「神の被造物」とするランケの信念は、ヨーロッパ近代が生みだした一種の神学だが、そんなランケ史学から史料操作の手法だけをとりだし、国史の「公平無私」な記述を可能と考えたところに、重野や久米のアカデミズム史学のかかえた困難が露呈していた。

重野と久米の両人は、明治二五、二六年にあいついで帝国大学を休職処分になっている。かれらの「抹殺論」史学に反発した政府上層部の圧力がはたらいたのだが、しかし重野や久米の国史編纂が未完に終わった経緯において、政治権力の介入はむしろ二次的な問題だったろう。

それはたとえば、重野のライフワークとなった国史(私撰)の執筆が、けっきょく形をなさないまま終わっていることをみてもよい[9]。重野の国史編纂が抱え込んだ方法的な難題《アポリア》が、歴史および歴史叙述について考えるうえで重要な問題を示唆している。

六　歴史語りの主体

対象を観察して、それを客観的(ありのまま)に記述することが、自然科学をモデルとした近代の科学的思考の出発点である。ことばは、対象を記述するための透明な媒体（道具）とみなされるのだが、しかし対象とことばとのそのような関係は、歴史叙述の現場にあっては、しばしば逆転してしまうのだ。

歴史を語ることで、語られる歴史の主体がつくられてしまう。ミシェル・フーコーのいう言説の実定性《ポジティヴィテ》の問題だが、[10]そんな歴史を語ることばのあり方に十分に自覚的だったのは、じつは国民史(民族史)の方法を創始した一九世紀ドイツのランケであったし、また重野や久米によって批判された水戸の史学者たちだったろう。

『大日本史』が編纂される過程で、彰考館の内部で多くの論争(党争)が引き起こされたことはよく知られている。「日本史」を語ることが、そのまま「日本」をつくりだす営みともなったからだが、そのような歴史を語ることばの実定性は、重野や久米のアカデミズム史学において決定的に見落とされていた観点だった。

「太平記は史学に益なし」のレベルで議論したかれらよりも、おそらく水戸の史学者たちは、より本質的に(狡猾に)歴史のなんであるかを心得ていた。『太平記』が「物語・小説の類」(久米前掲論文)であるとするなら、わたしたちの歴史的現実も、ある制度化された言説(物語)のなかで推移してきたのだ。

かつてランケによって言われた「事実のみが美しい」は、科学として出発した近代史学の綱領《テーゼ》である。だが、いうまでもなく、「美しい」とされるその「事実」も、ことばによって語られるものにほかならない。

歴史を語ることばの問題を「畢竟……枝葉の事」とし、ことばを「事実」を記述するための媒体(道具)としかみなかった日本近代のアカデミズム史学は、やがて事実か虚構かといった、不毛な二項対立的議論に終始してゆくだろう。そして「日本史」のフィクショナルな枠組みを対象化する観点を持たなかった近代史学は、やがて昭和戦前期の皇国史観に手もなくからめとられてゆくことになる。

そんな戦前期のアカデミズム史学への反省から出発したのが、戦後のマルクス主義史学である。実証のための実証のような歴史研究の克服をめざした一部の歴史家は、みずからを歴史の主体として積極的に位置づける語り(叙述)の方法を模索した。

たとえば、石母田正は、『歴史と民族の発見』(一九五二年)のなかで、為政者や支配層の歴史ではない「国民」全体の歴史を研究すべきことを説いている。

「近代的ブルジョア的民族」を「過去へ投影」して歴史を叙述するのではなく、ブルジョア的民族が、社会主義的民族に転化するように、「前資本主義社会の成果と、民族形成との関係を具体的に、つまり個々の民族の歴史について研究すること」を、歴史学の課題として位置づけた。[11]

「国民」「民族」の問題は、戦後知識人をとらえた科学的唯物論という「大きな物語」(リオタール)を背景に、再度、歴史の主体として浮上したわけだ。そんな石母田史学の背景にあったのは、スターリンの、「民族とは(中略)歴史的に築かれた永続性ある共同体である」という、一種のトートロジーともいえる「民族」の定義だった。[12]

歴史の主体としての「民族」の発見という石母田の主張は、その論理的な転倒にもかかわらず、戦後という特異な時代にあって広汎な支持を獲得した。

古代国家の解体から中世の領主制へ、さらに近世ブルジョア社会の形成へという進歩と発展の歴史イメージは、国文学(日本文学)研究では、いまも時代別の文学史や学会構成の枠組みとして受け継がれている。

しかし学会プロパーの議論はともかく、戦後の人文諸学を席巻した「大きな物語」は、二〇世紀の終焉とともに、その歴史的な役割をとっくに終えているはずなのだ。

そして二一世紀の現在、わたしたちの周囲には、ネット空間をただよう限りなく軽いことばがあふれている。

「近代」という物語を喪失して立ち現れることばの群れをまえにして、事実か虚構かといった二項対立的な思考は、もはや意味をなさない。ことばによって、あるいはことばとして構成されるこの世界にあって、にもかかわらず、「いま」を生きる人間の歴史(物語)を語ること、そのためのことばのリアリティをどのようにして取り戻すかが、歴史と文学の批評《クリティーク》に関わるすべての人に問われている。

歴史学と「物語」史観について

一　歴史という物語

戦後(第二次大戦後)の日本文学研究は、歴史学との提携・依存の関係で進められた。なかでも古代・中世文学の研究に多大な影響をあたえたのは、石母田正の『中世的世界の形成』である。戦時中に執筆され、一九四六年に刊行された同書で、石母田は、伊賀国黒田荘《くろだのしょう》(現在の三重県名張市内)という一荘園の歴史をたどることで、古代的支配が、在地領主層によって克服されてゆく過程を論じた。すなわち、民衆の階級的前衛である在地領主(武士)の台頭によって荘園制が解体し、かれら領主階級を主体とした新たな「中世的世界」がつくられてゆくという歴史(物語)である。

石母田史学が提示した古代から中世へという歴史の変革イメージは、戦後の人文諸学の綱領ともなった唯物史観に則った研究成果として、歴史学界のみならず、文字どおり一世を風靡した。

石母田はまた、このような進歩・発展史観を美的に補強する文学作品として『平家物語』に注目した。

『中世的世界の形成』の第四章第二節で、石母田は、王朝末期の社会に進行していた「自己批判」の成果として、『今昔物語集』の散文精神に注目した。こうした発想は益田勝実の説話文学研究へ引き継がれたが、そんな散文精神を背景として、古代的支配の崩壊という現実をまえにした『平家物語』作者は、みずからの階級的出自である貴族性を「揚棄」し、真に新しい文学を創造できたのだという。

一九三〇年代のコミンテルンの綱領を具体化したような文学論である。これに類した『平家物語』論は、ほぼ時期を同じくして国文学界でも永積安明らによって唱えられていたが、戦後まもなく発表された『中世的世界の形成』は、国文学プロパーの議論に歴史学の側から「実証的」根拠を与えるものだった。

石母田は一九五七年に岩波新書『平家物語』を刊行した。この本のキーワードは「運命」である。歴史の不可逆的な「運命」に翻弄され、また「運命」を洞察する者たちの生きざまと死にざまを論じた石母田の新書は、学界を超えた幅広い読者の支持を獲得した。

ちなみに、石母田の新書『平家物語』に触発されて生まれたのが、木下順二の戯曲の代表作『子午線の祀り』である。

『平家物語』の語る「運命」史観を、唯物史観の不可逆的な進歩・発展の歴史イメージとたくみにシンクロさせたところに、新書『平家物語』が広汎な読者を獲得した理由もあった。石母田史学が、よくもあしくも「平家物語史観」と評される理由である。[1]

二 もう一つの平家物語史観

平家の栄華に象徴される王朝世界がほろび、東国武士たちによる新しい「中世的世界」がつくられてゆく。一般に流布・浸透した一二世紀末の歴史の転換期のイメージだが、しかしあらためていうまでもないと思うが、『平家物語』は、武士(在地領主)の階級的勝利をいわゆる叙事詩的に(あえていうなら能天気に)謳いあげるような物語ではなかった。

たとえば、武士の棟梁である源平両氏は、物語の冒頭近くで「朝家に召しつかはれ」る者と規定される(巻一「二代の后」)。「王化」(朝廷のまつりごと)に従わない者に「互ひにいましめを加」えたので、これまで「世の乱れ」は回避された。そんな源平両氏の位置づけをもとに、『平家物語』前半では、保元・平治の乱で源氏が衰えたあとの平家一門の過分の栄華と奢りが語られる。

また、べつの箇所では、「平家、日ごろは朝家《ちょうか》の御《おん》かためにて、天下を守護せしかども、今は勅命にそむけば……」とあり(巻五「物怪の沙汰」)、朝廷の「御かため」たる職分を逸脱して「勅命にそむ」く平家の「悪行」がいわれる。そんな「悪行」ゆえの滅亡を語るのが、『平家物語』の構想だった。

『平家物語』が語るのは、朝廷への順逆(＝善悪)を説明原理とした因果論的な歴史である。それは源氏と平家のいわば可逆的な交替史であって、けっして一方向的で不可逆的な進歩・発展の歴史などではなかった。

『平家物語』作者のねらいは、かつて石母田正や永積安明が説いたような、内乱期の現実をどこまでリアルに叙述するか、などといったところにはなかったろう。乱後の現実からさかのぼって、その起源となった治承・寿永の内乱史を再構想することで、その延長上に、どのようなあるべき歴史的な現実がみちびかれるか、ということが問題である。そんなあるべき歴史(物語)を倫理的に正当化するのが、王法・仏法の相互依存、相互補完の関係を説く顕密体制国家のイデオロギーだった。

もちろん『平家物語』(の原型)が成立した当時、源平両氏を「朝家の御かため」と位置づけるのは空論でしかない。源頼朝が樹立した武家政権は、立てまえはともかくとして、朝廷の爪牙《そうが》(軍事に従う部下)として存在したのではなかった。

頼朝が「日本国の惣追捕使《そうついぶし》」として全国から兵糧料を徴収したこと、それが「過分」のふるまいだったとは、『平家物語』にも語られる(巻十二「吉田大納言の沙汰」)。租税(兵糧料)の徴収権と、全国の警察権を手に入れた頼朝は、「朝家の御かため」という立てまえを大きく逸脱している。

さらに守護・地頭という私設の官の任免権をもち、全国の所領争論のもっとも強力な調停機関となった頼朝の幕府は、王朝国家の枠組みを超えて、朝廷からは独立した国家内国家といった様相を呈している。

頼朝は平家の政治的覇権の継承者どころか、その政権基盤のたしかさにおいて、かつての平家政権をはるかにうわまわる強力な武家政権を樹立したのだ。にもかかわらず、『平家物語』は、頼朝を王朝の秩序回復者として位置づける。おそらくそのへんに、『平家物語』の「物語」史観の政治性、この物語を構想した作者たちの政治的な立ち位置が問題化しているのだ。

三 権門体制論と「物語」史観

鎌倉に誕生した武家政権が、『平家物語』の語る因果論的な歴史(物語)によって王法・仏法体制に組み入れられる。そのような「物語」史観は、じつは『徒然草』二二六段で、『平家物語』の成立への関与がいわれる慈円の『愚管抄』の史観でもあった。

天台座主(比叡山延暦寺の最高位の僧職)を四度つとめた慈円は、一二世紀はじめの顕密仏教界の最高責任者である。その慈円が執筆した『愚管抄』は、「保元以後」の「武者の世」にあって「仏法・王法を守りはてんこと」を至上命題として書かれた。

たとえば、元暦《げんりゃく》二年(一一八五)の壇ノ浦合戦では、天皇位の正統性を保証する三種の神器の一つ、宝剣草薙剣《くさなぎのつるぎ》が、安徳天皇とともに海に没して失われた。王法(朝廷)の存続にかかわる重大事件だが、この事件の解釈を企てた慈円は、宝剣は高倉天皇(安徳の父帝)の代までの朝廷の「御《おん》まもり」だったとする。

宝剣が失われたのは、たしかに「心憂き」事態である。だがいまは、武士が朝廷の「御まもり」となる世となったので、宝剣は不要になったから失われた。つまり、鎌倉に誕生した幕府(将軍の軍府)は、宝剣に代わる朝廷の「御まもり」であって、けっして朝廷と対立する存在ではない。ましてや朝廷と無縁に存在する新政権・新国家などではありえない。

『愚管抄』が書かれたのは、承久の乱(一二二一年)の前年、後鳥羽院と鎌倉幕府の関係が、修復不可能なまでに悪化していた時期である。そのような時期に、幕府を敵対的な存在ではなく、むしろ「君の御まもり」と位置づける慈円の史論は、現実の危機を歴史叙述のレベルで克服する企てだったろう。

しかも『愚管抄』が書かれる前年(一二一九年)には、慈円の同母兄の九条兼実の曾孫頼経(幼名三寅《みとら》、当時二歳)が、同年に暗殺された源実朝の後継将軍として鎌倉にむかえられていた。九条家(摂関家)の頼経が武家の棟梁になったことは、鎌倉の武家政権を王朝の政治秩序に組み入れる絶好の機会と思われたろう。すなわち、「今は色にあらはれて、武士の、君の御まもりとなりたる世になれば……」(『愚管抄』巻五)であるが、しかしそれにしても、宝剣に代わる幕府という歴史解釈は、いかにもこじつけの感をまぬがれない。

だが、こうした解釈(慈円のいう「道理」)をとおして、鎌倉幕府の発足という事態が、「君の御まもり」である武家の台頭として読みかえられる。

東国の武家政権が王朝国家の枠内の存在として位置づけられ、王法・仏法体制の論理的な整合性がはかられるのだが、そのかぎりで、『愚管抄』の説く「道理」は、王法・仏法体制への順逆(＝善悪)を説明原理とした『平家物語』の因果論と、その政治的な立ち位置を共有するのだ。

だがもちろん、頼朝の武家政権は、朝廷の「御まもり」「御かため」などという制度的な言説《ディスクール》を圧倒的に逸脱していた。武家政権を王朝国家に組み入れる『平家物語』(および『愚管抄』)の「物語」史観は、現実の政治史のなかでなしくずし的に無効化されてゆくのだが、しかし『平家物語』によって流布した「物語」史観の問題は、じつはそのさきにあるだろう。

朝廷への順逆を説明原理とした源平交替の物語は、それが語り物として広汎に流布・浸透したことで、同時代の現実を超えた「歴史」的な役割を担うことになる。

たとえば、頼朝の死後に鎌倉幕府の実権をにぎった北条氏は、桓武平氏を称している。治承・寿永の乱でほろんだ平家の同族を主張したのだが、系図の信憑性はともあれ、源氏将軍三代のあと、北条氏が桓武平氏を称したことで、『平家物語』の「物語」史観は、以後の政治史の推移さえ規定することになる。

たとえば、鎌倉末期に起こった反北条(反平家)の全国的な内乱が、あれほど急速に新田と足利(ともに源氏嫡流家)の傘下に糾合されたこと、また北条氏滅亡のあと、内乱がただちに新田・足利の覇権抗争へ移行した事実をみても、源平交替の物語がいかに当時の武士たちの動向を左右していたかがうかがえる。

さらに足利将軍家が十五代で絶えたあと、武家政権の継承者となった織田信長は、桓武平氏を称している。顕密体制のイデオロギー的牙城だった比叡山延暦寺を焼き討ちしたあの信長でさえ、みずからの政治的覇権の正当性を「朝家の御かため」と自己規定したわけだ。さらに足利(源氏)・織田(平家)のあとに武家政権を継承した徳川家康は、いうまでもなく清和源氏新田流である。

天皇の信任を受けた源平の「武臣」の交替史だが、そのような源平両氏の覇権抗争をつうじて、日本ないしは日本人というアイデンティティは、分裂してしまうどころか、むしろ物語的に強化されてきたようにみえる。

紅白の両軍がどんなにはげしく争っても、その対抗形式じたいが、日本社会という全体の枠組みを保障している。日本的な内乱の形式が、日本的な共同性を再生産する「祝祭」のスタイルともなっている。『平家物語』の「物語」史観とは、要するに、中世から近世・近代の日本を、国家として持続させるのに寄与した最大の物語だった。[2]

四 「物語」史観は超えられるか？

『平家物語』(および『愚管抄』)の「物語」史観によって、現実の武家政権が、朝廷の政治秩序へ組み入れられる。それは武家の台頭という事態を受けて、天台座主慈円の周辺(顕密仏教界)で発明された神話だが、それが十分に神話的に作用しえたことは、その後の七〇〇年間の武家政権の歴史をみてもよい。

黒田俊雄の提唱した権門体制論とは、顕密仏教(旧仏教)を中世仏教の本流とし、それを中世国家のイデオロギーとして位置づけるものだった[3]。

石母田史学の領主制論が一種の「平家物語史観」だとすれば、中世国家を公家・武家・寺家の諸権門の相互依存・相互補完の関係でイメージした黒田の権門体制論は、慈円の周辺で構想された「愚管抄史観」である。そして『愚管抄』に説かれる王法・仏法体制が、じつは『平家物語』の因果論の説明原理でもある以上、黒田俊雄の権門体制(顕密体制)論というのも一種の「物語」史観なのであった。

黒田が提唱した顕密体制論は、周知のように、その後の宗教史・思想史研究の分野に多大な影響をあたえた。とくに一九八〇年代は、一部の文化人類学者や宗教学者によって主導された密教ブームが人文諸学を席巻した時期である。いわゆる「新宗教」問題が起こったのもこの頃であり、そんなポストモダンの宗教ブームのなかで、日本文学研究でも、唯物史観的な(「軍記もの」研究に代表される)教条的な文学論はすがたを消し、それに代わって、顕密寺院の聖教、儀礼、唱導文学などが研究の主流となった。

密教を軸とした宗教的言説に研究者の関心が集まったのだが、しかし八〇年代に盛行したポストモダンの密教ブームも、九〇年代なかばのオウム真理教事件をきっかけに急速に退潮してゆく。

ほぼ時期を同じくして、中世史研究は国家論から社会史研究に軸足をうつし、かつての領主制論を問いなおす武士論や、中世内乱史の個別・具体的な分析が研究の主流となってゆく。

そんな研究動向の推移とともに、中世史研究者による軍記物語の(歴史資料としての)新たな読みが試みられ、その延長上で、二一世紀の今日は、個々の内乱(戦争)研究が、一般読者層を巻き込んで活況を呈している。

かつての顕密体制論や領主制論に軸足を置いた国文学プロパーの研究は、歴史研究のトレンドの推移によってつねにハシゴを外されてきた感がある。文学研究と歴史研究、文学と歴史との関係が、あらためて(根底から)問いかえされるしだいだが、歴史研究者による中世内乱の個別・具体的な研究成果を読みながら、文学研究(批評)に投げかけられている課題の大きさにめまいさえ覚えるのは、おそらくわたしだけではないだろう。

注

ものがたりの書誌学／文献学

1 D・F・マッケンジー「テクストの社会学」『岩波講座　文学1　テクストとは何か』二〇〇三年。

2 池田亀鑑『古典の批判的処置に関する研究　第一部』岩波書店、一九四一年。

3 萩谷朴「『土佐日記』定家本と為家本とは何故そんなにもちがうのか」『古代文化』一九八四年七月、坂本清恵「土佐日記はどう写されたか――古典書写と仮名遣い」アクセント史資料研究会『論集』Ⅷ、二〇一八年二月。

4 玉上琢彌『源氏物語研究――源氏物語評釈　別巻』角川書店、一九六六年。

5 ロラン・バルト、篠田浩一郎他訳『エッセ・クリティック』晶文社、一九七二年、同、花輪光訳『物語の構造分析』みすず書房、一九七九年。

6 兵藤裕己「物語・語り物と本文《テキスト》」『語り物序説』有精堂、一九八五年（初出一九八〇年）。

7 『源氏物語』絵合巻には、光源氏が、当代をして後代の規範たらしめるべく、私的な遊宴にもさまざまな趣向をこらしたことが記される。「末の人の言ひ伝ふべき例」（絵合巻）を書きおさめた『源氏物語』は、まさに院政期以降、公家社会の「古典」として受容されることになる。鈴木日出男『源氏物語歳時記』ちくま学芸文庫、一九九五年。

8 土方洋一「『源氏物語』のテクスト研究――中世の文献学」、注1前掲『岩波講座　文学1』、所収。

9 注6前掲、兵藤「物語・語り物と本文《テキスト》」。

10 本書Ⅳ「物語テクストの政治学」、参照。

11 岡道男『ホメロスにおける伝統の継承と創造』創文社、一九八八年。

12 本書Ⅰ「王朝の物語から近代小説へ――語りの主体から「自我」へ」、参照。

13 吉村保『発掘日本著作権史』第一書房、一九九三年。

14 西村清和『現代アートの哲学』産業図書、一九九九五年。

物語テクストの政治学

1　わが国で著作物のオリジナルとコピーが法的に問題になったのは、活版印刷の技術が普及した一八八〇年代以降である。『岩波講座　文学1　テクストとは何か』岩波書店、二〇〇三年、参照。

2　「正本」は「証本」に同じ。たとえば、『明月記』天福元年〈一二三三〉五月二七日条に、「千載集正本」とある。

3　「当道」は、わが道、斯道を意味する普通名詞。雅楽や能楽の伝書に「当道」とあり、また陰陽道を「当道」と呼んだ例もある（『峯相記』）。中世の芸能民にとって、みずからの生業が「当道」だが、そんなわが道、斯道を意味した「当道」が、琵琶法師たちの「平家」芸能の呼称となり、またその同業者組織(座)の呼称ともなった。兵藤裕己『平家物語の歴史と芸能』第二部、吉川弘文館、二〇〇〇年、参照。

4　覚一本奥書にいう「当流の師説」について、それを一方流という特定の平曲流派と解釈する向きがある。だが、平曲流派の(八坂流にたいする)一方流が成立するのは、近世以降のこと。たとえば、江戸時代の検校の系譜を記した当道座の記録『三代関』の序文に、「抑《そもそも》当流の筋委《くわ》しと雖も」云々とあるのは、平家座頭の全体をさして「当流」と呼んだもの。中世以来の当道座の伝承を記した『平家勘文録』にいう「当流の平家」も、公家や寺家に伝わる「平家」にたいして、当道の「平家」をさす。覚一本奥書の「当流」の語も、特定流派ではなく「当道」全体をさしている。

5　兵藤裕己「語りの威力と拘束」『物語・オーラリティ・共同体』ひつじ書房、二〇〇二年、および注3前掲、兵藤『平家物語の歴史と芸能』第一部、参照。

6　注5に同じ。

7　覚一本の成立に関わった「有阿」の役割については、注3前掲、兵藤『平家物語の歴史と芸能』第一部、参照。

8　注3前掲、兵藤『平家物語の歴史と芸能』第一部、参照。

9 渥美かをる『平家物語の基礎的研究』三省堂、一九六二年、山下宏明『平家物語研究序説』明治書院、一九七二年。

10 兵藤裕己『平家物語の読み方』第一一章、ちくま学芸文庫、二〇一一年、注3前掲、兵藤『平家物語の歴史と芸能』第一部、第三部など。なお、中世末期に様式化された「一部平家」の語り口を文字テクスト化したのが、各巻十句で構成される百二十句本（『新潮日本古典集成 平家物語』の底本）であることも、すでに述べた。

11 芳一のからだに文字を書きつける「耳なし芳一の話」の寓意性については、本書Ⅰ「ラフカディオ・ハーンと近代の「自我」」、参照。

歴史語りの近代

1 兵藤裕己『平家物語の読み方』第四章、ちくま学芸文庫、二〇一一年、本書Ⅳ「歴史学と「物語」史観について」、参照。

2 村岡哲『レーオポルト・フォン・ランケ 歴史と政治』三三頁所引のノート、創文社、一九八三年。

3 ランケ『列強論』（一八三三年）、村岡哲訳、林健太郎編『世界の名著 続11 ランケ』中央公論社、一九七四年、所収。

4 会沢正志斎『迪彝篇』、高須芳次郎編『水戸学全集 第二編 会沢正志集』日東書院、一九三三年、所収。

5 兵藤裕己『後醍醐天皇』第八章、岩波新書、二〇一八年、同『太平記〈よみ〉の可能性——歴史という物語』第九章、講談社学術文庫、二〇〇五年、参照。

6 大久保利謙『日本近代史学の成立 大久保利謙著作集7』吉川弘文館、一九八八年、小沢栄一『日本近代史学史の研究』吉川弘文館、一九六六—六八年。

7 薩藩史研究会編『重野博士史学論文集』雄山閣、一九三八年、所収。

8 大久保利謙「島津家編纂皇朝世鑑と明治初期の修史事業」『史学雑誌』第五〇巻一二号、一九三九年。

9 久米邦武「余が見たる重野博士」『歴史地理』

第一七巻三号、一九一〇年。

10 ミシェル・フーコー、渡辺一民他訳『言葉と物』新潮社、一九七四年。

11 石母田正『歴史と民族の発見』東京大学出版会、一九五二年。

12 ヨシフ・スターリン「マルクス主義と民族問題」一九一三年、『スターリン全集 第二巻』大月書店、一九五二年、所収。なお、戦後歴史学の民族(国民)問題と連携するかたちで、国文学界で一時期(一九五〇年代前半)さかんに議論されたのが、いわゆる「国民文学論」である。

歴史学と「物語」史観について

1 川合康『源平合戦の虚像を剝ぐ』講談社学術文庫、二〇一〇年(初出一九九六年)。

2 兵藤裕己『平家物語の読み方』第四章、ちくま学芸文庫、二〇一一年。

3 黒田俊雄『日本中世の国家と宗教』岩波書店、一九七五年。

おわりに――ものがたり(物語)論のゆくえ

日本の近代小説は、二〇世紀の初頭、明治三〇年代に、いわゆる言文一致体の小説として成立した。

新しい文体の成立は、世界の新しい切り分けかた、分節化のしかたの成立を意味する。たとえば、自我と外界、人間と自然、あるいは現実と非現実(虚構)といった二項的な枠組みだが、しかしそんな枠組みとは無縁に、枠組みそのものを脱構築してしまうようなものがたり的な文体で書かれていたのが、明治三〇年代の泉鏡花の小説だった。

鏡花の特異な小説文体について考えることは、近代小説がつくりだした世界の枠組み(言説の編制)を問いかえすことになるだろう。本書で述べてきた問題をわたしなりに整理しておく意味でも、鏡花の文体に関連して二、三の問題を補足しておく。

泉鏡花の最初で最大の長篇小説に、『風流線』(『続風流線』を含む)がある。明治三六年(一九〇三)一〇月から、ほぼ一年間、『国民新聞』に連載された小説だが、連載開始からまもない一〇月三〇日、鏡花の師尾崎紅葉が死去した。死の直前の紅葉を見舞った鏡花は、『風流線』の新聞連載を知った師から、ひとこと、「勉強しなよ」と励まされたという。

『風流線』は、その年の五月に起きた一高生藤村操の日光華厳の滝での投身自殺事件をあつかった一種のきわもの小説である。国の将来をになうべきエリート青年の自殺、しかも人生「不可解」という遺書をのこした弱冠十七歳の一高生の自殺は、当時の教育界に衝撃をあたえ、言論界や文壇をも巻き込んだ議論を引き起こした。

とりわけ自殺した藤村の一高時代の同級生で、やがて大正教養主義の一翼をになう安倍能成(妻は藤村の妹)や岩波茂雄は、この事件から大きな影響を受けたというが、この哲学的な「煩悶」ゆえの青年の自殺事件をきっかけとして、明治三〇年代の文壇で大きな位置を占めることになるのが、国木田独歩だった。

いうまでもなく独歩は、やがてはじまる自然主義の文学運動に大きな影響をあたえた詩人・小説家である。とくに明治三四年(一九〇一)刊行の小説集『武蔵野』に収録された『武蔵野』と『忘れ得ぬ人々』は、同年に雑誌『明星』に発表された日記の抄録『独語』とあわせて、まさに世界の新しい切り分けの図式を提示した作品だった。

翌明治三五年の四月、独歩は、当時『読売新聞』に連載されて人気を博していた尾崎紅葉の『金色夜叉』を批判した。「時代に煩悶あり、詩人先づ之に触れて苦悩す」とする独歩は、『金色夜叉』の主人公の「煩悶」がいかにも「皮相」であり、「人生の根底に触着するなく」、「新時代の要求に応ずる能はざる」その思想的な古さを「洋装せる元禄文学」とし、要するに『金色夜叉』には「詩趣が絶無である」と評した（独歩「紅葉山人」『現代百人豪 第一』所収）。

独歩の『金色夜叉』評は、その後の紅葉の文学史的な位置づけを規定することにもなるが、そんな紅葉批判が発表された翌年に起きたのが、藤村操の哲学的な「煩悶」ゆえの自殺事件だった。そして当時の「煩悶青年」（石原千秋のいい方に倣えば、「煩悶」する経済的余裕のあるエリート青年）に衝撃をあたえたこの事件の前後から、それまで満天下の紅涙を絞っていた『金色夜叉』の華麗な雅俗折衷文体は、急速に過去のものになり、文壇の主流は、国木田独歩や田山花袋らの「無技巧」の口語文体へ移行してゆく。

そして紅葉が未完の大作『金色夜叉』をのこして逝った明治三六年一〇月、泉鏡花は、五カ月まえの藤村操事件に取材した『風流線』の新聞連載を開始した。

藤村の自殺は、事件直後から新聞紙上でさまざまな風説が取り沙汰された。そんな風説も参照しながら、鏡花は、『風流線』の主人公、村岡不二太（藤村をもじった名）が、じつは自殺とみせかけて北陸山中に身をかくし、やがて風流組と称する鉄道建設の労働者たちの頭目となり、恋人のお龍（じつは前田侯爵家の令嬢！）とともに、土地の成金の大富豪、巨山五太夫の巨悪をあばくという壮大かつ奇想天外な長篇読み物に仕立てた。

『風流線』に類した鏡花作品としては、この三年後（明治四〇年）に書かれた『婦系図』が有名だろう。また、初期作品の『貧民倶楽部』（同二八年）も、美しい女乞食のお丹が、鹿鳴館（小説では六々館）の婦人慈善会に集まる華族の令夫人・令嬢たちの偽善をあばくというストーリーである。

さらにさかのぼって、鏡花の実質上の処女作である『冠弥左衛門』(同二六年、鏡花二十歳)も、明治一一年に起きた実際の農民一揆(真土村騒動)に取材して、それを馬琴の読本を思わせるような痛快な読み物に仕立てていた(文中に『八犬伝』本文の引用もある)。

藤村操事件に取材した『風流線』も、江戸の草双紙(合巻)や読本を思わせるような奇想天外なストーリーが展開する。筋立てそのものが、当時(明治三六、三七年)の文壇の動向への異議申し立てだったと思われるが、いわゆる哲学的な「煩悶」を脱構築したような筋立てはもちろん、その文体も、当時の文壇的潮流とは逆行するような雅俗折衷体を採用していた。

たとえば、『風流線』には、随所に美文調がもちいられる。一年まえに独歩が、「何ぞ其れ凄艶の致を極むるや」と揶揄していた『金色夜叉』を思わせる雅俗折衷の美文である。おそらく師の紅葉の衣鉢を継ぐ気分で書かれた『風流線』で、鏡花は意識的に『金色夜叉』ふうの美文調をもちいたのだが、つぎに、そのほんの一例を引用する。続篇の七十七、女主人公(の一人)巨山夫人美樹子が、彼女に思いを寄せる美少年の幸之助と、七夕の笹竹を湖の汀に曳き寄せる場面である。引用は、単行本初版による(表記は原文のまま)。

砕《くだ》けし楽器《がつき》の調《しらべ》を結むで、七夕《たなばた》の竹を二人して、此方《こなた》の汀《みぎは》に曳《ひ》くを見《み》よ。嘗《かつ》て蘭燈《らんとう》の影《かげ》に空《そら》燻《だき》の薫《かほり》を籠《こ》めて、花《はな》の臺《うてな》の高樓《たかどの》に、蝶《てふ》の翼《つばさ》の袖輕《そでかる》く、月《つき》の前《まへ》に打《う》ちけむは、紫《むらさき》の雲靉靆《くもあいたい》として柳《やなぎ》の眉《まゆ》にかゝりしに、あはれ、今粉胸《いまふんきやう》を支《さゝ》うる霞裂《かすみさ》けて、名残《なごり》は細《ほそ》き緒《を》なりけり。互《たがひ》に縋《すが》

つた四《よ》ツの袖《そで》も、はなれ〴〵に手《て》を剖《さ》きて、浦《うら》の渚《なぎさ》に棄《す》てたやう。〔以下略〕

まさに朗々たる美文調である。こうした「技巧」の粋を凝らした美文については、しかしそれを批判するエッセイが『風流線』の連載中に発表されていた。この時期の文壇の動向に大きな影響をあたえた田山花袋の「露骨なる描写」である（『太陽』明治三七年二月）。

このエッセイで、花袋は、紅葉や露伴の作品に代表されるような文章上の「技巧」を排して、露骨かつ大胆な「無技巧」の描写に徹することが、ヨーロッパ一九世紀末の「革新派の思潮」にも浴し、日本文学を健全なる「発展」へ導く方策であると主張した。

そのうえで、「文章は意達而已で、自分の思つたことさへ書き得れば、それで満足である」とするが、「意達而已（意は達するのみ）」は、いわゆる「巧言令色」を戒めた『論語』の一節である。文章を「意」を伝える媒体（道具）とする花袋の立場からすれば、たしかに紅葉の美文調は、無駄に「白粉沢山の文章」でしかない。

こうした文章観（言語観）が流通しはじめた明治三〇年代は、二一世紀の現代の言語状況を考えるうえでも興味深いのだが、その点については後述する。ここではまず、師の紅葉に倣った鏡花の「白粉沢山」の「技巧」と、その苦心のあとをみておく。

『風流線』は、新聞連載時の初出と、単行本（明治三七年一二月、春陽堂刊）とでは、本文に少なからぬ異同がみられる。連載完結から単行本刊行までの短期間に、鏡花はかなり推敲の手を入れているのだが、つぎにあげるのは、新聞連載の第一回(一〇月二四日)、主人公村岡の恋人のお龍が、東京から金沢まで旅してきて茶店で休んでいる場面である。( )でくくった箇所が、翌年刊行の単行本では削除されている。

ばさ〳〵の銀杏返《いてふがへし》、青柳《あをやぎ》の糸《いと》を洗《あら》はず、簪《かざし》の花《はな》に露置《つゆお》かぬ状《さま》ながら、耳元《みみもと》の清《きよ》らかな、目《め》の涼《すゞし》い、細面《ほそおもて》の(美《うつくし》い)、年紀《とし》の頃《ころ》、九《く》か二十《はたち》。(ものいひも容色《きりやう》も此《こ》の邊《あたり》には)類《たぐひ》なく目に立つのが、(却《かへ》つて見馴《みな》れた)赤毛布《あかけつと》で、くるりと身《み》を(蔽《おほ》ふて)、草鞋穿《わらぢばき》、脚絆掛《きやはんがけ》、帯《おび》の端《はし》さへ露《あら》はさないけれども、包《つゝ》み果《は》てぬ色《いろ》は(おのづから)洩《も》れて、長《なが》き旅路《たびぢ》を来《き》たらしく〔以下略〕

「目の涼い、細面の」「類なく目に立つ」女とあるが、容貌の具体的な記述がないのは、単行本の口絵(上巻は鏑木清方、下巻は鰭崎英朋)の画風にもかよう鏡花の美人である。また、単行本で削除された( )の前後を読みくらべると、それらの削除で、たしかに文章のテンポはよくなったが、修飾語と被修飾語、主語と述語の関係がかなり不明瞭になっている。

文章の推敲は、ふつう修飾語と被修飾語の関係を整え、主語と述語のねじれを直すなど、文章を読みやすくするのが一般的である(読みにくい文章は悪文とされる)。だが、鏡花のばあい、そんな通常の推敲とはまったく逆のことが行なわれているようなのだ。

右の一節につづけて、茶店で休んでいたお龍は、やって来た美少年(幸之助)に声をかける。美少年の登場のくだりも、わたしたちの理解を超えるような推敲が行なわれる。

杖《つゑ》にもあらぬ手《て》まさぐり、途《みち》すがら手折《たを》つたらしい、二葉《ふたは》三葉《みは》しほらしく取《と》り残《のこ》つた柳《やなぎ》の枝《ゑだ》の、長《なが》くしなふのを(突出《つきで》た帽子《ぼうし》の目《め》庇《ひさし》のあたりで、くるくると振《ふ》り)、すら〳〵ともつれるやうに足《あし》も引摺《ひきず》り、草臥《くたび》れた体《てい》で〔以下略〕

「杖にもあらぬ手まさぐり」は、読みすすめれば、美少年が手にした「柳の枝」の「手まさぐり」とわかる。文のつながりの読みとりにくい、悪文の代表のような文章だが、しかし明治三〇年代の新聞読者にとって、はたしてこうした文章が読みにくかったかどうかはわからない。

「柳の枝の、長くしなふのを」は、単行本では(　)内が削除されたことで、「すら〳〵ともつれるやうに」とつづく。柳の枝のしなりぐあいが「すら〳〵と」であり、つづけて美少年の足のもつれぐあいが「すら〳〵と」となる。

一つの語が、和歌・和文の掛詞のように前後の文脈にかかるのは、謡曲や連句(俳諧)の一般的な語法であり、また西鶴の浮世草子で、「曲流文」「尻取り文」などといわれる語法とも類似している。坪内逍遥『小説神髄』(下巻「文体論」)によれば、これに類した「文体」は、江戸後期の戯作(合巻・読本)に頻出する「音韻転換の法」である。

ある文の述語部分、右の文では(柳の枝が)「すら〳〵と」が、つぎの文の要素に組み込まれる。

陳述(認知・判断)を宙づりにされた述語部分が、そのままつぎの文を、いもづる式に構成してしまう。この種の例文を鏡花作品からあげればきりがないが、現代のわたしたちには読みにくいこうした文が、明治三〇年代までの読者には、テンポのよい、むしろ読みやすい文章だったようなのだ。

それは西鶴の俳諧風の「曲流文」に喝采を送った元禄上方の読者の問題でもあるし、また江戸戯作の「音韻転換」の文体を、いちいち主述を整えたりせずに読めた江戸の読者の問題でもある。鏡花が参照したのは、上方の西鶴よりも、江戸の戯作だろうが、そんな戯作調の口語文(言)を、西洋語の翻訳文の文法(文)で編成しなおしたのが、明治三〇年代に成立した言文一致の小説文体だった。なかでも、その成立に大きな影響をあたえたのは、いうまでもなく二葉亭四迷訳の『あひびき』である。

ツルゲーネフの短篇小説を翻訳した『あひびき』は、おなじ二葉亭の小説『浮雲』の第一篇と第二篇の刊行後、明治二一年(一八八八)夏に発表された。一年まえの『浮雲』第一篇では、「紛々たる人の噂は滅多《めった》に宛《あて》にならぬ坂《ざか》や児手柏《このでがしは》の上露《うはつゆ》よりももろいものと……」(第一篇六回)といった具合に、いわゆる「音韻転換の法」をまじえた戯作調がもちいられる(傍点部分は掛詞のだじゃれ)。だが、『あひびき』を翻訳した前後に書かれた第二篇後半から第三篇(明治二二年)になると、こうした戯作調はすがたを消してゆく。

たとえば、二葉亭訳の『あひびき』冒頭は、「秋九月中旬といふころ、一日自分がさる樺の林の中に座してゐたことが有ツた。……」とはじまる。この文の主語「自分が」は、通常の日本語文では不要であり、不自然でもある。だが、主語を明示したこうした直訳式の翻訳文によって、「自分」の目と耳でとらえた外界があざやかに描写される。

世界を意味づけるのは、「四顧して、そして耳を傾け」る「自分」である。和歌・俳諧や漢詩文の出来合いのレトリックに回収されない外界(自然)が描写されるのだが、このような翻訳文体がつくりだした自分／外界という世界の切り分けの図式が、当時の一般の読者に、かなり異様なものに思われたことは想像にかたくない。

『あひびき』の翻訳文は、二葉亭がほぼ同時期に書いた『浮雲』とくらべても、現代のわたしたちには、読みやすい明晰な口語文である。草創期の言文一致体の名文といってよいが、しかしそのあまりにも早すぎた実験的な試みゆえに、『あひびき』はさほど注目されることなく忘れられた。そんな早すぎた『あひびき』の文体に脚光を当てたのが、明治三一年(一八九八)に発表された国木田独歩の『武蔵野』だった(初出原題は『今の武蔵野』)。

独歩の『武蔵野』は、その執筆動機を述べた箇所に、武蔵野の「詩趣」について書くことで「自分を満足させたい」、「自分の見て感じた処《ところ》を書いて自分の望《のぞみ》の一少部分を果《はた》したい」とある。そして「自分の見て感じた処を書」く文章の手本として引用したのが、二葉亭訳の『あひびき』の冒頭、「秋九月中旬といふころ、一日自分が……」ではじまる外界(自然)の描写だった。

翻訳文を手本とした文体が、世界を認識・表象する主体(主語)として「自分」を位置づける。

「自分」を世界の座標軸に位置づけるのだが、そのような文体が、世界を、「自分」と外界に二項的に切り分ける。そして外界(自然、社会)から切り分けられた(疎外された)「自分」は、やがて「自分」をメタレベルで記述しはじめるだろう。すなわち、小説集『武蔵野』と同年に発表された独歩の日記『独語』である(没後刊行された日記『欺かざるの記』の抄録だが、独歩本人が命名した「欺かざる」という自己言及的なタイトルに注目したい)。

言文一致の文体がつくりだす世界の切り分けの図式は、まもなく田山花袋や島崎藤村の自然主義小説、主人公の「自分」を主語・主体として編成される小説世界をつくりだす。そのような小説スタイルがやがて主流となる時期に文壇デビューしたのが、英文学者の夏目漱石だった。その最初の小説『吾輩は猫である』(明治三八—三九年)が、一種の俳文調で書かれていても、標題(および冒頭第一文)が「S is P」式であるのは象徴的なのだ。

ところで、明治三六年(一九〇三)一月、漱石は二年あまりのロンドン留学を終えて帰国し、まもなく東京帝国大学英文科の講師に就任した。このとき、漱石と入れ代わりで外国人講師の職を退いたのは、ラフカディオ・ハーンである。

ハーンの退任(事実上の更迭)にさいして、学生のあいだに留任運動が起こったことはよく知られている。そんな運動の余韻もさめやらぬ学生をまえに、漱石の講義は不評だったらしい。東大講師時代の四年間、漱石は、前任者ハーンの存在を意識せざるをえない立場に置かれたのだが、そんな漱石がまだロンドンに留学する以前の一八九六(明治二九)年、かの地で出版されていたのがハーンの『こころ(Kokoro)』だった。

大正三年(一九一四)に『こころ』という小説を書く漱石が、ハーンの『Kokoro』をまったく意識しなかったとは考えにくい。ロンドン留学時代に、英国の近代小説を研究し、理論化していた漱石にとって、やがて『こころ』であつかう自我や内面の問題は、ハーンの『Kokoro』への一種の対抗的言説のようにも読めるのだ。

たとえば、漱石の『こころ』の新聞連載が開始される一カ月まえの大正三年三月、かつてハーンの教えをうけた英文学者の田部隆次によって、ハーンの伝記『小泉八雲』が出版された。その序文を、田部の友人西田幾多郎が書いているが(西田『思索と体験』所収)、西田はそこで、八雲(ハーン)のいう「人格 personality」の観念が、「無限の過去から未来へ連なる」「霊的進化」の「一端」であることに注目する。そしてハーンの思想に、当時の哲学界で注目されていたベルクソンの『創造的進化』(一九〇七年)との共通性をみるのだが、西欧の伝統的形而上学の思考に異議を申し立てた西田が、主語(S)ではない述語(P)＝場所の論理としてみずからの思想を体系化したことは知られている。そんな西田が、ハーンの著書に、ベルクソンの思想との類似を見ていたことは注意されてよい。

明治二三年(一八九〇)に来日したハーンは、日本の近代絵画や近代文学にまったくといっていいほど関心を示さなかった。そして都会よりも地方に伝承された ghostly な物語や歌謡に関心を寄せて執筆したエッセイ集が、一八九六(明治二九)年にロンドンとボストンで出版された『Kokoro』である。

ハーンの『Kokoro』は、日本庶民の「こころ」を語ることで、人間の自我egoというものの本来的な複数性について述べる。そして西欧の「人格」や「個性」の観念を、粗雑crudeな形而上学的な観念metaphisical notionとして却けるのだが、ハーンのこうした過剰ともみえる日本人びいきは、もちろん当時の西欧で流行していたジャポニズムの影響があるだろう。だが、ハーンの思想を、一九世紀西欧のオリエンタリズムの問題として片付けてしまうのは正しくない。人間の「こころsoul」を、分割不可能《インディヴィジュアル》な「人格」「個性」ではなく、「過去から未来へ連なる」霊的持続(進化)の「一端」(デリダのいう「痕跡trace」だろう)と位置づけるハーンの思想は、西田も注目していたように、たしかにポスト形而上学的な思想との類比で注目されるのだ。

ハーンについて論じた西田のエッセイが発表された大正三年(一九一四)四月、東京・大阪の『朝日新聞』で、夏目漱石の『こころ』の連載が開始された。そのおなじ四月に、漱石門下の阿部次郎の『三太郎の日記』(第壱)が出版された。

やがて大正教養主義・人格主義のバイブルとして広く読まれてゆく阿部の『三太郎の日記』は、その「自序」で、本書が「自分の内面生活の最も直接な記録」であること、また終章「自己を語る」では、「俺は自己を語らむとする衝動を感ずる」と語りだす。「俺は……」という、ことさら粗野な(よくいえば、飾らない)語り口が、「自己を語る」「直接的な記録」とみなされたのだ。

『三太郎の日記』を阿部から贈られた漱石は、礼状で、「あの「三太郎日記」という名は小生の好まぬものにて候」と書いている。「「三太郎日記」という名」に象徴されるナイーブな自己語りのスタイルへの漱石の違和感だろうが、そんな漱石の違和感に、大正初年(一九一〇年代)の小説文体をとりまく言語状況が問題化していた。

漱石のこの発言に注目した三好行雄は、漱石とその門下生たちとの「思想の距離」を強調している。だが、漱石の『こころ』も、やがて下巻の「先生と遺書」に焦点化され、先生の内面の秘密(罪)をあかす自己語りのテクストとして読まれてゆく。そんな読みが、漱石の門下生によって流布された誤読であるとしても、『こころ』というテクストじたいが、先生の「遺書」が自己言及的にくり返す「倫理的」な読みを許容(強要)していることはたしかなのだ。

先生の孤独な「内面」に焦点化された『こころ』は、いまも近代日本人の「こころ」を語る(文学教材というより)倫理教材として、高校国語教科書の定番になっている。大正三年の漱石の『こころ』と阿部次郎の『三太郎の日記』は、近代の小説文体が、その成立からわずか一〇年あまりでつくりだした自我と内面の物語である。その自己語りをめぐる物語(言説の編制)の延長上に、大正から昭和初年の私小説をめぐる一連の議論も位置づけられるのだろう。

本書でくり返し述べたように、泉鏡花の小説世界では、自我と外界、あるいは現実と非現実といった二項的な図式が成り立たない。語り手のいま(今)と、語られるむかし(昔)は、薄い皮膜一枚をへだてて反転可能な位置に置かれている。

そんなあやうい世界を成り立たせているのが、近代小説の言文一致体の蚊帳の外にいた鏡花のものがたり的な文体だった。たとえば、田山花袋の「無技巧」の小説理論に反応した鏡花の「文字其物の有する技巧」の主張が、ことばのもつ隠喩的(詩的)なイメージの広がりを意味していたことは本書で述べた。

そして鏡花の時代から一世紀あまりが経った現在、わたしたちは近代の科学的(記述主義的)な言語使用の行きついた究極の言語ゲームのような世界を生きている。すべてがコンピューターのプログラム言語に還元されてしまう世界とは、もはや人間の存在じたいが不要とされる世界だろうか。

だが、わたしたちの生きる世界が、透明な数式言語に置き換えられてしまうことはありえない。ことばの多義性とその隠喩的な不透明性、それがつくりだす詩的言語の歴史的なあつみを帯びたこの世界は、まさにホモ・ロクエンス(ことばをもつヒト)としてのわたしたちがつくりあげた生存の〈場所〉にほかならない。そんな〈場所〉の多義的な複数性を取りもどす試みとして、本書は、日本の前近代から近代へいたるものがたり(物語)の系譜と、その担い手たちについて述べたのである。

二〇二〇年十月

兵藤裕己

付記

本書は、著者の一連のものがたり(物語)論を、『物語の近代　王朝から帝国へ』という標題であらたに書き起こした。元になった論考の書誌情報を付記しておく。なお、二〇二〇年の新型ウイルス禍のなか、岩波書店編集部の吉田裕氏と松本佳代子氏にたいへんお世話になった。また、いわゆる自粛生活で変調をきたしがちな著者を、心身ともに支えてくれたフジコ(犬)と妻に感謝したい。

Ⅰ　主体／自我という病

「ラフカディオ・ハーンと近代の「自我」」『文学』二〇〇九年七、八月

「物語を語る主体と「作者」」『日本文学』二〇一七年一月

Ⅱ　近代小説と物語

「泉鏡花の近代」『文学』二〇一二年一一、一二月

「泉鏡花　魂のゆくえの物語」『アジア遊学』二〇一八年一二月

「北村透谷の「他界」」『文学』二〇一〇年一一、一二月

III　物語の声と身体

「声と知の往還」『思想の身体　声の巻』春秋社、二〇〇七年

「劇的なるもの、メディアとしての身体」『岩波講座　文学5』二〇〇四年

「オーラル・ナラティブの近代」『成城國文学』第一三号、一九九七年

IV　物語／テクスト／歴史

「変容するテクスト、本文、書物」『岩波講座　文学1』二〇〇三年

「物語テクストの成立と証本(正本)の政治学」『中古文学』二〇一八年五月

「歴史叙述の近代とフィクション」『岩波講座　文学9』二〇〇二年

「中世歴史学と「物語」史観について」『日本文学研究ジャーナル』二〇一九年九月

索　引

当該の項目が章題に含まれる場合は，その
ページ数を掲げ，イタリック体で示した．

あ 行

か 行

さ 行

た 行

な 行

は 行

ま 行

や 行

ら・わ 行

兵藤裕己
1950年生まれ．専門は，日本文学・芸能論．埼玉大学，成城大学を経て，学習院大学教授．文学博士(東京大学)．著書に，『語り物序説』(有精堂)，『王権と物語』(岩波現代文庫)，『演じられた近代』(岩波書店)，『太平記〈よみ〉の可能性』(サントリー学芸賞，講談社学術文庫)，『声の国民国家』(やまなし文学賞，同)，『琵琶法師』(岩波新書)，『後醍醐天皇』(同)，『平家物語の読み方』(ちくま学芸文庫)ほか．校注に，『太平記』全六冊(岩波文庫)がある．

物語の近代——王朝から帝国へ

2020年11月17日　第1刷発行

著　者　兵藤《ひょうどう》裕己《ひろみ》

発行者　岡本　厚

発行所　株式会社 岩波書店
〒101-8002 東京都千代田区一ツ橋2-5-5
電話案内 03-5210-4000
https://www.iwanami.co.jp/

印刷・精興社　製本・松岳社

ISBN 978-4-00-025326-0　Printed in Japan

演じられた近代
―〈国民〉の身体とパフォーマンス―
兵藤裕己
四六判三三六頁
本体三〇〇〇円

琵琶法師
―〈異界〉を語る人びと―
兵藤裕己
岩波新書
本体一〇四〇円

後醍醐天皇
兵藤裕己
岩波新書
本体八四〇円

太平記 全六冊
兵藤裕己校注
岩波文庫
本体一〇一〇―一三八〇円

王権と物語
兵藤裕己
岩波現代文庫
本体九八〇円

―岩波書店刊―
定価は表示価格に消費税が加算されます
2020年11月現在